환영(幻影)이 있는 거리

지은이 박문구

강원도 삼척에서 출생.
강릉고, 관동대 국어과 졸업.
강원일보 신춘문예 소설 당선.
이후 주로 정선, 강릉, 삼척의 산으로, 주점으로 돌아다니다.

환영(幻影)이 있는 거리

ⓒ 박문구, 2012
1판 1쇄 인쇄__2012년 8월 10일
1판 1쇄 발행__2012년 8월 20일

지은이__박문구
펴낸이__양정섭
펴낸곳__작가와비평
     등 록__제2010-000013호
     주 소__경기도 광명시 소하동 1272번지 우림필유 101-212
     블로그__http://wekorea.tistory.com
     이메일__edit@gcbook.co.kr

공급처__(주)글로벌콘텐츠출판그룹
     대 표__홍정표
     기획·마케팅__노경민 배정일
     편 집__배소정
     편집디자인__김미미
     경영지원__안선영
     주 소__서울특별시 강동구 길동 349-6 정일빌딩 401호
     전 화__02-488-3280
     팩 스__02-488-3281
     홈페이지__www.gcbook.co.kr

값 12,000원
ISBN 978-89-97190-37-9 03810

※ 이 책은 본사와 저자의 허락 없이는 내용의 일부 또는 전체의 무단 전재나 복제, 광전자 매체 수록 등을 금합니다.
※ 잘못된 책은 구입처에서 바꾸어 드립니다.

환영이 있는 거리

박문구 단편소설집

작가와비평

역사(力士)의 후예(後裔)	5
적군(敵軍)	33
환영(幻影)이 있는 거리	67
인형과 술꾼	97
시간의 저편	129
데드 마스크	173
강쇠바람을 기다리며	195
술꾼 시절	237

| 〈발문〉 소설의 저 편 _ 박세현 | 273 |

역사(力士)의 후예(後裔)

 말복을 넘기고는 더위가 한풀 꺾이고 있었다. 그러나 이곳 옷가게 안에서 바라보는 거리에는 아직도 무더운 여름이 지나가는 사람들의 옷에 남아 있어서, 원색의 옷으로 감싼 젊은 여자들의 모습이 심심치 않았다. 손님이 없어서 더위와 무료함에 잠깐 의자에 앉아 눈을 붙일 때 천 원짜리 손님—주인은 그런 사람들을 천 원짜리 손님이라고 불렀다—이 불쑥 들어와서 이것저것 뒤적거리다가 몇 마디 값만 물어보고는 맥없이 나가버리면, 나는 그야말로 더욱 맥없이 졸음에 잠기거나 아니면 심심풀이로 먹는 비스킷에 손을 대든가 창밖으로 눈을 돌렸다.
 진열대에 비스듬히 누워 가늘고 긴 다리를 드러내고 있는 마네킹 그 너머로 보이는 거리의 풍경은 여름 내내 큰 변화가 없었다. 보도블록 한 편에 앉아 한물 간 듯한 과일을 파는 할머니는 항상 때 묻은 수건을 머리에 두르고 있고, 그 옆에서 너덜거리는 회색 통바지를 걸치고 한가롭게 솜사탕을 말아 올리는 중년 사내는 역시 그 자리에 있었다. 그가 말아 올리는 솜사탕은 분홍색과 푸른색, 흰색 세 종류였는데, 둥근 원통형의 기구 위에 늘 서너 개씩 꽂혀 있었다. 그 뒤편은 완구점과 제과점이 붙어 있었다. 그러나 나는 그런 것에는 별로 흥미가 없었다. 움직임이 정지된 마네킹처럼 그것들은 항상 그 표정 그 모습이었다. 늘 이 자리에 앉아 밖을 내다보는 내가 때로는 마네킹이 된 듯한 생각이 들기도 했다. 그럴 때마다 슬그머니 땀에 젖은 얼굴을 만져보며 실없이 실실 웃었다.

　매점 안쪽에서 거리를 바라보면 움직이는 것은 지나가는 사람들뿐. 그들은 진열대 왼쪽에서 나타났다가, 하나, 둘, 셋, 넷, 다섯 하면 눈앞에서 사라졌다. 길 건너편 쪽은 시간이 조금 더 걸려서 때로는 열 두셋을 세어도 아직 내 망막에서 벗어나지 못하는 때도 있었다. 아주 짧은 삶의 흔적을 볼 수 있도록 나팔 모양으로 만들어진 배관(配管)의 입구가 바로 내 위치였다. 좁은 관을 통해 지나가는 사람들을 보면서 나는 그를 찾았다.

　그가 출근하는 초등학교 정문 근처에서 아침에 몰래 그를 볼 때, 나는 앞에 나타나지 않고 몸을 숨겼다. 아직 그럴 때가 아니라는 것은 지난 흔적이 너무 초라한 탓도 있지만, 그보다도 알지 못할 어떤 힘이 나를 가로막고 있었기 때문이었다. 짙은 안개에 잠긴 벌판 어디서 방향을 잃고 헤매는 것 같은 느낌이 내 마음

깊은 곳에서 꿈틀거리고 있었다. 그러면서도 나는 그의 주변에서 떨어지지 않았다. 마른 체격이지만 점잖고 드레져 보이는 뒷모습에서 나는 십 몇 년 전의 그림 한 조각이 아직도 그에게 짙게 스며들어 있음을 보았다.

그 그림은 내 방의 작은 창문 위쪽에 걸려 있어서 눈만 뜨면 첫눈에 볼 수 있었다. 처음에는 무슨 그림인지 모르고 지냈는데, 어느 날 큰오빠가 불쑥 내뱉은 말에서 나는 비로소 나룻배 두 척이 서로 묶여 있는 그림이라는 것을 알았다. 이십 호 정도의 한국화였는데, 이제 막 안개가 걷히는 바다를 향해 출항하는 순간을 그린 것이지만 서로를 묶어 놓은 굵은 밧줄 때문에 서로 머뭇거리는 그림이었다. 흰 여백의 중앙에 엷은 회색빛 타원의 두 물체가 엇갈리게 놓여 낙서처럼 그려진 탓으로 어린 그때에는 이해할 수 없었다.

「배가 답답하게 됐지? 나가지도 못하고……」

「저게 배야? 무슨 배가 저렇게 생겼어? 색깔도 회색만 칠해진 게?」

「넌 몰라도 돼. 저게 바로 한국화의 걸작이라는 게야. 미술부 친구가 그린 건데, 좋은 그림이지. 전국 학생미전에서 최우수상을 탄 거야.」

큰오빠는 작은오빠보다 나에게 친절했다. 고등학교 3학년인 큰오빠는 그때는 너무 어른처럼 느껴졌다. 지금, 그 그림의 잔영을 그의 뒷모습에서 찾을 수 있다는 것이 선뜻 그 앞에 나타날 수 없게 만드는 한 원인임을 생각했다.

그는 정확히 아침 여덟 시만 되면 학교 교문을 들어서고 다섯 시에 퇴근하는 습관을 지켰다. 내가 교문 앞 골목에서 한참 들어간 후미진 방에서 아침 시간에 맞춰 나오면 그는 어김없이 나타났다. 물론 나는 그 앞에 나타나지 않았다. 그가 나를 알아볼 수 없으리라는 짐작을 믿고 있었지만, 어두운 그늘 속에서도 반짝 비치는 빛의 한 줄기가 그에게로 향할 수도 있다는 우연성을 걱정했다. 그의 뒷모습에서 떨어지는 조각들이 지금은 희미한 윤곽으로만 남아 있는 십 몇 년 전의 그 모습을 미완성된 모자이크처럼 떠오르게 하는 것도 신기했다. 생전의 어머니는 아버지 이야기만 나오면 거품 문 입으로 발작적으로 욕설을 퍼부었다.

「애빈지 뭔지 그 웬쑤 덩어리가 그리 좋냐? 네년도 아직 정신 덜 차린 모양이로구나. 그건 네 애비도 아니야.」

「엄만 만날 욕만 한다고 속이 풀어지는 것도 아닌데 왜 그리도 난리야, 난리가.」

「이것이 모르면 가만이나 있어. 내 복장 터지는 꼴 보려고 주댕이 나불거리냐? 꼭 그래야 속 차리겠어?」

어릴 때, 아버지 이야기를 철없이 꺼낼 때마다 나는 어머니의 한탄 어린 거품을 보았다. 이해할 수 없는 모든 것들이 어른들 위주로 이어지는 삶이라는 것을 어렴풋이 느꼈을 때는 어머니의 작은 가게가 완전히 무너져 내린 여름 어느 날이었다. 작은 맥줏집 수입에 비해 턱없이 많은 돈을 얻어 쓰던 어머니가 방안에 누워

버린 어느 날, 우리 가게에 낯모르는 아주머니들이 들락거리는 것을 보고 방으로 들어오자 어머니는 또다시 그 욕설을 퍼붓기 시작했다.

「웬쑤야, 웬쑤야, 그 웬쑤 덩어리 때문에 내가 죽는다. 아이고 내 꼬라지…… 내가 미쳤지, 그 웬쑤를 믿고 아이고…….」

어머니의 넋두리는 다시 풀리기 시작했다. 당신의 이야기는 항상 푸념 반 욕설 반으로 이어졌다. 수십 번도 더 들은 이야기는 나에게 오십 년대의 허술한 라디오 연속극처럼 들려올 뿐이었지만 당신에게는 영화 필름처럼 생생하게 재생되는 것 같았다.

동해안 작은 도시에서 편물점을 운영하던 어머니가 아버지를 만났을 때, 어머니는 혼기를 놓친 서른 셋의 나이었고, 아버지는 아들 둘을 둔 홀아비 생활을 2년이 넘도록 하고 있었다. 아버지는 인구가 오 만을 겨우 넘는 소도시의, 당시로서는 드문 대학 출신의 중견 공무원이었다. 어머니는 십 몇 년 동안 작은 사업이나마 알뜰히 모아 제법 번듯한 가게를 일으켜 날로 번창하던 시기였다. 언뜻 보면 제법 구색을 갖춘 가정에서 다시 출발한 것 같았으나, 원래 한자리에 붙어 있지 못하는 아버지의 역마살 낀 버릇과 지나친 술 때문에 2년을 한 곳에 거푸 있지 못하고 이리저리 좌천당하면서 십 몇 년을 지내다가 시골 면소 숙직실에서 고혈압으로 세상을 떠났다. 내가 초등학교 3학년 때였다.

「내가 미쳐도 단단히 미쳤지. 그 술주정뱅이에게 바친 세월도 세월이지만 돈이란 돈은 다 술집에 퍼다 분 그 웬쑤 몫도 못 따고 곱게 보낸 내가 미친년이지.」

그러던 어머니도 작은 맥줏집이 남의 손에 넘어간 뒤부터는 시름시름 눕는 일이 많아지더니, 봄빛 따뜻한 날에 곱게 세상을 떠났다. 가까운 친척 몇 분이 모여서 장례를 치렀지만, 나는 오빠들에게 알릴 수가 없었다. 찾기도 힘들었지만 어쩐지 어울리지 못할 것 같아서였다. 또한 어머니 친척들의 눈초리도 내 작은 의지를 눌렀다.

며칠 동안 그를 보지 못하다가 다시 만난 곳은 엉뚱하게도 시 의료원에서였다. 그날, 심한 감기로 의료원을 찾은 나는 복도 대기실에서 서성거리다가 초췌한 모습으로 의자에 앉아 있는 그를 보았다. 나는 화들짝 놀라며 급히 몸을 돌렸는데, 마침 그도 내 쪽으로 얼굴을 돌리다가 다시 정면으로 향하여 고개를 숙이고는 무표정하게 앉아 있었다. 나는 그가 알아보지 못했다고 단정하고는 접수대로 향했다. 보험카드를 내면서 뒤가 몹시 신경 쓰였다. 나는 머리를 숙이고 그의 앞을 지나갔다. 그때, 예리한 바늘이 섬광처럼 등줄기를 뚫고 지나가는 것 같은 느낌을 받았다. 나는 재빨리 내과 도어를 열고 들어가 버렸다.

「차례가 아닙니다. 복도에서 좀 기다려주세요.」

내 나이 또래의 간호사가 낡은 잡지를 뒤적거리다가 얼굴을 찡그리며 건조한 어투로 말했다.

「아, 그래요? 깜빡 잊고 그만. 얼마나 기다려야 할까요?」

나는 쓸데없는 말을 하면서 시간을 벌었다.

「잠시만요. 하여튼 나가 주세요. 곧 부를 거예요.」

간호사는 단호하게, 그러나 계속 잡지에 얼굴을 묻고 말했다. 무안하게 돌아서 나올 때 도어의 정면에서 깊은 탄력이 나를 밀어내고 있음을 알았다. 그 힘을 피할 곳이 없었다. 조심스럽게 도어를 열면서 살며시 그쪽을 살폈으나, 없었다. 그가 앉아 있던 자리에는 푸른 점이 박힌 환자복의 아주머니가 차지하고 있었다. 사방을 둘러보았으나 역시 없었다. 섭섭했다.

내가 왜 그 주위를 헛돌아야 되는지 자신도 확실히 정리할 수가 없었다. 오누이라는 점이 이유가 될 수도 있었다. 어머니의 한서린 푸념도 한 이유였다. 선뜻 만날 수 없었던 벽을 너무 깊게 인식하며 지내온 십 몇 년의 세월이 금방 무너져버린다는 두려움도 나는 감당할 수 없었다. 그 모든 것이 내 앞에 깊은 진창처럼 널려 있었다. 굳이 그 진창을 건너지 않아도 된다는 생각은 어머니와 같이 지낼 때부터 순간순간 새기던 마음의 버릇이었다.

여고를 졸업하고 들어간 제법 큰 오퍼상 경리실은 서울 한복판을 차지한 삼십 층 건물의 한쪽 벽에 있었다. 한가할 때면 창가에 붙어 서서 짜릿하게 저려오는 도시의 정경을 내려다 볼 때, 무수한 인파와 차량이 직선으로 혹은 휘움하게 굽은 도로를 따라 정연하게 움직이고 있음을 보았다. 그것은 항상 평면적인 삶을 살아온 나에게는 경이의 장면이었다. 거리의 인파 속에서 떠밀려 흐르는 듯한 퇴근 때의 혼잡함은 흔적도 없이 사라지고, 약간 넓게 보이는 흑색 바닥 위로 움직이는 딱정벌레의 무리들, 양편으로 옴지락거리며 이어지는 인파의 진행 방향은 한 치의 오차도 없이 일정하게 보였다. 그것들 옆에서 눌린 듯 솟아 있는 키 낮은 건물들도 그렇게 아담하게 보일 수가 없었다.

내 시선과 평면으로 이어지는 혼잡한 거리와 눈을 현혹시키는 네온사인의 불빛은 짙은 원색으로 다가왔지만, 삼십 층 위에서 부감 형식으로 펼쳐진 한낮의 공간은 우주의 말 없는 흐름과도 같은, 한 점 어긋남이 없는 고요하고도 천천한 움직임이었다. 퇴근길은 혼자였다. 어울릴 수 없었다. 숱한 소음과 인욕(人慾)이 녹은 엿물처럼 퍼진 도시의 밤이 내 살갗에 눌어붙어 버린다는 끔찍한 생각은 나를 떠나지 않았다. 그럴 때마다 어렴풋이 기억에 남아 있는 그림— 안개에 잠긴 바다를 향해 서로 엇갈려 있던 두 척의 범선—이 떠오르게 된 것은 우연이 아니었을 것이다.

아버지의 죽음은 당시 나에게는 그저 요란한 상여꾼 소리와 혼잡한 마당에서 몇 조각 얻어먹던 떡과, 무섭게도 표정 하나 없던 어머니가 이내가 낀 저녁 때 뒤꼍에서 커다란 가마솥에 장작을 지피면서 소리죽여 울던 추억만 안겨주었다. 어린 내 눈이 더 이상 주변을 살필 여유도 없었을 것이다.

상여가 나간 뒤 며칠 후, 무당의 집가심도 끝났을 때 뒤처리에 바쁜 어른들의 부산한 움직임에 싫증이 난 나는 내 방에서 누군가가 떨어뜨려 산산이 부서진 그림액자를 보았다. 다행히 그림은 그대로 부서진 유리 조각 밑에서 손상 없이 놓여 있었다. 그때였다. 문을 열고 들어 온 큰오빠가 그 광경을 보고 버럭 소리를 지르며 두 손으로 부서진 액자를 들었다. 내 밑으로 유리 파편이 우수수 떨어졌다. 오빠는 무서운 얼굴로 나를 보다가 손으로 내 얼굴을 후려쳤다.

「망할 년! 아버지가 없다고 이젠 집안 물건마저 다 부술 작정이냐?」

그리고는 내가 미처 변명할 틈도 없이 그림을 들고 나가버렸다. 나는 급격한 충격에 그대로 울음을 놓았다. 어린 마음에도 무언가 억울함이 들끓어 올랐던 것이 분명했다. 평소 그렇게도 다정하게 대해 주던 오빠의 변신에 대한 불안감도 그 울음에 한몫했을 것이다. 그러나 그것보다 더한 일이 내 방에서 벌어졌다. 울음소리를 듣고 달려 온 어머니는 큰오빠가 때렸다고 울먹이며 하는 말을 듣고 잠시 서 있다가 갑자기 의자를 들고는 실내의 물건들을 닥치는 대로 부수기 시작했던 것이다. 책상과 작은 옷장, 항상 아침이면 환한 햇살이 비치던 작은 창문, 동화책 꽂이, 학교에서 만든 종이 꽃병…….

나는 너무 무서워서 악을 쓰며 울었는데, 그때 투명한 눈물 속에서 언뜻 보이던 내 첫돌 사진이 방바닥에서 울고 있었음을 지금도 기억하고 있다. 그 후, 어른들의 욕지거리와 어머니의 짐승 같은 울음을 끝으로 더 이상의 기억은 별로 없다. 아마 누군가에게 끌려 나가 잠들었을 것이다. 얼마 후 우리는 서울로 이사를 했다. 이사라기보다는 분가(分家)가 적당했다. 두 오빠는 우리와 멀어졌고 나와 어머니만 서울로 갔다.

「왜 오빠들은 없어?」

이사한 첫날 저녁, 철없이 묻는 나에게 어머니는 쳐다보지도 않고 쌀쌀하게 말했다.

「그것들은 필요 없어. 다신 그것들을 생각하지 마라.」

어머니의 장례식을 마치고 텅 빈 방에서 한 달을 보냈다. 어머니가 차지하고 있던 아랫목 좁은 공간이 너무도 휘휘하게 전해지고, 내가 차지할 곳은 없음을 알았다. 있어야 할 그곳에 냉랭한 기운만 잠겨 있음을 보면서 내가 할 일이 무엇인가를 심각하게 파고들었다. 수없이 스치는 생각들을 되새김질하면서 결국 이곳을 떠나야한다는 것으로 나를 몰고 갔다. 그들을 찾아야 했다. 내가 해야 할 유일한 일이었다. 만나서 다시 결합한다는 생각은 하지 않았다. 단지 앞으로 살아갈 힘의 원천을 그들을 만나서 확인할 수 있을 것이었다. 머릿속에서는 희미한 기억의 조각들이 불쑥불쑥 튀어 올랐다. 사라져버렸던 추억이 잊히지 않는 원형으로 다가올 수 있는 그 힘은 어디서 온 것인가를 확인한다면 작은 공간 속에서라도 나는 안주할 수 있을 것이라고 믿었다.

처음 도착한 동해안 강릉의 기억은 저녁 어스름 속에서 조금씩 옛날을 펼쳐주며 나를 빨아들였다. 아득한 유년의 조각이나마 건질 수 있을 것 같은 예감은 가슴 속에서 맹렬하게 끓어올랐다. 바닷가 허름한 민박집에서 밤늦도록 파도의 포효를 들으며 그 조각의 원형을 꿰어 맞추려고 애를 썼다. 수백 개의 조각으로 흩어진 사진 한 장을 다시 복원시키는 듯 복잡하기만 했다. 겨우 반쯤 맞추었나 싶으면 어딘가 어울리지 않은 사진으로 나타났다. 파도소리와 조각들. 어느 폭풍 치던 날 밤의 굉음. 거짓말처럼 다음 날은 맑게 개었을 때의 기억을 이리저리 뜯어 맞추고 또 찢어버렸다.

수없이 반복되는 작업 속에서도 비록 허점투성이나마 한 장의 사진을 완성했을 때 나는 깜짝 놀랐다. 아버지의 얼굴이었다. 갸름한 얼굴과 잘 웃지 않던, 항상 술 냄새만 펄펄 날리던 아버지였다. 어릴 때였으니 자세한 기억은 없었다. 그러나 신통하게도 짙은 안개를 온 몸으로 감싸 안은 모습으로 앞에 나타났다.

왜 아버지의 사진을 완성했을까, 완성할 수밖에 없었을까를 다시 파고들었다. 아버지에 대한 기억은 너무나 희미하고, 그나마 남아 있는 것이라고는 손가락으로 셀 수 있을 정도밖에 없었지만, 흐릿하나마 완성된 사진의 온기가 가슴으로 아주 천천히 옮겨지고 있음을 느꼈다. 나는 누구를 만나기 위해 이곳에 왔지만 만남의 대상이 아버지는 아니었다. 흔적의 줄기를 찾아나가면 혹시 나의 원형을 찾을 수 있을 것이라는 작은 기대감을 믿기도 했지만 결코 아버지는 아니었다. 그런데도 아버지는 십오 년 세월의 저 편에서 내 앞으로 걸어온 것이다.

그는 시간의 침묵을 무시하고 있었다. 시간의 문을 뚫고 나타난 아버지의 모습에서, 어머니의 잔소리에 잊고 지낼 수밖에 없었던 일들이 켜켜이 쌓인 먼지를 털어버리고 일어섰다. 아홉 살 이전의 눈으로 본 사람들의 모습이란, 치기 어린 꿈에 단순함이 곁들인 낡은 필름으로밖에 보이지 않았다. 언제였던가. 당시 중학교 졸업반이던 큰오빠는 술에 취해 교복에 흙을 잔뜩 묻힌 모습으로 한밤중에 집에 돌아왔다. 교모도 잃어버리고 입에서는 독한 술 냄새를 풍기며 '우리집이 맞아?'를 연발하면서 툇마루에 널브러졌다. 나는 온갖 뼈마디가 산산이 이완된 동물처럼 늘어진 오빠에게서 풍겨오는 술냄새를 피하며 괜한 호기심으로 바라보기만 했다. 생각해 보면 아마 중학교 졸업이란 들뜬 분위기에 휩쓸려 동네 친구들과 못 마시는 술을 강제로 퍼 넣었을 것이었지만, 사단(事端)은 안방에서부터 시작되었다.

「괘씸한 녀석 같으니, 마빼기에 피도 안 마른 놈이, 뭐? 술 쳐먹고 꺼꾸러져? 내 요노모 새끼 모가지를 콱 비틀어버릴까 보다. 요노모 새끼를…….」

그렇게 길길이 날뛰는 아버지도 오빠와 다를 바 없었던 것이. 꽤나 이슥한 시간이었는데도 나는 술심부름으로 앞집 가게에 부지런히 들락거리고 있었고, 아버지는 아랫목에 죽치고 앉아 연신 술을 입에 털어 넣고 있던 중이었다. 마루에 널브러진 오빠의 모습을 기가 찬 듯 잠시 씨근거리며 바라보던 아버지는 광에서 낡은 괭이자루를 들고 와서 불문곡직하고 오빠를 사정없이 패대기 시작했다.

「요노모 자식, 집안 망칠 놈이, 아무리 세상이 뒤집어졌기로니 어디서 술 쳐먹고 기어들어와! 이 마빼기에 피도 안 마른 노모 새끼가.」

아버지는 정말 무섭게도 오빠를 패댔다. 이미 술에 늘어진 오빠는 피하지도 못하고 고스란히 몸을 괭이자루에 맡기고 있을 뿐이었는데, 어느 정도 분을 삭인 아버지가 괭이자루를 마당에다 팽개치고 내뱉은 한마디는 지금도 새삼스러울 정도로 뚜렷이 기억하고 있다.

「장남이란 녀석이, 역사의 후예로 커야 할 놈이, 공부할 생각은 않고 뭐, 술 쳐먹고 다녀? 것도 쥐방울만한 녀석이?」

그러고는 횡하니 방으로 들어가 버렸다. 나는 너무 무서워서 마당 구석에서 꼼짝 않고 서 있었다. 다음 날 아버지가 장작을 패는 것을 보면서 살며시 물었다.

「아버지, 역사가 뭐야?」

「역사? 역사라니, 웬 소리야?」

「어제 아버지가 역사 뭐라고 했는데?」

「아, 그래, 그랬어? 그런데 넌 몰라도 돼. 힘 센 사람이 역사야. 거 왜 씨름선수 알지?」

난 고개만 까닥이며 반쯤 이해했다는 표정을 지어보였다. 그 후, 때로 아버지가 술에 취해 노래를 부르거나 목소리를 높일 때면, 아버지의 모습에서 웃통을 벗어버린 씨름 선수를 중복시키는 버릇이 생겼다. 학교에서 상급생 남자애들이 웃통을 벗고 모래판에서 서로 붙들고 넘어지는 광경을 보면서도 나는 슬며시 아버지의 역사를 연상하고 흥미 있게 구경했었다.

나는 풍문에 들은 대로 오빠의 소식을 초등학교에서부터 찾기 시작했다. 서울에서 고향 사람들을 만날 기회가 있었을 때 오빠가 초등학교에 근무한다는 것을 언뜻 들은 적이 있어서였다. 오빠가 졸업한 고등학교 동창회 사무실에서 금방 찾을 수 있었다.

「있습니다. 김관식. 8회 졸업생이군요. 현재 해봉초교 재직이라……. 그런데 이 명부가 좀 오래된 것이라 좀 뭣하군요.」

그 학교를 찾았을 때는 밤이 깊었다. 지독한 궁촌(窮村)이었는데, 마을이 거의 끝나가는 산기슭에 웅크리고 있는 작은 학교였다. 늦은 밤에 불쑥 찾아 온 젊은 여자의 모습에 다소 놀라는 표정을 짓던 늙은 교사는 찾는 이의 이름을 대자 기억을 더듬다가,

「김관식이라…… 김관식, 김관식, 관식…… 아, 생각납니다. 그런데 갑자기 그 양반은 왜……?」

나를 위아래로 일별하며 뜨악한 눈으로 쳐다봤다.

「이 학교에서 몇 년 있었다고 들었지. 키가 좀 크고 그 뭔가를 한다는 선생이었는데, 꽤나 오래 됐지 아마. 교육청 회의 때 교육장에게 무슨 문젠가를 놓고 대들던 사람으로 소문났었는데.」

나는 오빠에 대한 이야기를 들으며 내가 동생이란 말은 하지 않았다. 아마 그의 속된 상상력에 흥미 있는 사실을 덧붙이는데 일조했을 것이다. 그리고 그 선생이 사실 그대로는 말하지 않았지만 나는 그간의 사정을 대충 짐작할 수 있었다. 오빠는 신문에 자주 등장하는 어떤 교원단체와 관련이 있다는 것. 윗사람과 자주 다투며 동료들과의 관계가 그리 좋지 못하다는 것. 한동안 문학에 심취했다는 것도. 오빠가 이 도시에 근무한다는 것도 알았다.

밤에 깨어났다. 빗소리가 조용하게 들리고, 가끔 자동차 경적

소리가 정적을 뚫고 날아왔다. 어둠 속에서 형광 스위치를 찾아 올렸다. 한잠 잔 탓인지 머릿속은 맑았으나 목이 몹시 말랐다. 저녁에 사 둔 캔 커피를 따서 천천히 마셨다. 빗소리에 섞여 어디선가 미세한 입자의 떨리는 소리가 들렸다. 곧 알아차렸다. 형광등에서 흐르는 소리였다. 그러나 그것만은 아니었다. 그 소리를 덮어버리는 더 무섭고 둔한 소리가 밀폐된 방안으로 들어오려 하고 있었다. 야명(夜鳴). 그것은 밤이 우는 소리였다. 한낮의 더위에 지친 세상 모든 혼령이, 고요한 밤에, 그것도 마음껏 소리 내어 울 수도 없는 듯 무겁고도 얕게 흐느끼는 울음소리였다. 그 소리는 오직 나를 목표로 날아다니고 있는 것처럼 들렸다. 담요를 머리 위까지 덮어썼다.

어머니의 가게에는 밤이면 가끔 취한 남자들의 거친 욕설과 어머니의 앙칼진 목소리가 섞여 터져 나오곤 했다. 못 들은 척 방으로 들어와 누우면, 언제 들어온 지도 모르게 어머니는 아랫목에서 미동도 않고 앉아 있는 것을 볼 수 있었다. 그때에도 오직 밤의 울음소리만이 우리들의 어깨를 소리 없이 누르고 있었음을 기억하고 있다. 가끔 어머니의 주정을 밤이 깊도록 받아줄 때도 있었다. 몹시 취해 나에게 화풀이를 해도, 쏟아지는 생에 대한 원망도 그리 싫지가 않았다. 풀어버리면 속도 시원할 거, 라는 단순한 마음으로 어머니의 앞뒤 없는 한탄을 끝까지 들어줬다. 어머니는 아버지에 대한 원망에서 하루하루 살아가는 힘을 얻고 있었는지도 몰랐다. 살기 위해 그 대상으로 걸어 잡은 것이 바로 아버지인 것처럼 보였다. 그러나 나는 아버지에 대해 원망할 그 어떤 흔적 하나 머릿속에 남겨두지 않았다.

도리어 아홉 살 이전의 생활에서 남은 기억의 빈곤이 어머니의 혀끝에서 사방으로 갈라지는 아버지에 대한 그리움으로 떠오르게 되곤 했다. 아버지를 따라 바닷가 바위틈에서 놀 때에도 아버지는 취했다. 아버지가 있는 곳에는 반드시 술이 따라다녔다. 어린 그때에도 아버지가 곧 술, 이라는 생각이 깊게 자리 잡았음이 틀림없었다. 언젠가 투정 비슷하게 물은 적이 있었다.

「아버진 왜 만날 술만 마셔?」

「그럼 안 마시면 뭣해? 가만 있는 것보다 좋지.」

「옆집 아저씨들은 안 마시던데?」

「그 사람들은 옛날이나 지금이나 할일 없는 사람들이니 그렇지.」

내가 뭐라고 더 떠들었고 아버지는 계속 술만 마셨다. 아버지의 방에는 책이 많았다. 내가 읽을 수 없는 누르스름한 책들이었다. 그 책에서 이상한 냄새도 났다. 아버지가 방에 비스듬히 누워 책을 읽으면 나도 그 옆에서 큰소리로 책을 읽었다.

어머니의 죽음은 죽음 그뿐, 나는 원망의 언어에서부터 벗어나는 자유로움을 얻었을 뿐이었다. 그러나 아버지는 달랐다. 거의 세뇌(洗腦)되다시피 살아온 아버지에 대한 원망의 세월도 어머니의 죽음 그 뒤로는 흔적도 없이 사라지고, 오직 아버지와 오빠들에 대한 이유 없는 접근욕만이 나를 지배하고 있었다.

다시 커피 캔을 기울였으나 한 방울도 없었다. 갑자기 큰오빠의 병이 궁금해졌다. 거의 반달이나 그를 보지 못했다. 병원에서 보았던 그의 초췌한 모습이 생각났다. 이 도시에 온 지도 벌써 반년이 지났음을 떠올렸다. 이젠 더 머뭇거릴 마음의 여유가 없었다. 그를 만나서 내가 이곳에 올 수밖에 없었던 그 힘을 알아보리라. 그 힘의 원천이 앞으로의 내 삶을 지탱해 줄 수는 없을 지도 모른다. 그러나 그들과 나와의 이어진 끈을 확인할 수만 있다면 나는 십오 년의 흔적을 삼켜버리고 홀가분하게 살아갈 수 있을 것이다.

아침도 먹지 않은 채 일찍 나섰다. 아침을 먹는 시간마저 초조하게 생각되어 방에 있을 수가 없었다. 여섯 시. 너무 이른 시간이었다. 아침의 도시는 간밤에 바다에서 밀려온 흐릿한 해무(海霧)에 잠겨 있었다. 붉은 보도블록에 부딪치는 구두 소리가 가볍게 새벽을 울렸다. 커피를 마시고 싶었다. 평소 들르던 이 층 커피숍을 찾았다. 잠이 오지 않아서 새벽을 설쳤을 때 가끔 가던 곳이었다. 포근한 느낌을 주던 곳이었는데, 너무 이른 시간인지 문만 열려 있고 종업원들이 아무도 없었다. 거리가 잘 보이는 창가에 앉아 창밖의 풍경을 내다보았다. 곧게 뻗은 길 양편으로 높낮게 서 있는 건물들이 이제 슬그머니 사라질 해무에 잠겨 있고, 가게 문을 여는 사람들과 아침 운동을 마치고 돌아가는 사람들, 일찍 등교하는 부지런한 학생들……. 자우룩한 도시의 아침은 이제 사람들에게 속내를 풀어놓을 준비에 조용히 움직이고 있었다.

물끄러미 밖을 내다보던 나는 후딱 일어나 밖으로 뛰어나왔다. 없었다. 골목에서 막 나오는 청소원의 리어카 뒤에서 언뜻 보이던 인영(人影)의 자취는 사라지고 없었다. 잘못 보았던가. 나는 가슴을 쓸어내리며 다시 찻집으로 올라갔다. 이제야 내실에서 나오는 안면 있던 아주머니에게 커피를 주문했다. 잠이 온몸에 덕지덕지 붙은 그녀는 안면을 찡그리는 듯이 인사를 했다. 나는 오늘의 일에 대해 생각에 잠겼다. 무작정 일찍 집을 나선 자신이 우스웠다. 오늘은 기필코 나의 일을 마칠 작정이었지만, 그렇다고 새벽부터 나올 일은 아니었다. 커피가 나왔다. 따뜻한 커피를 마시며 다시 창밖으로 시선을 옮겼을 때, 아래에서 이층으로 올라오는 발자국 소리를 들었다. 차츰차츰 올라오는 무거운 구두 소리, 다시 출입문을 여는 소리에 이어 구두 소리는 내가 앉아 있는 곳으로 향하다가 뒷자리에서 멈추고 그리고 가볍게 의자의 삐걱거리는 소리가 났다. 난 신경 쓰지 않았다. 아마 아침 운동을 마친 사람일 것이었다. 잠시 조용하던 뒤에서 다시 일어서는 듯한 느낌이 전해졌다. 나는 몸을 웅크리며 마지막 커피를 마시고 일어났다.

「희수, 많이 컸구나!」

숨이 멎는 것 같았다. 낯선 도시에서 이른 아침에 내 이름을 부르는 사람! 난 발작적으로 돌아서며 소리쳤다.

「맞아! 오빠도 달라졌고!」

그는 천천히 몸을 일으켜서 내 앞으로 와 털썩 소리가 요란하게 앉았다. 나는 그가 순간적으로 무너져 내린다고 생각했다. 꼼짝할 수가 없었다. 전보다 더 여윈 모습에 오직 검정과 흰색으로만 채색된 눈만이 그의 전부를 나타내는 것 같았다. 서른 중반의 얼굴이 아니었다. 이미 삶의 흔적을 온몸으로 받아들인 모습이었다. 멀리서 보던 모습보다 양 볼이 유난히 움푹 들어간 얼굴이었다. 왼손에 큼직한 가방을 들고 있었다. 나는 그의 눈길을 피하며 다 마셔버린 커피를 습관적으로 두 손으로 감쌌다.

「넌 줄 이미 알고 있었지. 집도 대강 알고. 너의 어머니 일도 알고 있어. 불행한 일이었지만.」

그 앞에 나서지도 못하고 에돌기만 했던 지난 반년이 무너져 내리고 있었다.

「난 한눈에 알아봤지. 너도 알거다, 병원에서……」

「난 모르고 있는 줄 알고 있었는데…….」

그는 담배를 물었다. 손끝에 매달린 담배만큼이나 길고 흰 실뱀 같은 손가락은 차라리 투명하게 보였다. 나는 침착할 수 없었다. 발끝에 힘을 모았다.

「모를 리가 있나, 세월이 아무리 흘렀기로서니. 그래, 어떻게 지냈어?」

「보시는 대로 지내고 있어요, 여기서. 지금 길게 대답하기도 힘들고.」

「그렇겠지…….그렇겠다. 참, 형식이는 지방에서 공무원으로 있어. 결혼도 했고.」

나는 오랫동안 기억의 창고에서 낡고 바스러진 작은오빠의 모습을 그렸다. 분명하지 않았다. 그것보다도 그가 내 모든 사실을 알고 있었다는 것에 심한 부끄러움과 어떤 배반감을 동시에 느꼈다. 반발심이 반가움을 덧씌우고 있었다.

「어머니가 돌아가셨다는 소식을 듣고, 너가 나를 한 번이라도 분명히 찾아올 거라고 믿었지. 너는 아버지를 닮았으니까.」

「반드시 그렇지는 않아요.」

나는 반발심에 소리쳤다.

「난 서울보다 바닷가가 좋았고, 이곳에서 그냥 일하고 있었을 뿐이에요. 오빠도 우연히 이 도시에서 살고 있는 것처럼 나도 그래요. 그것뿐, 결코 오빠를 찾은 적은 없어요.」

「……그렇다고 치자. 그렇다고 하자. 그게 뭐 중요한 것도 아니니까.」

그는 담배를 끄고 일어섰다. 거인처럼 나를 내려다보았다.

「너를 만나려고 일부러 새벽에 너가 사는 집 근처에서 기다린 거다. 가자! 할 말도 있고.」

어떤 힘에 이끌리듯 나는 일어섰다. 옷가게 따위는 생각에 없었다. 우리는 택시를 타고 바다로 나갔다. 나는 그가 가는 곳으로 그냥 따를 수밖에 없었다. 피할 수 없는 일이라기보다는 언젠가는 있어야 할 일이 지금 일어났다는 생각뿐이었다. 작은 포구에 도착하자 그는 자주 온 곳이라며 낡은 판자로 된 횟집에 먼저 들어갔다. 허술한 겉보다 안은 정갈하게 차려진 집이었다.

「괜찮은 집이지? 이런 횟집이 난 좋아. 시도 때도 없이 자주 오는 곳이야. 주인도 잘 알고.」

「몸이 괜찮아요? 몹시 힘없어 보이는데?」

「며칠 전에 휴직을 냈다. 병원에 당분간 다녀야 돼. 이럭저럭 술 때문에 속을 좀 다쳤다. 한 이 년 쯤 걸리려나. 미친놈들이지, 의사라는 것들이. 이렇게 쐬주만 잘 먹는데.」

그는 슬쩍 웃었다. 너무 거침없이 내뱉는 그의 어투에서 문득 어머니를 떠올렸다.

「서너 달 정도 병원 신세를 좀 지고 살아야겠어. 뭐, 그리 걱정할 것은 없어.」

「이렇게 일찍 빈속으로 술을 마실 일은 피해야잖아요? 아침만 드시고 가면 돼요.」

「너, 아버지 기억이 없는 모양이구나. 아버지 술이 어디 가나? 널 만났으니 한 잔은 해야지. 안 그래?」

나는 더 막지 않았다. 아버지와 오빠의 술을 비교하는 자신이 우스웠다. 슬며시 웃는 내 얼굴을 보며 그도 웃었다.

「지난 일은 속속들이 알 필요는 없겠다. 현실이 중요하니까.」

하얀 목화송이를 점점이 썰어놓은 것 같은 생선회가 소주와 같이 나왔다. 그는 소주병이 반이나 가라앉을 때까지 묵묵히 마시고 먹었다. 나에게는 첫잔만 조금 따라놓았을 뿐 강요하지 않았다. 창밖으로 보이는 바다는 가벼운 숨결로 움직이고, 낡은 어선 몇 척은 모랫벌 위에서 한가하게 졸고 있었지만, 모두 굵은 밧줄로 뒤편의 소나무 밑둥이나 바위에 묶여 있었다. 모래 위에 엉켜 붙은 해초더미가 파도에 밀려 서로 부딪치며 뒤집어졌다가 다시 일렁이는 파도에 나둥그러졌다.

「이런 기회가 다시 있을지 모르겠다. 어쩌면 없을 것 같기도 하고. 그동안 나는 말이 몹시 마려웠다. 우리들의 이야기를 말야. 아무나 붙잡고 무엇이든 떠들고 싶었는데, 이제 너를 만나니 하고 싶은 얘기를 다 퍼붓고 가야겠다. 이상하게도 형식이보다 너 생각이 더 컸어. 또 형식이와는 대화가 항상 엇갈리는 것도 재미없고.」

그는 다시 한 잔을 따르며 잠시 바다로 눈길을 돌렸다. 아침 해가 슬슬 고개를 내밀고 붉은 잔영은 바다를 붉게 물들였다. 멀리서 갈매기 떼들이 감실감실 떠다니고 있었다. 포구 안에서는 파도도 그리 심하지 않았다.

「아까 말했지만, 너의 어머니 소식을 들은 후 이상하게도 네가 찾아 올 것만 같았어. 올해 들어 더욱 그 생각이 깊어졌지. 너를 찾고 싶은 마음과 행동은 별개였지만 말이야. 그런데 이렇게 만나게 된 건 결국 아버지의 기질로 생각할 수밖에 없어. 내가 알고 있는 너는 비록 어릴 때였지만 그 기질 그대로였으니까.」

몇 마디 던지고 싶었지만 그는 여유를 주지 않았다.

「아버지는 실패한 분이었지. 그런데 지금 내가 생각해 보니 결코 완전한 실패는 아니었어. 하고 싶은 대로 다 하신 분이니까. 티브이를 보면서도 소리치고 웃고. 이 도시 전체 가구가 같은 시간에 같은 연속극을 같은 자세로 거실이나 소파에 앉아 보고 있다고 생각해 봐. 어때? 숨 막힐 것 같지 않아? 지금 생각해 보니 아버지는 그런 걸 거부하고 사셨던 거야.」

그는 막혔던 말문을 열고 억눌러 온 이야기를 쏟아내었다. 눈언저리가 불그스레하게 변했지만 눈씨는 더욱 매섭게 빛을 뿜었다.

「……나는 그 분의 사고방식을 지금은 이해할 수 있을 것 같아. 일하고 봉급 받고, 자식 기르고. 매일 같은 일을 반복하는 생활, 어쩌면 당연하다고 할 그런 제약이 아버지를 그냥 두지 않았어. 또 그들의 눈에는 아버지의 별다른 행위가 강한 거부감으로 다가왔을 거야. 봉급쟁이들의 형식과 그 형식의 둘레를 깨버리는 그 어떤 행위도 용납되지 않는, 그래서 더욱 술에 움츠려들 수밖에 없었던 이 시대의 어쩌면 유일한 분이었을지도 몰라.」

오빠는 숨 돌릴 여유도 주지 않고 말했다. 눌렸던 스프링에 압력이 다해 맹렬히 솟아오르는 것처럼.

「나는 그때의 일을 절대 잊어버리지 않았어. 중학교 졸업 때 아버지의 몽둥이를 맞으면서 들었던 말. 역사의 후예라는 말. 아버지는 헛말을 떠든 게 아니었어. 그분은 바로 자신에게 할 말을 대신 나에게 퍼부은 거야. 탈출할 곳은 없고, 자식에 대한 기대가 술과 엉켰을 때, 그분은 몽둥이를 들 수밖에 없었을 거야.

역사라는 말을 나는 단순히 힘 센 사람으로만 알고 있었지만, 그게 아니라는 것은 대학에 가서야 알았지. 아버지가 돌아가신 후 남은 책을 정리하다가 한국고대야사(韓國古代野史)라는 책을 보게 됐는데, 그 책 속에 붉은 메모가 어지럽게 쓰여 있어서 주의 깊게 읽어보았지. 그 부분이 중국 진시황제(秦始皇帝) 격살 미수 사건에 연루된 창해역사(滄海力士) 라는 장사 이야기였어. 창해역사는 우리민족인 동이족(東夷族)으로 기록되어 있었고. 난 비로소 이해할 수 있었지. 거대한 중국을 통일한 신의 제왕인 시황제를 감히 죽이려고 한 동이족의 인물. 비록 야사에 전하는 내용이지만 아버지는 분명 그 이야기에 심취한 것이 틀림없었어. 시황제를 전체 중국인의 신으로 여길 당시의 상황에서 벗어나, 타성의 껍질을 깨뜨리는 창해역사의 거사는 당시 아버지의 주변 상황에 대한 카타르시스적 요소로 자리 잡았음이 틀림없었을 거야. 유독 그 부분만 장황한 주석(註釋)이 어지럽게 적혀 있던 것으로 보아 확신할 수 있었어.」

나도 모르게 빈 잔에다 술을 따랐다. 처음 들어보는 옛이야기가 파도소리에 잦아들었다.

「지금 직장인들에게는 개성이 다 녹아버렸어. 물론 개성이야 다 있지. 그러나 그건 다리미로 잘 다려지고 빈틈없는 예의로 꾸며진 개성일 뿐이야. 같은 업무, 복장, 음식, 취미, 술…… 그런 일에 젖어버린 봉급자들의 나약한 개성을 그분은 거부하신 거야.

나는 정직하고 평범한 교사로서 살아갈 작정이었지. 그런데 몇 년이 지나가자 평범하다는 것에서부터 내 몸은 삐걱거리기 시작했어. 발령 받고 십여 년 동안 한 일이라고는 같은 일의 반복, 그뿐이었어. 반복과 반복이 겹치면 언젠가는 퇴직할 것이고, 그 뒤를 또 다른 사람이 답습할 것이고. 난 숨 쉴 작은 공간을 찾았지만 없었어.

결국 이런 곳을 벗어나기 위해 어떤 조직에 가담했지. 나는 원래 조직이란 것을 좋아하지 않았어. 조직원끼리 내규가 있는 것이고, 내가 그 내규를 지켜야 한다고 생각하면 그것도 답답함을 넘었지. 전체와 떨어진 조직이란 이름으로 묶인 또 다른 올가미. 그것이 내가 알고 있던 조직에 대한 인식이었는데, 그런데도 나는 가담했어. 그것의 이념이나 행동에 찬동하지도 않았지. 찬동하는 부분은 물론 있었어. 그러나 찬·불찬이 문제가 아니라 자신의 껍질을 벗어나기 위해 가담했지. 직장에서는 경원시 당하고, 그러면서도 나는 통쾌했어. 남들이 옳다고 믿는 사실을 거부할 때의 통쾌감. 모든 이들이 푸르다고 믿는 사물을 희다. 라고 혼자 당당하게 말할 당시에는 그렇게 생각했지. 인간이 어찌 그렇게도 같은 생각으로만 존재할 수 있겠느냐고. 비록 푸른색으로 증명된 사실이라 해도 진정한 인간이란, 증명된 사실을 자신의 내적 의지로 거부할 수 있는, 또 다른 부류가 존재해야 의미가 빛나는 것임을 믿었지. 그건 푸른색이 아니고 흰색일 뿐이라는.

……나는 너무 허약했어. 교사라는 안온한 직업에 안주하면서 평범하게 살아가려고 노력했지. 그런데 그게 아니었어. 마음속에서 나를 찾는 소리가 자꾸 들리는 거야. 특히 아버지 기제사가 돌아올 때면 더욱 분명히 들을 수 있었어……」

그는 계속 많은 이야기를 내뱉었다. 그의 얼굴은 지난 밤새도록 맞췄던 사진 속의 인물을 닮아가고 있었다. 말을 마치고 술을 입에 훌쩍 털어 넣었다. 얼굴이 붉게 충혈되어 있었지만 사진 속의 인물과 같은 흐릿한 윤곽이 그의 얼굴에서 퍼져 나오고 있음을 보았다. 잠시 바다를 바라보던 그는 가방에서 낡은 광목으로 돌돌 말은 가느다란 원통형 물건을 꺼냈다.

「받아 넣어라. 보면, 너도 기억이 날 물건이니까. 네가 갖고 있는 게 좋을 것 같아서 주는 거다. 형식이는 우리와 너무 다른 녀석이라서 내가 너에게 주는 선물이니까. 지금 펴 보지 말고 내가 간 후에 봐라.」

그는 잠잠히 웃기만 했다. 씁쓸한 웃음을 나는 보았다. 우리는 잠시 바다 쪽으로 눈을 돌렸다. 짭조름한 바닷내가 밀려왔다. 순간 나는 그 향기를 알았다. 수십 톤의 향유고래가 저 먼 바다에서 생을 다하고 깊고 깊은 바다 속으로 가라앉으면서 천천히 뿜어내는 용연향의 한 자락을.

「집 애가 일곱 살인데, 나중에 그놈에게 주고 싶으면 줘도 돼. 다시 만난다면.」

짐이라야 큰 가방 하나면 충분했다. 새벽 다섯 시. 반년의 흔적을 털어버린 마음으로 나섰다. 굳이 서울로 가고 싶은 마음은 없었다. 적당한 곳에서 나를 풀어버릴 작정이었다. 될 수 있는 대로 기후가 거세고 바람이 거친 곳, 바다를 떠나지 않을 생각이었다.

짙은 안개가 도시를 덮고 있었다. 북쪽으로 가는 버스에 앉아 스치는 새벽 경치를 받아들였다. 안개가 쉽사리 걷힐 것 같이 않았다. 불현듯 그가 준 작은 조각을 생각했다. 함부로 펴 본다는 어떤 두려움 때문에 아직 펴 보지 않았던 것. 가방에서 조심스럽게 꺼내어 천천히 폈다.

  그림 한 폭이 펼쳐졌다. 그것이었다. 두 척의 어선이 안개가 서서히 걷히는 새벽 바다를 향해 돛을 올리고 있지만, 서로를 묶어 놓은 밧줄 때문에 머뭇거리고 있는 순간이었다. 일순, 나는 숨을 쉴 수가 없었다. 시선을 차창 밖으로 돌렸다. 침잠의 바닥에서 솟아오른 십오 년의 세월이 모든 기억을 안고 화살같이 안개 속으로 사라지고 있었다. 눈 주위가 갑자기 뜨거워졌다. 나는 양 손으로 얼굴을 감싸 안았다. 안개는 더욱 짙어지고 있었다.

적군(敵軍)

1

 시골의 작은 면소재지를 에둘러 흐르는 시내는 제법 수량이 많았다. 여름이면 우리들은 냇가에 가서 미역 감고 놀았다. 세상 부러울 것 없고, 무서워할 것이라고는 겨울 문풍지 떠는 소리와 호랑이선생님(호랑이가 아니고 봄버들 같은 선생님이라도 좋다. 우리에게는 선생님은 모두 호랑이거나 그 사촌쯤으로 생각되었으니까)의 숙제물밖에 없었던 시절이라, 하교 후면 우리는 무조건 냇가로 달려가서 옷을 훌러덩 벗어 던지고는 첨벙거리며 물속으로 뛰어 들어갔다.
 물론 그러한 자유로움은 모든 사람들에게 적용된 것은 아니었다. 적어도 옷을 벗고 자유로이, 시간에 관계없이 냇물로 뛰어들

수 있는 부류는 인생의 선택받은 부류에게만 한정된, 즉 우리들에게만 부여된 자연의 선물이었다. 작은 보시기 같은 가슴가리개라는 것을 제법 가슴에 두를 줄 아는 계집애들이나 점잖은 어른들이 자신의 맨몸을, 비록 볼 사람도 없지만 함부로 햇빛 아래 내맡길 수는 없는 일이었다. 그러기에 한낮의 더위는 우리들만의 소유물이었고, 그래서 한낮의 냇가는 우리들 세상으로만 삶을 유지하고 있었다.

 그날도 대낮부터 우리들은 냇가에서 놀았다. 어른들은 콧구멍도 뵈지 않았고, 귀한 반두가 없어서 대신 가져 온 대소쿠리에는 우리들이 발광을 떨면서 잡은 제법 굵직한 뱀장어도 한 마리 꾸물거렸다. 우리는 피곤해졌고 저녁때가 되었으므로 모두 밥 먹으러 갔다. 그 날 깊은 밤이었다. 여름밤이란 길고도 길어서 이웃집과 우리집 식구들은 모두 앞뜰에서 마른 쑥을 태우며 이야기꽃을 피우고 있을 즈음, 우리 중 하나는 슬그머니 마당에서 빠져나와 한길을 따라 위쪽으로 올라갔다. 그곳에는 넓은 공터가 있었고 그 귀퉁이에 자그마한 교회당이 있었다. 그 뒤편이 수박밭이거나 참외밭이었다. 참외밭 곁길이 바로 우리 등굣길이었기에 오가며 노랗게 익어가는 참외를 침 흘리며 보아오던 바였다.

 밤은 이슥해 졌고 지나가는 아저씨들도 보이지 않자, 우리 중의 하나는 두 줄로 된 철조망 사이를 뚫고 안으로 기어들어 갔다. 그런데, 낮에 봐 두었던 잘 익은 참외를 어두운 밤에는 찾기가 어려웠다. 한참 더듬대다가, 에라 하는 심정으로 손에 잡히는 큼직한 놈 몇 개를 무조건 따서 다시 기어 나왔다. 어린 마음에 뒤에서 무서운 밭주인이 뒷덜미라도 잡을 듯한 손끝이 느껴지고, 앞은 불과 몇 미터밖에 되지 않은 거리였지만 탄력 있는 아교의 늪을 빠져 나올 때의 움직임처럼 둔한 압박감이 전해졌다.

그 길로 우리 중의 하나는 우리들을 찾으러 냇가로 갔고, 모두들 그곳에서, 겨우 달랑 붙어 있는 고추를 서로 자랑하고 있는 사이로 의젓하게 비집고 들어가서 그날의 전리품을 고추들 사이에 내 놓았다. 우리들은 함성을 질렀다. 초등학교 삼 학년의 전리품으로는 너무나 멋진 것이었음에 틀림없었다. 모두들 성급하게 덤벼들었다. 우리 중 하나가 입으로 껍질을 벗기기 시작했다. 모두 목울대를 꼴깍거리며 쳐다보았다. 드디어 다 벗겨졌고 그리고 한 입씩 돌아가며 먹기 시작했다. 순간, 우리는 약속이나 한 듯이, '에이 떫어' 하며 뱉어버렸다. 채 익지도 않은 것을 따온 것임에 틀림없었다. 우리는 밤의 무서움을 떨쳐버리면서 쟁취한 그 용기에 어긋난 결과를 맛보며 분개했고, 그리고 다시 물속으로 뛰어들었다.

이상했다. 참외서리는 이미 끝난 일이었고 우리는 신나게 물놀이를 즐겼지만, 우리들 마음 한구석에는 어떤 미진한 일이 가시지 않았다는 것을 알았다. 우리들은 차츰 의기소침해졌고 물놀이가 시들해져 갔다. 우리는 누가 먼저랄 것도 없이 강둑으로 올라가서 사방에서 덤벼드는 하루살이나 모기떼를 실없이 쫓으며 냇물을 바라보았다. 가끔 뒤편 멀리서 들리는 자동차 경적소리가 어둠을 가르고, 물고기가 수면 위를 솟구치는 소리가 우리들의 말없음을 깨뜨렸다. 더 이상 놀 기분이 사라져버리고, 우리는 하품을 해대기 시작했다. 하늘에는 엷은 구름이 총총한 별을 살짝 가리면서 산 쪽으로 흘렀다. 모두들 입을 헤 벌리고 조약돌을 냇물 깊은 곳으로 슬슬 던지면서 깊어가는 밤기운만 받아들이고 있었다. 그때였다. 우리 중 하나가 말했다. 아이 배고파!

우리는 이미 배가 고프다는 사실을 느끼고 있었고, 배가 고프다는 말을 듣기도 전에 무언가 허전한 것이 우리를 감싸고 있다는 것을 서로가 알고는 있었다. 단지 그 허전함의 실체가 무엇인지를 끄집어 낼 수 없었을 뿐이었다. 저녁밥을 먹은 지 몇 시간이 지났고 차가운 냇물을 뒤집어 쓴 지 오래였다.

달빛이 냇물을 비췄다. 그것은 물결의 결과 결 사이에 잠시 멈췄다가 우리들의 눈과 마주치면서 사방으로 빛났고, 건너편 언덕의 숲에서는 잠 없는 부엉이의 묵직한 울음소리가 냇가의 어둠을 타고 건너와 우리들을 알지 못할 쓸쓸함으로 감싸 안았다. 그 부엉이 소리는 밤기운에 젖은 우리들의 말라붙은 뱃속으로 조금씩 조금씩 스며들어 왔다.

아이, 배고파 죽겠네! 우리 중의 하나가 다시 말했다. 저 새끼는 매일 저 지랄이야. 그 중 하나가 말했다. 하얀 이밥이나 좀 먹어 봤으면. 하나가 입맛을 다시며 말했다. 우리는 그 말을 듣자마자 갑자기 뱃구레 속으로 쑤셔드는 허기감을 느끼며 어느 부잣집 밥상을 상상했다. 먹음직한 김치와 쇠고기국과 흰 김이 무럭무럭

피어오르는 이밥 한 그릇.

아 아까 참외 머어억던 거슬 어 어데 버 버렸써어? 하나가 부끄러운 듯 더듬거리며 말했다. 에이, 더러워서 어떻게 먹어? 하나가 소리쳤다. 또 하나가 조용히 그러나 신중한 음성으로 소곤거렸다. 거기에 수박도 있을 거야. 수박이 익었을까? 아까 참왼 맛도 없던데. 그게 쌔꺄, 안 익은 게야, 알아? 야, 저 새끼는 참외 맛도 못 봤을 게야. 아냐. 울 엄마가 장날에 만날 사 줘. 저런 빙신 같은 새끼. 너네 집에서 뭐 만날 사긴 뭘 사. 가난뱅이가.

우리는 어둠의 허공을 뚫고 우리들 머릿속으로 들어오는 허기를 감추기 위해 막 소리쳤다. 무언가 우리들의 허기를 채워 줄 만한 기막힌 생각이 우리들 머릿속을 휘잡고 다녔지만, 거미줄처럼 엉킨 우리들의 머릿속에서 그 구체적인 것을 끄집어 낼 수가 없었다. 아니, 그럴 능력은 애초부터 우리들의 밖에서만 맴돌고 있었다. 우리는 겨우 삼 학년짜리일 뿐이었고 착한 산골 아이들이었다.

다시 가 볼까

우리는 그 말을 듣자, 비로소 머릿속이 밝아짐을 느꼈다. 우리들을 혼란에 빠뜨린 그 장본인—적군—이 비로소 우리들 앞에 선명하게 나타났음을 알았다. 우리는 누가 먼저랄 것도 없이 모두 슬그머니 일어났다. 긴 강둑을 따라 우리는 달빛을 받으며 일렬로 냇가 위쪽으로 걸어갔다. 걸어갈수록 처음의 두려움은 점차 사라지고 작은 호승심(好勝心)이 점차 솟아나기 시작했다. 서로의 뒷모습과 발소리에서 용기를 얻었는지도 모를 일이었다. 어린 우리들이지만 우리의 머릿속을 혼란스럽게 만든 실체를 흐릿하게나마 알고 있었음에도 불구하고 그 이야기를 먼저 끄집어 낼 수 없게 만든 무언의 두려움—적군—을 우리들은 발소리로 지우면서 걸어갔다.

저기다, 라고 모두들 마음속으로 외쳤다. 교회당의 높이 솟은 첨탑의 십자형에서 붉은 전등이 빛나고 있었다. 우리는 교회를 다니건 안 다니건, 밤의 첨탑에서 항상 알지 못할 그 무엇의 두려움과 편안함을 동시에 느끼고 있었다. 우리는 주위를 살피며 사람의 자취가 없음을 확인한 후 철조망을 들치고 모두 안으로 들어갔다. 조심스럽게 수박과 참외 몇 개를 땄다. 우리 중 하나가 낮은 소리로 나가자고 말했다. 야, 새끼들아, 주인 올라. 빨리 나가자!

우리들은 들어가던 곳의 반대 방향으로 빠져 나와서 강둑 쪽으로 살살 기었다. 둑으로 올라서려면 밭을 둘러놓은 돌무더기를 피해야 했다. 우리는 돌무더기를 피하기 위해 일렬로 왼쪽 평지 쪽으로 걸어갔다. 그런데—어쩐지 발밑이 이상했다. 녹은 물엿을 밟는 것처럼 걸음이 잘 나가지 않았다. 깊은 진흙탕 속을 걷는 것 같기도 했다. 우리는 당황했다. 구름에 살짝 가린 달빛에서도 제일 앞쪽에서 걷는 우리 중의 하나의 무릎 아래가 보이지 않고 키가 난장이처럼 작아졌다.

야, 이거, 똥이다 똥! 앞에서 누가 당황히 소리쳤다. 맞아, 똥통이다! 빨리 옆으로 비켜 새끼들아! 우리는 허겁지겁 똥무더기에서 빠져나왔다. 그곳은 두엄으로 쓸 양으로 웅덩이를 파고 인분을 쏟아 붓고 푹 썩힌 곳이었다. 다행히 수분이 증발되고 이리저리 날려 온 흙이 그 위에 두텁게 덮여서 우리들은 그냥 그 속으로 스며들지는 않았다.

　모두 강둑 위로 올라서자 지독한 냄새가 진동했다. 빨리 씻어야지. 망할노므 것. 아이 참, 냄새 지독하네. 우리는 옷을 입은 채 물 속으로 뛰어들었다. 아랫도리를 대강 씻고 바지를 벗어서 몇 번이고 씻고 또 씻고 했다. 어느 정도 냄새가 사라지자 우리는 그래도 끝까지 들고 온 수박 세 덩이와 참외 몇 개를 자랑스럽게 모두들 앞에 내놓았다. 우리는 참외부터 먹기 시작했다. 에이 떫어. 하나가 말했다. 정말 못 먹겠네 씨팔. 하나가 말했다. 우리는 참외를 모두 멀리 던져버렸다. 수박 먹을래? 수박에 똥이 묻었을 걸. 집에 가자. 잠자고 싶어. 그래도 수박이 아까웠다. 우리 중 하나가 긴 작대기를 구해 와서 우리들의 머리통만한 수박 세 개를 그 작대기에 끼웠다.

　자, 젖은 바지도 여기에 걸치자!

　우리들은 평소에 팬티를 입고 다니지 않았다. 여름에 반바지 외에는 속에 무얼 입는다는 생각 자체가 없었다. 우리는 모두 바지를 벗고 이슬에 쪼그라든 고추를 곧추 세우고, 수박을 꿴 긴 작대기를 우리 중 둘의 어깨에 걸치고 둑방으로 향했다. 누군가 서투른 휘파람을 불었다. 우리도 모두 휘파람을 불었다. 휘파람은 고요한 밤공기를 뚫고 낮게 깔리다가 우리들의 발소리에 휩쓸려 제법 박자가 맞았다. 우리는 모두 앞 녀석의 비쩍 마르고 거무스름한 볼기짝을 따라가면서 휘파람을 불었다. 밤이 깊었지만 또렷한 달빛은 우리를 배반하지 않았다. 그러면서도 우리를 혼란스럽게 하던 우리의 적군을 쳐부쉈다는 자신감을 우리들의 수박덩이에 얹혀놓았다.

우리는 땅을 밟지 않고 발만 움직였다. 계속 움직였다. 어쩐 일인지 우리는 주위에 보이는 모든 사물들이 점점 키가 낮아짐을 알았다. 그것은 우리보다 훨씬 크던 아카시아 나무가 우리들의 시선에서 조금씩 밑으로 처지는 것을 보았기 때문이었고, 그럼에도 불구하고 우리가 점점 하늘로 날아오르고 있음은 모두 눈치채지 못하고 있었다. 그것은 우리가 힘만 합하면 어떤 적군도 물리칠 수 있을 것이라는 자신감의 작은 조각이 우리를 지탱해 주기 때문이었지만, 역시 우리는 그러한 사실을 모르고 있었다.

휘파람 소리를 따라 우리는 점점 하늘로 올라갔다.

2

일요일. 병화는 반바지에 T셔츠를 걸치고 운동화 차림으로 무더운 오후에 시내로 들어섰다. 한여름의 아스팔트는 녹은 아교처럼 질척거리고, 수많은 차량들이 기분 나쁜 소음을 내며 뜨거운 햇빛 속을 질주하고 있었다. 움직이고 있는 것은 차량뿐. 사람들은 거의 눈에 띄지 않는다. 너무 무더워서인가, 모두 바닷가로 가 버렸는가. 병화는 될 수 있는 대로 가로수 그늘을 의식하며 천천히 걸었다.

사거리에서 우측으로 돌아 이 분쯤 걸으면 오른쪽에 고등학교 교문이 보이고, 그 앞에 식당과 슈퍼마켓 간판으로 둘러싸인 이층 건물이 있다. 이곳부터가 제법 번화한 거리임을 알 수 있는데, 찌는 듯한 날씨에도 사람들의 혼잡한 모습과 도로 가에 길게 늘어진 자동차의 주차 행렬을 볼 수 있는 곳이다.

한여름의 더위가 아스팔트와 벽돌 건물에 눌어붙어서 숨을 들이쉴 때마다 뜨거운 증기를 들이마시는 것 같아 숨을 쉴 수가 없을 정도였다. 그런데도 사람들은 계속 병화의 옆을 빠르게 지나갔다. 모두 낯선 얼굴들인데, 더위와는 도무지 상관없는 표정으로 바삐 그들의 길을 가고 있었다. 병화는 얼굴을 찡그리며 손으로 사정없이 내리쬐는 햇빛을 막았다.

잠시 사람들을 바라보며 알만한 얼굴을 찾았으나 모두 처음 보는 얼굴들이었다. 다시 농협 앞으로 걸어가다가 어떤 젊은이의 인사를 받았다. 병화도 엉겁결에 인사를 나눴는데, 아무리 생각해도 기억에 없는 얼굴임을 알고 뒤를 돌아 그를 불렀으나 그는 못 들었는지 그냥 미적미적 걸어갈 뿐이다. 누굴까, 를 거듭 생각하며 그늘 밑에서 잠시 걸음을 멈추었다. 누굴까. 지나간 시간을 뒤집어 봐도 그의 흔적은 떨어지지 않는다. 잊어버리기로 했다.

적군(敵軍) _____ 41

다시 걸었다.

    길 건너 주막식당이란 간판이 있고, 출입문이 활짝 열려 있었다. 문 아래로 드리운 자주색 주렴이 실바람에 가볍게 흔들리고 있고, 그 속에서 덥고 탁한 냄새가 길 건너 이곳까지 전해지고 있다. 입안은 갈근거리고 혓바닥이 몹시 끈적거렸다. 혀를 내밀어 입술을 핥으며 주변을 살폈다. 시원한 물을 마시고 싶었다. 그러나 주변은 모두 굳고 메마른 아스팔트와 시멘트로 짓이겨 놓은 구조물뿐이다. 좀 전까지 보이던 흔한 슈퍼마켓 하나 보이지 않는다.

    다시 걸었다. 사거리가 보이고, 건너편에 극장의 거대한 입간판이 아치형으로 공중에 매달려 있다. 그 속에는 상반신을 벗어 젖히고 두 덩이의 풍만한 가슴으로 꽉 찬 여자가 털북숭이 남자에 안겨 뭐라고 소리치고 있다. 그러나 언젠가 영화에서 본 듯한 그 광경이지만 기억에서 집어낼 수가 없다. 오직 시원한 물만 먹고 싶을 뿐이다. 그 오른편 건물 앞에 붉은 색의 무늬가 십자(十字) 형태로 흔들리고 있다. 무슨 약국인지 상호가 보이지 않는다. 사람들은 더 많아졌다. 그들은 모두 뭐라고 지껄이며 걸어간다. 남자들은 모두 양말 없이 슬리퍼만 신었고, 수억 년 전 고생대의 파충류처럼 땀과 먼지로 뒤섞인 발가락을 거침없이 앞으로 내딛고 있다. 여자들은, 모두 벗어버렸다. 병화의 시선에 닿는 모든 곳에는 파충류와 벌거숭이들만 더위 속에서 부유하고 있다. 그들은 시멘트 구조물 사이에서 흐느적거린다.

병화는 물을 마시고 싶었고, 대신 더운 공기만 폐 속으로 집어넣었다. 사람들은 바삐 움직이고 있고, 지나가던 벌거숭이 중의 하나가 병화에게 상냥스런 인사를 하며 앞에서 멈췄다. 그러나 그가 누구인지 생각이 나지 않는다. 그 벌거숭이는 계속 입을 벌리며, 또는 한손으로 입을 가리며 웃곤 하지만 종시 알 수가 없다. 그러나 그는 손과 발과 몸으로의 움직임을 마치고 병화의 어깨를 가볍게 툭 치면서 뒤편으로 사라졌다. 하마터면 뒤로 자빠질 뻔했다.

병화는 작은 가게라도 찾으려고 두리번거렸고, 찾았고, 들어가서 시원한 음료수를 달라고 말했다. 주인은 땅딸한 키에 이마가 약간 벗겨진 사십 대 사내였는데, 병화의 이야기를 듣고 알 수 없는 웃음만 흘리며 오른손은 허리에 대고 왼손의 손바닥을 병화 쪽으로 내보였다, 거부의 손짓처럼 보였다. 병화는 큰 냉장고 곁으로 가서 손가락으로 냉장고 속에 몸통이 둥그렇고 주둥이가 뾰족한 플라스틱 통을 손가락으로 가리켰지만, 주인은 손으로 이마를 쓱 문지르더니, 이번에는 두 손바닥을 다 펴 보이며 뭐라고 중얼거렸다. 병화는 화가 나서 냉장고 문을 열어젖혔고, 주인도 얼굴을 뒤편으로 돌리며 입을 움지럭거리더니 두서넛 젊은이들이 모여들었고, 그들은 모두 웃통을 벗은 근육질의 사내들이었는데, 병화는 그 기세에 눌려 주춤거리며 뒤로 물러서다가 출입문을 열고 재빨리 거리로 도망쳤다.

병화는 분주하게 오가는 차량들 사이를 헤집고 달렸다. 벗은 사내들도 병화의 뒤를 따라 달렸다. 앞에서 달리는 승용차를 앞질러서 쫓아오는 사내들을 멀리 떨쳐버리고 싶었으나, 이상하게도 그 승용차와의 거리는 멀어지지도 좁혀지지도 않고 일정한 거리만 유지하고 있는 것이 안타까웠다. 있는 힘을 다해 뒤쫓았으나 불과 몇 걸음밖에 차이가 없는 거리는 그대로였다. 뒤에서 쫓아오는 사내들도 모든 힘을 다해 병화를 쫓는 것 같았으나 역시 처음 그대로의 거리만 유지하고 있었다. 앞차의 뒷좌석에 타고 있는 어린 벌거숭이가 병화 쪽을 보고 뭐라고 떠들며 웃었다. 그러나 무슨 뜻인지 알 수가 없었다.

비로소 병화는 모든 소리들이 숨을 죽이고 있음을 알았다. 차의 엔진소리도, 파충류와 벌거숭이들의 소리도, 바람 소리도 들려오지 않음을 알았다. 도로의 양쪽으로 수많은 움직임이 스쳐가고, 앞뒤로 달려가고 달려오는 차량들이 줄을 이었지만 소리는 없었다. 뒤돌아보면 사내들도 분명 소리를 지르며 달려오고 있음은 그들의 큰 입이 제각기 움직이고 있음에서 알 수 있었지만, 그러나 역시 아무 소리도 들려오지 않았다.

사내들 중 가장 억세게 생긴 사내가 병화의 목덜미를 후려잡으려고 두 손을 아귀처럼 쳐들며 뛰어오고 있었다. 순간 병화는 멈췄다. 귀를 후비며 머리를 흔들었다. 그러나 역시 소리는 없었다. 정적(靜寂)이란 이런 것이로구나, 를 생각했다. 그런데 병화의 멈춤과 동시에 모든 사람들과 차량들, 움직이는 모든 것들도 함께 멈췄다. 사람들은 움직이던 그 찰나의 모습 그대로 마네킹처럼

서 있었다. 도로 오른편 주유소에서 허리를 굽히고 기름을 넣던 젊은 여자의 큰 엉덩이가 보이고, 여중학생 둘이 과자 봉지를 들고 서로 웃고 있는 모습, 젊은이 셋이 서로를 때려누일 듯이 주먹을 상대방의 코 밑에 들이밀고 있는 모습, 어린 아이가 아이스크림을 얼굴에 칠하며 우스꽝스럽게 먹고 있는 모습도 모두 멈췄다. 앞차의 뒷좌석에 있던 벌거숭이도 입을 벌리고 뭐라고 떠들고 있었다. 모든 것이 0.0000……1초도 어긋나지 않게 일체가 정지된 상태로 존재하고 있었고, 0.0000……1초의 순간을 병화는 보고 있다고 생각했다.

  병화는 '나는 결국 현실을 보고 있구나'를 생각했고, 움직임은 허상에 불과하다고 판단했다. 초속 삼십만 킬로미터의 빛. 한 발자국 떨어진 사물이라도 삼십만 분의 일 초 전의 모습만 유지하고 있다는 것을 병화는 비로소 알았다. 보는 순간은 이미 극히 미세한 차이지만 현실이 아님을 알았다. 사물의 본모습을 볼 수 있다는 것은 사물이 화석이나 마네킹처럼 변해짐으로써만 가능함을 생각했고, 그것은 마치 자신의 화석(化石)을 자신이 보고 있는 것같이 느껴졌고, 그래서 불안해졌다. 그럴 수는 없었다. 화석처럼 존재할 수는 없었다. 병화는 있는 힘을 다해 뛰면서 빠르게 머릿속의 구조를 변형시켰다. 불안을 이길 수 있는 방법은 불안의 대상을 없애버림으로써 가능하다고 판단했다. 마네킹들은 현실에서만 존재하고, 그것들을 없애는 방법은 과거의 시간 속으로 들어감으로써 가능할 것이라는 사실을 알았다.

병화는 재빨리 몸을 뒤로 돌리고, 자신을 거의 붙잡을 듯이 두 손을 쳐들은 사내의 가슴을 밀쳤다. 그리고 자신의 화석을 벗어나 시간의 과거를 향하여, 자신이 뛰어 오던 도로를 향하여 다시 뛰기 시작했다. 그러자 모든 사물들은 다시 움직이기 시작했고 자동차는 경적을 울렸고, 사람들은 지껄이기 시작했고, 병화를 목표로 돌진해 오던 사내들은 병화의 곁을 획획 지나가면서 알 수 없는 소리를 질러댔다. 모든 것은 병화의 뒤편으로 사라지고 있었다.
　병화는 현실의 적군을 뒤로 하고, 시간의 과거를 향하여 맹렬히 돌진했다.

3

　어느 시인 지망생이 중앙 문단에 등단했다는 사실을 누구누구를 통해서 알게 되었다. 나는, 그 시인 지망생의 詩가 그렇게 갑자기 훌륭해 질 수 있었을까, 를 의아하게 생각하면서 (왜냐하면 몇 번 그와 술잔도 나눠 보았고, 그의 시도 몇 편 본 기억이 있으므로) 한편으로는 부러움이랄까, 자신은 그렇게 되지 못한 자괴감이랄까, 하여튼 그런 묘한 감정이 발끝에서부터 위로 슬며시 치밀어 올랐고, 도대체 그러한 시가 실린 문예지란 어떤 종류의 문예지인가에도 관심이 있어서 당장 이 사람 요 놈, 그 여자 저런 년들을 통해서 알아봤더니, 과연 그것이 그렇고 그런 사람들에 의해 발간되는, 너도나도라는 시류(時流)를 타고 우후죽순처럼 고개를 내민 삼류 계간지라는 것을 알았다.

이 글을 읽는 몇 안 되는 독자께서는 어떻게 생각하시는지. 당신은 매일 술만 퍼 마시면서, 생활이 어떻고 직장이 어쩌고를 되뇌면서 게으름만 피우더니, 웬 질투심 시기심이 그렇게도 많아? 라고 눈초리를 치켜 들 독자께서도 많으리라고 짐작된다. 암, 그렇고 말고. 백 번 옳은 말씀이지. 만날 시 나부랭이나 끌쩍거린다고 갖은 폼을 다 잡고, 시답잖은 자리에서 뭇 여자들의 귀나 즐겁게 할 '꺼리'가 없을까를 생각하고, 제법 틀에 맞는 표정으로 상대의 이야기를 신사연하며 경청하는 척하면서 가끔 원색적 욕설을 심하지는 않게 퍼붓고는 즉시 심각한 표정으로 돌려버리는.

혹은 이 책 저 책에서 뽑아 낸, 책의 주제와는 전혀 상관없는 에피소드 류의 문장이나 기억했다가 적당한 자리에서 적절히 써먹어서 참새 떼 같은 청자(聽者)들의 앞이나 목울대라도 내보이게 만드는. 대개 이런 정도라면 같잖은 사람들은, 詩 쓸 재질은 충분한 것 같은데 아직까지 속내를 다 드러내지 못한 사람으로 인식해 준다는 것쯤은 안다. 그래도, 독자들이여! 너무 사시적(斜視的)으로는 나를 보지 말길 바란다. 지금 그 시인 지망생, 아니 그 훌륭한 시인의 이야기를 들으면 내가 그보다 못하다고는 말하지 못할 것이니.

하여튼 그를 만날 기회를 간절히 기다리고 기다렸다. '간절히'

라는 수식어까지도 동원할 수 있는 것이, 이 지방에서 제법 잘 나간다는 한 문학 단체가 실로 오랜만에 등단 시인을 내보이면서, 우리 단체에도 인물이 있네, 를 소리 높이 외쳐대는 것에 심히 못마땅했기 때문이기도 하다. 그건 그렇고 그 시인을 아주 우연히 만났다. 아니, 만나게 되었다. 술 마시기 좋은 어느 봄비 내리는 날 저녁이었다. 시인(?)이 나에게 전화를 걸었던 것이다.

두어 평 정도의 술집에 들어가자 눈에 익음직한 몇몇이 앉아 있고 시인도 기분 좋은, 아니다. 기고만장한 표정으로 몸을 뒤로 벌렁 젖힌 채 나에게 악수를 청했다. 나도 그의 기분을 굳이 상하게 하고 싶지는 않아서 웃음을 가득 흘리며 축하의 말로써 그의 악수를 받았다.

"어, 김 선생님. 김 선생 보기가 참으로 힘드는구먼. 자, 한 잔 하쇼. 후래자 삼 배라던가."

나는 녀석, 아니 시인의 말투에서 '김 선생님'의 '님'자를 일부러 빼먹은 것에 신경이 쓰였지만 그냥 잔을 받았다. 분명히 나는 건축사라는 신분으로 행세하지만, 이런 동네에서는 가끔 선생님이란 칭호로 불린다는 것에 별 거부감 없이 지금까지 지내왔었다. 그러나 지금 이 자리에서 갑자기 김 선생이라니.

"웬일로 이렇게 다 모이셨소?"

"어어? 이런, 아직 모르셨나? 조상일씨가 이번에 등단하게 됐어. 여름 호에 나온다는데?"

"그래요? 그거 축하합니다. 내가 벽창호라 그걸 모르고 이 봄비 오는 좋은 날에 방구석에만 박혀 있었으니……"

"헛헛허. 거 뭐, 허허허허ㅎㅎㅎㅎㅎ…… 막걸리나 마시쇼. 이렇게 비나 오는 날에는 그저 막걸리가 젤이지. 안 그렇소 김 형?"

시인은 기묘한 웃음을 흘리며 다시 '김 선생'을 '김 형'으로 바꿨다. 그리고는 거푸 잔을 비워댔다. 나는 시인이 등단 전까지는 매우 겸손하며, 비록 곁가지로 약간 치우친 면은 있었지만 자신의 의견을 제시할 때는 제법 머뭇거리는 예의 정도는 차릴 줄 아는 사람으로 기억하고 있었다. 그런데 지금은 완전히 딴판이었다. 등단이란 것이 사람을 이렇게도 변하게 하는 것일까.

시인은 계속 주빈(主賓)으로서의 자격을 한껏 뽐냈다. 연신 주위로 잔을 가득 부어 돌리며 자신의 남다른 성과의 값을 주위에 은근히 강요하고 있었다. 나는 그 꼴같잖은 꼴을 보자니 배알이 꼴려서 자리에 앉아 있을 수가 없었다. 몇 번이나 일어서려고 했지만 나를 그냥 붙어 있게 만든 것은, 내 요노므 버릇없는 자석을…… 어디 나에게 개수작만 더 부려라……였다.

그런데 그는 내 기분을 알았는지 몰랐는지 내가 판을 엎어버리지 않을 정도의 수위 조절을 적절하게 이끌어나가는 통에 술자리는 그럭저럭 시간을 잡아먹게 되었다. 나도 할 수 없이 이런저런 이야기에 스며드는 척할 수밖에 없었다. 시간이 흐르자 나는 술자리의 돌아가는 판세가 요상하게 움직이고 있음을 알았다. 평소 시인에게 정신적으로 군림(!)하듯 가르침을 베풀던 선배들이 모두 시인에게 말을 아끼고 있었다. 아니, 말을 아끼는 정도가 아니라 아예 시인의 한 마디 한 마디에 헤실헤실 웃으며 지지찬동의 곡언(曲言)을 서슴지 않는 것이었다. 시간이 지날수록 시인은 거의 반말로 떠들었고, 그는 제왕이었으며 주위는 신하의 역할을 충실히 이행했다. 어느 누구도 감히 그를 제지하지 못했다. '드디어' 시인은 나에게까지 화살을 쏘아댔다.

"김 형은 아까부터 뭔가 골똘히 생각하고 있는 것 같은데, 나에게 좀 풀어놓을 수 없을까? 김 형은 항상 행동보다 생각이 앞서는 것 같아"

'기다리고 기다리던' 반말이 나왔다. 억눌린 용수철을 꾹꾹 눌러 담던 나는 그만 폭발해버렸다.

"아니 이런 배러먹을 새끼가 뭐라고 지껄이는 게야. 이게 등단인지 등신인지 해 처먹더니 눈깔에 뵈는 게 없나? 야, 이 개새끼야, 등신인지 뭔지 처먹었으면 입이나 다물고 술이나 처먹을 일이지, 뭐, 김 형이 어쩌구 어째? 에라 요 쥐새끼 같은 놈이 무슨 시? 야, 이 캐쌔꺄. 귓구멍이나 씻고 잘 처들어 둬! 등단 철새들에게 굽신거릴 사람도 좀 살펴 가며 까불어 이 개 같은 놈아. 내 공짜로 가르쳐 줄 테니. 거, 등단이란 게 술 처먹는 인격까지 등단시키는 게 아냐. 더구나 여기 좀 봐라, 이 등신 같은 새끼야. 여기 있는 선배들이 너한테 꿀릴 게 있어서 가만 있는 줄 알아? 귓구멍이 막혔으면 눈구녕이나 제대로 뚫려야지, 가죽이 짧아서 내 놓은 게 눈구녕이 아니야, 병신 같은 새끼. 너보다 밥을 먹어도 한 그릇 더 먹었고, 술을 먹어도 한 잔 반은 더 먹었어. 야, 어라, 이

캐쎄끼가 어디다 썩은 동태눈깔을 휘돌리고 지랄이야 지랄이!"
　술상 엎는 일은 유치원생도 할 수 있는 일.
　그 뒤, 석 달 후인가 시인을 선배 집에서 만났다. 나는 당당했다. 시인은 그날 선배들이 짓던 실실거리는 표정으로 내 앞에 오더니 정중하게 악수를 청했다. 그날 술이 좀 과해서 혹 실수를 하지 않았나 해서 걱정했다나 말았다나. 나 역시 시인 말 그대로를 다시 그에게 전할 수밖에 별 도리가 없었다. 술상이 차려졌고 우리는 흥겹게 마시는 척했던 것 같고, 그리고 술기운에 모두 얼큰해졌다. 서로 자리를 옮기면서 이야기가 한창 무르익었을 때, 시인은 불쑥 내 곁에 오더니 말했다. 자꾸 나에게만 말했다. 역시 벌겋게 언 얼굴이었다.
　"김 선생님도 그 실력이면 벌써 등단하고도 남았을 일 아닙니까? 별것 아닌 저도 나가보니 알겠습디다. 시인들의 세계가 얼마나 눈치로만 존재하고 인맥으로 살아가는지를. 김 선생님은 워낙 강직하시니 물론 저와 다르겠지만 자, 한잔 드시죠. 술이란 게 역시 먹으면 취하는군요. 요 몇 달 간 술독에 빠져 지냈습니다. 여기 가도 한잔, 저기서도 한잔. 헤어날 길이 없었어요. 오늘은 큰 맘 먹고 마시겠습니다. 커—어. 에이, 김 선생님, 저 한 잔 더 주십시오. 아, 예. 고맙습니다. 제 술 한 잔 받으시고. 자, 넘칩니다. 아까 얘긴데, 선생님의 전번 발표하신 시 중에 '그림자 먹기'란 시가 있었지요? 참 좋던데요. 이런 곳에서는 보기 드문 글입니다. 역시 김 형, 아니 실례했습니다. 김 선생님은 시상의 폭이 넓으셔서……."

그리고 우리는 계속 마셨다. 시인은 주량이 지나쳤는지 머리통이 술상에 거의 박다시피 늘어지더니 입에서 침이 흘러내렸다. 그 줄기가 아래로 천천히 흐르면서 그의 술잔 속으로 빠져들었다. 별안간 그의 술잔이 끓어오르기 시작했다. 그리고 흰 거품이 맹렬히 솟아오르더니 술잔을 쥔 그의 실뱀 같은 손가락과 손등을 덮고 넘쳐서 밑으로 흘러내렸다. 나는 그냥 보고만 있을 뿐이었다. 거품은 거품을 만들고, 다시 거품을 만들어서 그의 앉은 자리를 덮고, 술상을 덮고, 그가 보이지 않게 될 때까지 거품은 계속 솟아올랐다. 시인은 거품에 완전히 싸여버렸다. 내 눈에는 분명 그렇게 보였는데 주인만은 계속 거품덩어리와 이야기를 나누고 있었고, 그리고 나에게는 한 마디로 그들의 대화가 들려오지 않았다. 나는 그저 술잔만 꼭 움켜쥐고 있었다. 혹 누가 빼앗아 갈세라.

불현듯 나는 불안해졌다. 전날의 내 말은 바로 나에게 해당하는 말이 아니었을까. 왜 나는 나를 지키지 못하는가. 나는 누구인가. 나를 지키지 못하게 하는 것이 존재하지나 않은가. 그렇다면 나는 누구인가. 쳐부술 대상이 어디 있는가. 누구인가, 적군은? 적군은 어디에 있는가?

나는 더욱 힘 있게 술잔만 움켜쥐었다. 그것이 내 유일한 자아의 진수라도 되는 듯이.

4

　비가 흩뿌리고 있었다. 성산으로 접어들자 비는 더욱 심해졌다. 오상표는 와이퍼레버를 中으로 맞추고 왼편 창문을 조금 내렸다. 그리고 시가라이터를 눌렀다. 잠시 후에 찰칵 소리와 함께 시가라이터가 튀어나왔다. 상표는 담배를 붙였다. 차는 성산 갈림길에서 오른쪽으로 접어들고 다시 크게 휘면서 대관령 기슭으로 들어섰다. 토요일이라서 차량이 계속 줄을 이어 내려왔다. 차량들은 모두 노란색 안개등을 켜고 깜빡거리면서 저속으로 내려오고 있었다. 상표는 오르막길에서 지긋이 가속페달을 눌렀다. 항상 느끼는 일이지만 내리막길보다 올라갈 때가 운전에 더 편하다고 생각했다. 차는 타코메타의 수위를 높이며 힘차게 자신의 무게를 치밀었다.

　해발 표고 500m. 속도를 올릴수록 빗줄기가 거세게 앞창을 두들겨댔다. 앞이 잘 보이지 않는다. 와이퍼레버를 최대치로 돌렸다. 와이퍼는 정신없이 앞을 휘젓는다. 와이퍼가 스쳐간 짧은 순간에 전방이 보이고 다시 부연 빗물이 앞을 막는다. 언뜻 보이는 우측에 머리 없는 탱커의 육중한 몸체가 배수로 위에 박혀 있다. 조심하세요. 장정욱이 나지막한 목소리로 말했다. 그의 말대로 정말 조심해야 했다.

　안개 잦은 지역

1km앞 운행주의

'운행주의'의 붉은색이 선득하게 보였다. 다시 '낙석주의' 표지판 앞에 고속버스가 거대한 엉덩이를 뒤뚱거리며 기다시피 움직이고 있다. 비가 너무 심하군요. 정욱이 말했다. 정욱은 출발할 때부터 이번 여행을 탐탁찮게 여기고 있음이 틀림없었다. 꽤나 심심한가 보군요. 이런 날에 목적지도 없이. 처음 상표가 그를 만나고 같이 가자고 했을 때 그의 첫마디가 그랬다. 그런데도 상표는 정욱을 끌다시피 데리고 온 것이었다. 자신이 생각해도 왜 이런 날에 굳이 정욱을 데리고 떠났는지 알 수 없었다. 위험해! 짧은 외마디가 끝나기도 전에 황색 차선을 먹어들면서 덤프트럭이 나타났다. 상표는 핸들을 살짝 우측으로 틀자, 덤프는 요란한 빗물을 퉁기며 지나갔다.

대관령의 아흔 아홉 구비도 근래에는 험한 곳은 깎고 넓혀서 옛 명성을 잃고 있지만 이렇게 비가 쏟아지는 날에는 '역시 대관령'이란 말을 실감할 수 있다. 상표는 이단 저속으로 천천히 올라갔다. 뒤에서 추월신호를 보내며 승용차들이 추월해 갔다. 그들은 이단 저속의 앞차가 꽤나 거치적거렸을 것이다. 항시 보는 것이지만 이런 험한 곳에서도 추월하는 차들은 주로 서울이나 경기 넘버를 붙였다. 한 차가 추월하자 뒤이어 추월이 계속되었다. 추월하지 마세요. 정욱이 역시 낮게 말했다. 대관령 휴게소에 들러 커피라도 마실까요, 어때요? 상표는 고개를 끄덕였다.

해발 표고 832m. 휴게소에서는 비가 조금씩 내리고 있었다. 대신 안개가 자욱했다. 우리는 커피를 마셨다. 작은 물방울 입자들이 정욱의 짧은 머리에 뽀얗게 서려있었다. 물기 먹은 몸 전체가 평소에 비해 축소된 인형으로 보였다. 숨 쉴 때마다 엷은 옷으로 싸인 정욱의 가슴이 부풀었다가 가라앉았다. 날씨가 찬데 뜨거운 커피를 더 드세요. 아니, 됐어. 정욱은 상표를 힐끗 보고는 차 안으로 들어갔다. 상표도 정욱의 뜻대로 다시 차를 몰았다.

신갈 기점 175km. 안개비가 심하고 차량들은 언덕에서 다시 속력을 냈다. 추월선만 보이면 차들은 미친 듯이 속력을 내는 것이다. 싸리재의 완속 차선에 접어들었을 때, 그들은 기다렸다는 듯 참았던 가속페달을 밟아대며 치올라갔다. 조금만 천천히 가면 좋을 텐데 왜 모두들 저렇게 서두는지 모르겠어. 상표는 그 말을 듣고 있지 않았다. 나는 왜 정욱을 데리고 목적지도 없이 이러고 있는 걸까, 를 생각하고 있었다.

정욱은 상표의 친구인 준석의 애인이었다. 최준석은 사십에 가까운, 아들 하나를 둔 가장이었다. 그들이 가깝게 지내는 것을 알고 있는 사람은 상표뿐이었다. 정욱은 상표가 오 년 전 사진 전시회를 열 때 처음 만난 이래 상표에게서 사진을 배우고 있는 여자였다. 그러한 정욱이 무명의 시인인 최준석과 가깝다는 사실을 알고나서도 상표는 별로 개의치 않았다. 그들은 어린애가 아니었다. 적어도 그들 각자의 앞가림은 충분히 할 수 있는 개체들이었다. 그런데 정욱이 우연히도 상표와 그의 사이를 알게 되었다. 물론 정욱은 상관하지 않았다. 아니, 상관할 것도 없는, 자신과는 다른 세계의 일이었을 뿐이었다.

상표와 그의 관계는 역시 정욱 이외에는 모를 것이었다. 입이 무거운 정욱이 아무리 최준석과 가깝다고 해도 그런 일 따위를 말할 여자가 아니라는 것은 지난 오 년 간의 같이 지낸 시간에서 충분히 알 수 있었다.

그는 두 아이를 기르고 있었다. 몹시 뜨거운 여자였다. 상표는 그를 대할 때마다 그의 뜨거운 열기가 어디서 분출되는지를 궁금해 했다. 한없이 퍼내어도 마르지 않는 우물. 바로 그였다. 그는 혼자 사는 상표의 아파트에 상표보다 먼저 와서 기다리곤 했다. 물론 밤이 깊어서 사람들의 왕래가 뜸한 때를 택했다. 그리고 같이 소주 한 병씩 마셨다. 그의 주량이 소주 한 병이었다. 가끔 죽은 남편 이야기도 스스럼없이 했다. 모든 것은 극히 자연스럽게 이루어졌다. 상표도 그에게 더 이상의 것을 바라지 않았고, 그러한 상표의 태도에 그는 불만을 나타내지 않았다. 오히려 다행으로 여기는 것 같았다. 그러던 그가 일주일 전 결별을 말했다. 그뿐이었다. 이유도 없었다. 무성한 잎이 가을이면 떨어져내려 앙상한 줄기를 드러내는 자연의 이치처럼 그는 아주 자연스럽게 결별을 말했고, 상표도 그를 그냥 보고만 있었다. 다음 날 상표는 벌거벗은 나무줄기처럼 된 자신을 발견했다.

차가 너무 죽어요. 왜 그러세요? 상표는 정신을 차렸다. 속도계가 사십을 가리키고 있었다. 어느새 원주와 정선의 갈림길에 와 있었다. 가속페달에 힘을 주자 차는 다시 살아 숨쉬기 시작했다. 무슨 생각을 하고 계신지 알아요. 그 분, 좋은 분이셨죠? 뜻밖에도 정욱은 '었'이라는 과거시제를 사용하고 있었다. 전 알고 있었어요. 그 분이 떠났다는 것을. 제가 그 분을 카페에서 우연히 만났을 때, 그 분이 저를 보고 빙긋 웃었어요. 그것뿐이었어요. 그런데 전 알았어요. 선생님이 혼자가 되셨다는 사실. 같은 여자의 본능이랄까, 뭐 그런 느낌으로 알 수 있었죠.

저는 혼자인 여자는 보면 금방 알아낼 수 있어요. 상대를 애타게 기다리는 여자도 물론이죠. 선생님, 전 어때요? 뭐가? 그렇게 말씀하시지 마시고. 것 참, 뭘 말이야? 다시 조용해졌다. 모든 것은 자연스럽다는 사실에 상표는 공감하고 있었다. 자연스럽다, 자연스럽다니! 상표는 자신도 모르게 소리쳤다. 정욱은 고개만 돌리고 상표를 쳐다보았다. 그렇죠. 자연스러운 게 맞아요. 저도 자연스럽게 헤어지겠어요. 상표는 정욱을 보았다. 아무런 다른 뜻은 없어요. 전 알고 있어요. 최 선생님이 저를 사랑하고 있다는 것을. 오 선생님은 오해하시지는 않으실 걸 믿어요. 가정이 있는 분이라는 점 때문에 제가 떠나는 것이 아니라는 것을. 전 최 선생님을 사랑해요. 아무 것도 바라지 않았어요. 그런데 이상하죠? 그분을 카페에서 만났을 때, 그분의 웃음과 만났을 때, 오 선생님이 혼자라는 것을 알았고. 그러나 그게 아니었어요. 바로 나였어요. 나의 문제라는 것을 오 선생님의 문제보다 더 빨리 알아차렸어요.

뒤차가 추월하고 다시 바로 앞의 프라이드를 험하게 추월했다.

순간적으로 눈에 띈 그랜저 승용차의 뒤창에 '쓰레기를 줄입시다' 가 붙어 있고 경기 넘버였다. 그러자 앞에서 달려오던 봉고가 급히 비켜나고 있었다. 봉고의 경고등이 몇 번 번쩍거렸다.

　그분은 이해하고 계실 거예요. 사랑을 알면 거기에 안주할 수 없다는 것을. 사랑은 결국 사랑으로만 붙박혀 있을 수 없다는 사실을. 어쩌면 저와 한순간 끈이 닿았던 것 같아요. 그런 생각도 자연스럽게 생각되지 않으세요? 오 선생님은 사랑은 항상 변하지 않는 출발선처럼 한곳에만 있어야 한다는 것을 믿으세요? 그게 맞다고 생각하는 사람의 생각도 틀린 것은 아니죠. 마찬가지로 사랑이 있어야 할 그곳이 사랑의 출발점이라고 한다면, 그것도 틀린 것은 아니죠. 출발점에서 다시 수없이 갈라진 길을 향해 걸음을 옮겨본다는 것도 비난할 수 없는 일인 것처럼.

　전면에 다시 부연 기운이 덮이기 시작했다. 앞창에 는개가 계속 엷게 눌어붙어서 와이퍼를 움직였다. 천천히 움직이는 와이퍼가 답답하게 느껴졌지만 속도를 바꾸지는 않았다. 귀찮아서였다. 이상하다, 고 말하고 싶었지만 그 말에 자신이 붙지 않았다. 그러나 정말 이상했다. 사람들은 이상하게도 빗나가고 있는 것같이 생각되었다. 아니다. 너무 앞서 나가고 있다. 모든 것의 출발점을 파헤칠 만한 사람을 아직 본 적이 없다는 것을 확인했다. 상표는 가속페달에 지긋이 힘을 주었다. 사람들의 생각이 너무 앞서 가고 있다. 그들은 그들 자신의 출발점을 이해하지 못하면서 사랑의 종착점까지 예상하고 있다. 그런 것은 우리들의 사랑을 갉아

먹는 행위일 뿐이다. 상표는 오른발에 더욱 힘을 주었다. 자기 자신을 추월해서 당도한 곳이 사랑의 출발점이라면 사랑은 또 어디에 있는가.

뒤차가 추월 신호를 급히 보내고 있었다. 그러나 상표는 관계치 않았다. 이젠 상표가 추월할 차례였다. 상표는 뒤차의 길을 막으며 오른발에 힘을 주었다. 차는 오르막길을 거침없이 오르기 시작했다. 속도계가 백 이십을 넘고 있었다. 상표는 자신을 추월했던 모든 차들을 다시 추월하기 시작했다. 그들의 생각은 적군이다. 모두를 오도시키는 적군일 뿐이다. 그들은 앞에 사랑이 있음을 알고 있었지만 그 값을 매기기 전에 이미 그것에 벗어나 있었다. 차는 힘있게 달렸다. 그것들을 추월해버리기 위해. 어차피 차란 각자의 성능대로 달리는 것일 뿐이다. 상표는 앞에서 비켜주지 않는 차들을 날쌔게 피해가면서 계속 페달에 힘을 주었다. 그러면서도 계속 중얼거렸다.

터무니없이 가속페달을 밟는 것이 아니라는 믿음 하나로 인하여. 또는 터무니없이 앞서 간다는 그 생각을 인식하지 못하는 사람들을 위하여.

정욱의 목소리가 희미하게 들려오는 것 같았다. 선생님, 더 빨리 달리세요. 앞차를 추월해 버리세요. 더 빨리. 더 빨리. 좀 더 힘껏 밟아요.

5

　우리는 모두 금정식당으로 갔다. 행사는 끝났고 밤은 깊어서 속이 몹시 출출하던 때였다. 날씨는 무더웠지만 마침 소나기가 온 후여서 시원한 바람이 조금 불었다. 우리 이외의 손님이란 없어서 몇 개의 탁자를 한 줄로 모으고 우리는 평소대로 소주를 시키고, 두부에 무우생채를 안주로 했다. 모두 열 댓 명이나 되었다. 회원이 칠팔 명에 곁다리로 붙어온 사람이 사이사이에 끼었다. 소주가 나오고 안주가 나오고, 그리고 말씀의 성찬이 시작되었다.
　자, 일단은 한잔해야 뭐가 되긴 되겠는데. 선생님, 먼저 건배를 하시죠. 우린 죽을 지경입니다. 목구멍이 막 타들어갑니다.
　왜, 또 내가 먼저 해야 하나? 에, 그럼 내가 잔을 들겠습니다. 에, 모두 잔을 채웠지요? 거, 끝에 계신 여자분 잔이 없구먼. 옆에서 좀 권해 드리지. 그렇지, 됐습니다. 에, 오늘의 행사는 회원 여러분들이 열심히 노력한 덕분에 성대히 열렸고, 에—그 결과도 기대 밖으로 컸습니다. 이 모두 회장 이하 회원들의 노고라고 생각하고, 앞으로도 이런 행사에 더욱 노력을 아끼지 말아야겠습니다. 에, 또— 내가 어제 시장님을 만났는데, 시장님께서도 우리들의 사업에 지대한 관심과 아울러 적극적인 협조를 약속했습니다. 에, 더욱 고무적인 것은 시의회에서도 공식 사업으로 본회의 일을 돕기로 하였다는 것을 알려드립니다. 에, 이건 오늘 아침에 의

회에서 회장단과 만난 결과 알게 된 것입니다. 그러니 더욱 분발하는 의미에서, 자, 잔을 듭시다. 그리고 마십시다. 모두의 건강과 본회의 발전을 위하여. 깐빠이―이!

참 잘 됐습니다. 특히 올해 사업은 예산관계가 걱정이었는데 시에서나 의회에서 도와준다면 더 이상 바랄 게 없을 것입니다. 선생님, 수고가 많으셨습니다. 역시 선생님이 계셔야 모든 일이 잘 굴러가게 되네요. 앞으로도 많이 도와주시기를 바랍니다. 선생님, 고맙습니다. 그런 의미에서 오늘 술은 제가 사겠습니다.

뭘 별것 아닌데 자꾸 치켜세우지 말게나. 저어기 저분들, 너무 권하지 말어, 천천히 마셔야지. 에, 그리고 이게 다 회장이 평소 노력한 탓이지, 내야 뭐 한 일이 있나. 난 항상 뒤에서나 몇 마디 던질 뿐이지만.

그 뒤에서 던지는 말씀이 정말 약이 됩니다. 내년에 선생님이 선거에 나가시게 될 때 우리 모두 선봉이 될 겁니다. 안심하십시오. 그리고 어이, 재정이. 이젠 돈 걱정 말고 계획대로 추진하라고. 올햰 정말 시작부터 잘 풀릴 징조가 보이는데, 꺼억―, 이런 제기랄. 꼭 쐬주만 마시면 목에 사래 낀 듯 지랄이야. 빌어먹을.

어머, 회장님. 왜 그리 속된 말을 하세요? 회장님은 술잔만 앞에 있으면 입이 험하시더라. 그렇게 거북하시면 어디 저에게 한 잔 권해 보세요.

흐흠. 미쓰 리가 요즘 들어 뭔가 몸이 들썩대는 모양이야. 거 아무리 그렇대도 전봇대로는 쑤셔대지 말아야지. 이빨에 찌꺼기가 꼈으면 여기 이걸로나 쑤셔 봐. 들썩대던 오장육부가 시원해질 걸.

어머머. 재정씨도 입이 뚫렸으니 말이라고 막 하시네. 좀 지성적으로 놀 수 없어요? 들썩대긴 누가 들썩댄다고 그래요?

내 그럴 줄 알았지. 헤헤, 요즘 들어 재정이가 자꾸 구시렁대는 게 뭔가 있긴 있는 모양이야. 자꾸 미쓰 리에게 들이대는 꼴을 보니.

돈주머니가 죄라고, 거 왜, 유전이 무죄요, 무전이 유죄란 말도 있잖습니까? 제가 지금 그 모양입니다. 내 주머니에 회비 몇 푼 있다고 미쓰 리가 아까부터 옆구리를 콕콕 찔러대는 통에 먹던 소주가 도로 올라올 지경입니다.

얘, 재정씨가 쐬푼 좀 있으시단다. 재정씨이, 오늘 우리 좀 좋은 데 데려 가 주실 수 없어요? 얘도 아까부터 자꾸 엉덩이만 들썩거리고 있는데.

젠장맞을. 나도 내년에는 꼭 재정담당을 해야지. 이거 원 어디 서러워서 살겠나.

어마, 총무님은 간도 크셔. 집 마나님을 어디다 모셔두고 자꾸 남의 처녀를 넘보실까 넘보시길. 대머리가 호색이라더니 딱 맞네, 맞아.

거, 왜 남의 두상을 갖고 야단이야. 생각 있으시면 끝난 후에 따로 맥줏집에서나 만나실까? 재정이처럼 두둑한 건 없지만 내 주머니가 화수분이처럼 요술을 부린다는 것도 알아두시라고.

어마, 정말 그러셔요오? 그 화수분이를 저에게 하루만 빌려주시면 원이 없겠네요. 딱 하루만 빌려줄 수 있죠? 총무니임!

거, 되잖은 소린 집어치고 술이나 마셔라. 자들은 만나면 서로 못 잡아먹어서 지랄이야. 거 누구 없나? 술 좀 더 가져 와.

성님은 왜 만날 나만 보구 야단이쇼? 긴머리가 자꾸 갈구는데, 어디 남자 체면에 그냥 있을 수 있소?

야야, 시끄러. 부회장, 부회장이 자리 좀 잡아 보시지. 오늘 분위기도 그렇지 않은데······.

저야 뭐, 그저 술이나 먹고 굿이나 보는 편이 아닙니까? 헤헤헤.

저 녀석은 헤헤거리기는. 좋아. 오늘 행사도 멋지게 끝냈으니 오늘 술값은 내꺼다. 어이, 긴머리. 마음껏 잡수시라고. 요즘 여자들은 소주 두 병이 우습다며?

흥. 긴머리만 있나. 짧은머린 여자 축에도 못 드는 모양이지. 여긴 바람에 날리는 긴머리만 인기네. 짧은머리 속에 길게 날리는 마음은 눈에 안 차는 모양이야. 얘, 긴씨야, 나 한 잔만 줄래?

언닌 원래 남자들한테 인기가 좋잖아. 내가 안 줘도 줄 사람 많을 텐데 뭐 그래요. 자 그럼 한 잔만 줄께.

얼씨구, 자알 논다, 놀아. 글쎄 저렇다니깐요, 선생님. 요즘 여자애들은 남자 뺨치게 잘 나간다더니, 오늘 보네, 봐. 안 되겠다. 규율, 규율이 좀 나서 봐라.

자리가 무르익었으니, 본 규율이 제일 잘 익고 풍성한 두 꼭지를 안주로 내 놀까요, 아니면 옆을 훑쳐서 잘 익은 허벅지 살코기라도 베 올릴까요?

그 녀석. 말만 떠들지 말고 좀 실행을 해라, 실행을.

아이, 이 손이 왜 이렇게 밑에서 춤추실까. 안주 묻은 손으로. 평소 애인한테 하던 버릇 남 못 주는 모양이지? 임자 있는 몸, 손대지 마세욧. 히히히히.

야, 돈 내고 만져라, 돈 내고 만져! 그 녀석. 대머리도 안 까진 게 공짜는 꽤 바라네. 저러다가 사고 한 번 나지.

여보세요, 감사님. 장가도 안 간 분이 밝히기는 뭘 그리 밝혀요? 그러다가 언제 총각 딱지 뗄 때가 있을까.

재밌구먼. 역시 젊은이들과 어울리니 재치 있는 말들이 넘쳐나는구먼. 그런데 회장. 오늘 행사에 쓸 경비는 남았는가? 저녁 값은 돼야겠는데……. 거, 모자라면 내가 다 해결함쎄. 발 벗은 김에 홀딱 벗지 뭐.

아 예. 뭐 그런 건 염려 안 하셔도 됩니다. 나중에 말씀드리지요.

아니, 성님. 성님은 만날 그렇게만 나가니 회원들이 불신한다고요. 좀 확실히 해 보쇼. 나중에 어쩌고 하는 것보다 지금 회원들에게 발가벗는 게 좋은 게 아뇨?

야, 임마. 너 또 무슨 소릴 하려고 그러는 게야? 내가 언제 회비 떼먹은 일이 있던? 그럼 지금 정말 발가벗으랴?

아니, 돈 떼먹는다는 것보다 좀 확실히 하자, 이것 아닙니까? 안 그래요?

아이, 회장님도 참. 발가벗는다는 말은 히히히. 그 말은 듣기가 좀 그러네요.

맞긴 맞는 말이네요. 우리 여자 회원들은 회비만 꼬박꼬박 내고 저녁 한 끼 먹곤 헤어지니. 남자들은 안 그렇잖아요? 마시고, 놀고. 그것만 끝나면 다행이게? 이 차, 삼 차……. 노래궁에도 가서 아줌마들과 놀기도 했다는데, 우린 뭐예요?

미쓰 홍도 이런 덴 좋아하잖아. 그럼 끝내고 나하고 좋은 데 한번 갈까? 날씨도 좀 잡히는 분위긴데…….

홍, 바라기는, 응큼한 게. 자기집 조상에 누가 차이나 팬티 걸친 사람 있는 모양이지? 너무 노골적으로 밝히지 말아욧!

너, 말은 조심해야지. 남의 조상은 왜 건들어?

아니, 너라니. 그렇게 막 나가도 되는 거예요?

뭐가 막 나가?

여보세요. 미쓰 홍에게 하는 말투가 그게 뭐예요? 너라니? 아무리 어려도 이런 자리에서는 좀 고운 말 쓸 수 없어요?

무슨 얘길 그렇게 합니까? 오 여사도 들었지만 남의 조상 건든 게 누군데 그래?

어, 이 아저씨 좀 봐. 이젠 나에게도 반말일세. 야! 바지 입고 수염만 기르면 눈에 뵈는 게 없어? 어디다 반말이야, 반말이!

뭐야? 아니 뭐 이런 여자가 다 있어? 대접할 때 받으라고. 것도 시집이라고 갔다고…….

아니, 요런……?

뭐야, 이 개 같은…….

개 같은? 오냐. 너, 말 한 번 잘했다. 그래, 난 개다. 넌 뭐냐.

넌 내 개 새끼냐?

　뭐야? 이게 보자보자 하니, 어디다 두 다리 뻗고 지랄이야?

　옳지. 그런 넌, 세 다리 뻗고 술주정이냐?

　…, … …

　… … …?

　우리들이 비틀거리며 나올 때, 계산대 옆 벽에는 삼십 년도 더 됐음직한 누런 벽보가 너덜거리며 붙어있었다. 거기에는 낯선 글귀가 쓰여 있었다.

　때려잡…, …성

　무찌…, 공…

　쳐부…자, 북…군

　이룩하자, 유신과업.

환영(幻影)이 있는 거리

 날은 더욱 추워지는군요. 우윳빛 거실 창문 밖으로 보이는 하늘은 금방이라도 눈을 뿌릴 것 같이 먹구름으로 가득 덮여 있는 날, 거실 창문을 열어놓고 베란다에 있는 화분—비록 소사 몇 점과 소나무 그리고 흔한 난분이 진열대에 듬성듬성 놓여 있는—을 보고 있어요. 겨울에도 제법 짙푸른 빛을 잃지 않는 키 낮은 소나무 분재가 참 좋아보여서 매일 아침만 되면 물을 주곤 합니다. 아파트란 정말 따분한 곳이란 생각, 전에 당신이 말했었지요.
 언젠가는 나도 이곳을 벗어날 거야. 빛과 빛이 부딪치는 곳. 푸른 솟음과 맑은 물줄기가 하늘을 향해 울고 있는 곳. 때로는 옷 벗은 채로 아무도 없는 냇물로 뛰어 들 수 있는 그런 곳. 굵은 빗소리가 나뭇잎에 떨어지는 곳. 혹은 세상 그 어떤 소리도 들리지 않는 곳. 그런 곳에서 살 거야. 어때, 그런 곳에 가고 싶지 않아?

이 새장 같은 아파트는 정말 역겨워!

그 말을 할 땐 당신은 십 대의 소녀 같았지요. 강릉 북쪽 어느 바닷가였어요. 우린 새벽에 깨어나 우리가 누워 있는 통나무로 된 방갈로에 누워 가까이서 구르는 파도소리를 듣고 있었어요. 아직 채 눈도 뜨기 전의 햇빛이 통나무 층층의 결을 뚫고 어둠을 헤집던 그때였던가, 아마 그럴 거예요. 난 당신을 차마 바로 보지 못하고 부연 천장만 바라보고 있었고, 당신은…… 그랬어요. 속옷도 걸치지 않은 맨몸에 엷은 담요를 몸에 살짝 감고 일어나 바다로 향한 작은 창문을 열었지요. 난 그때 바다의 상큼함이랄까, 이 세상이 처음 창조되었을 때의 첫 냄새가 그런 걸까. 누워 있는 내 눈에는 오직 당신의 새하얀 어깨를 스치고 들어오는 부유스름한 여명의 빛만 보일 뿐이었지요. 그 사이를 헤집고 들어오는 향기는 당신이 만든 것, 분명 그 냄새라고 생각했어요. 창문이 바람에 닿았던가, 당신의 짧은 머릿결이 살짝 뒤로 날렸고, 그 틈새로 한쪽 귀가 순간 내 눈에 보였지요. 오직 검정색 바탕으로만 된 화선지에 희디흰 물감이 한 방울 떨어져 비스듬히 흐른 자국처럼 그렇게 보였어요. 그리곤 말했어요. 다신 돌아가고 싶지 않아.

지금 난 그때를 그리워하는 것은 아니에요. 아직 당신이 멀리서나마 흔적을 전해오고 내 발자국 소리도 비록 멀리 있지만 당신은 틀림없이 들을 수 있을 것을 믿으니까요.

또 다시 바람이 무섭게 불어요. 이 아파트는 당신도 알고 있지만 거실이 북쪽으로 나 있어서 아기 주먹이 들어갈 만큼만 창문을 열어놓으면 세상 바람은 몽땅 나에게만 몰려오듯 비명을 지르며 들어와요. 실내 보일러를 틀어 온도도 높이고 거실 바깥 창문을 닫으라고 당신은 말하지 않겠지요. 당신은 알고 있어요. 이런 겨울날은 나보다 당신이 더 좋아했고, 난 당신의 외투자락만 보면 항상 따뜻했던 것. 외투 깃만 올려 가녀린 목을 별로 감추지도 않았지요. 그리곤 두 손을 외투 주머니에 찌른 채 설익은 불량배 아이들처럼 밤거리를 쏘다니면, 난 당신의 긴 외투자락 뒤에 몸을 숨기며 연신 내 입에서 뿜어져 나오는 입김의 길이를 눈짐작으로 재곤 했어요. 입을 크게 벌리고, 화아아—하면, 입김은 순식간에 추위 속으로 사라지고 당신은 다시 몇 걸음 앞 요란한 형광 불빛 속에서 나를 뒤돌아보곤 했었지요.

그럴 때면 나는 멋쩍게 입을 다물었지만 당신이 다시 몸을 돌리고 차가운 공기를 휘저으며 걸어가면 이번엔 입을 조금 벌리고 휘파람을 불듯이 입김을 뿜었어요. 그때는 제법 길게, 추위도 나를 보살펴 줄 때도 있었어요, 입김이 뿜어져 나왔어요. 당신은 몰랐겠지요. 때로는 당신의 외투 깃에 바짝 입을 대고 화아아—하고 길게 입김을 불어넣었던 것. 그런데도 당신은 혼잡한 거리를 뒤도 돌아보지 않고 걸어갔지요. 사실 당신의 걸음걸음은 내 입김의 에너지로 말미암은 것이라는.

겨울방학은 너무 길어요. 나에겐 두 번째의 방학이지만 가족과 떨어져 지내는 방학이란 너무 호젓해서 쓸쓸해요. 아무도 찾아오지 않는 아파트의 차가운 벽을 손으로 만지면 고급 벽지의 포근함보다도 나에게는 너무 넓은 십오 평 아파트에서 흐르는 차가운 기운이 가슴에 섬쩍지근하게 전해져요. 알고 있겠지요? 이곳에서 볼 수 있는 모든 풍경의 단순함을. 당신은 이곳을 나에게 남겨주고 훌쩍 가버렸고, 가버린 당신의 허전한 마음으로만 이루어진 바깥 풍경은 당신이 만든 그대로 변함이 없어요.

 겨울의 한낮은 너무 고요해서 육층으로 된 아파트에 사람이라고는 살고 있지 않은 유령의 집처럼 느껴져요. 그래요. 유령의 집이 맞군요. 지난여름 납량특집으로 꾸민, 무슨 살인귀가 넘치는 텔레비전 단막극에 나오던 건물도 이렇게 고요했었지요. 그 주인공이 좀 바보스럽게 생긴 이십 대 후반의 남자였던가, 아마 그랬을 거예요. 그는 혼자 살아가는 평범한 젊은이였고요. 햄버거와 커피로만 그의 행복은 충분히 지켜갈 수 있었는데 그는 그만 과욕을 부렸지요. 아니 그는 더 평범한 일상으로 나아가다가……. 그것은 옆집 대문에 쌓인 신문더미를 무심코 집었고, 그 신문더미에 시퍼렇게 변색된 사람의 손목이 보였던가, 아마 그랬을 거예요. 그리곤 그는 걷잡을 수 없는 살인의 소용돌이 속으로 스며들게 되었지요.

 내가 지금 무슨 허망한 추억을 뽑아대는지. 당신은 비웃고 있을 거라고. 아니면 답답한 내 모습을 상상하며 더욱 멀리 사라질지도 모를 일이라고. 이건 내 생각일 뿐이지요. 당신이 있을 곳은 언젠가 나에게 말했어요. 겨울눈이 가장 일찍 봄을 맞는 곳이라고. 해변가 호젓한 곳. 아무리 북쪽 산봉우리를 깎으며 몰아치는 된바람도 그곳에 다다르면 한줌 봄바람으로 돌려질 그곳이라고. 아니 새파란 칼질이란 느껴지지 않는 그런 샛바람이 한줌씩 좁은 포구를 쓸어담아 거북 잔등처럼 단단히 갈라진 지표를 어루만지며 호젓한 봄기운을 전해줄 그런 곳이라고. 당신이 언제였던가, 말했어요. 그런데— 지금, 모든 것을 너무 힘들게 말하고 있는 자신이 죽도록 싫어지는 걸 당신은 짐작이나 할런지요. 왜 좀 더 바로, 직설적으로 대놓고 말할 수는 없을까. 말이란 머릿속에서부터 자신의 의지와 맺어지지 않으면 그건 자기 것이 아니란 것을 요즘 당신의 모습을 그리며 생각했어요.

봄을 기다릴 수 있는, 당신이 좋아하는 계절. 외부에서 나에게 전해지는 것은 아무 것도 없어 꽉 막혀버린 지 한 달이 가까워 오는군요. 매일 오후쯤이면 일 층 현관에 나가 604라는 숫자가 새겨진, 마치 동물 실험실의 번호표가 붙은 것 같은 우체통 뚜껑을 열고 행여나 하는 마음으로 손을 넣어봅니다. 그럴 땐 604가 새겨진 날카로운 생철판이 내 손목을 섬뜩 잘라버릴 것 같은 날카로운 공포감에 잠깐 젖기도 합니다. 매번 차가운 금속성의 감각만이 손끝에 닿을 뿐이지만 언젠가는 부드러운 종이봉투의 포근한 감각이 전해질 것, 을 기다리며 돌아오곤 해요.

이 겨울 끝까지 기다리리라고, 돌아설 때마다 나를 좀 더 다져보지만 계절의 바뀜에 영원이란 말이 어울리지 않음도 잘 알고 있어요. 그래도 십오 평의 실내에는 속속들이 당신의 그림자가 머물러 있음을 믿고 있어요. 난 당신이 이 방, 이 거실, 사진첩 뒤

어디엔가 분명히 가냘픈 손끝으로 나를 손짓하고 있을 거라고. 당신이 늘 앉아서 노래를 흥얼거리거나 책장을 넘기던 서재의 어느 구석구석에서도 나를 보고 있을 맑은 눈동자가 평소대로 깜빡거리고 있을 거라고 믿고 있어요. 그래요. 나는 믿고 있어요. 정말, 정말로.

 동쪽으로 난 당신의 서재 창문 앞에 짙은 옻을 잔뜩 먹은 나무 책상이 덩그러니 앉아있어요. 그 위엔 당신의 체온이 아직도 남아 있을 전공서적이나 노트가 어지럽게 널려 있고, 나는 당신이 떠난 그때의 분위기 그대로 두었어요. 혹시나 오면 처음 그대로일 당신의 모습을 생각하면서. 양 벽을 책으로 도배한 듯 쌓아올린 책장에서 전해지는 눅눅한 곰팡이 냄새라니. 그러나 이젠 모든 것이 내 전신으로 익어버려서 눈으로 보기만 해도 수많은 책의 내용들이 머릿속으로 스며들어올 것 같아요.

 당신은 참 이상한 사람이라는 생각이 들어요. 대학원에 적을 두고 있으면서도 학교에는 잘 보이지 않았지요. 또 스물아홉의 나이가 결코 적은 것은 아닌데도 당신 주위에는 항상 당신보다 어린 학생들만 서성거렸어요. 나는 내년이면 겨우 이학년이 될 뿐이지요. 한 해 재수를 한 적은 있었지만요.

 우리가 학교에서 처음 만난 날을 난 지금도 눈앞의 일처럼 기억하고 있어요. 나는 도서관 열람실에서 국어학개론 리포트 작성에 정신이 없었고, 학기말 시험을 앞에 둔 학생들은 모두 유월 하순의 이른 폭염에 온 몸이 축축 늘어지던 그런 날이었어요. 원고

지 사십 매 분량의 리포트가 신입생 햇병아리에겐 너무 과중했지만 나는 부과된 어떤 과제물도 허술하게 대하진 않았으니까요. 고학년들처럼 적당한 요령 같은 것도 몰랐을 때였고. 하여튼 나는 정신없이 참고 서적을 뒤적이고 있을 때 당신이 내 곁에 소리 없이 앉았고 나는 곁에 누가 왔는지 있는지도 모를 지경이었지요.

 레몬 향기라면 어울릴까, 혹은 목련꽃 향기가 혹 그런 걸까. 긴장된 내 전신을 풀어버리는 것. 바로 곁에서부터 나에게까지 전해지기에는 시간이 필요 없었는지도. 또 나는 학교에 입학한 후 급우들 간에도 별로 친구가 없었어요. 아마 고등학교 시절부터 나에게 따라다녔던 '계집애'라는 말. 그 닉네임이 진학해서도 끈질기게 따라다녔기에 나는 내 용모를 저주, 그렇군요. 난 나를 저주했다고 하는 편이 사실에 가깝군요. 그 어떤 학교 행사에도 불참하는 학생, 남학생과 종일 말을 붙이지 않는 학생, 그 학생이 바로 나였으니까요. 그러니 옆에서 누가 무얼 하든 신경 쓰지 않았지요. 그런데—

 그 향기가 나를, 긴장으로 책에 눈을 떼지 않던 나를 풀어버렸어요. 너무 무더워서였던가. 나는 얼굴을 옆으로, 당신에게 돌렸어요. 그 순간 내 눈을 의심했고, 눈을 껌뻑거릴 수도 없는 황홀감이랄까, 이 세상에 검정과 하양과 연분홍으로만 만들어진 구조물에서 선택된 생명체가 바로 이 사람일까. 그것밖에 더 생각할 수 없었지요. 미인! 더 이상의 군더더기가 붙지 않는 말이 있다면, 미인! 바로 이 말뿐이라고. 그땐 오직 그 생각뿐이었지요.

그런데 왜? 지금도 난 복잡한 수학문제처럼 풀리지 않는 것. 하필 나였을까요? 수많은 학생들이 우글거리는 학교에서 하필이면 나, 남들이 계집애라고 지칭하는 나를 보고 당신은 붉은 입술을 움직였을까요? 처음 첫마디의 말은 분명히 나에게 하는 것이 틀림없었지만 나는 무심코 옆을 돌아보았어요. 나 이외 다른, 적어도 당신 같은 사람이 말을 걸 수 있는 대상은 나, 가 아닐 거라는. 의심스러우면서도 다시 그 어떤 믿음으로서. 그런데 정말 검은 눈의 초점은 나에게, 가 틀림없었고, 입술에서 굴러 나오는 말을 들었을 때 내 정면에서 조금 위편 진열대 위에 놓인 먼지 덮인 석고상이 나를 쏘아보는 것 같았어요.

김민수, 왜? 뭔가 잘 안 풀리는 모양이지?

알 수 없었어요. 어떻게 내 이름을 알고 있었는지를. 수천 명이 넘는 학생들 숲에서 핀셋으로 집어내듯 정확히 내 이름을 불렀을 때, 어리둥절함 속에서 터져 나오는 희열, 그리고 바로 뒤를 잇는 불안감 혹은 공포감 같은 것. 그런 감정을 당신은 이해할지. 당신은 내 곁으로 의자를 끌어 당겼고 아무렇게나 휘갈겨 쓴 과제물의 목차를 대강 훑으면서 어색한 부분을 고쳐줬어요. 그리고 슬며시 내 오른쪽 등어리에 당신의 왼쪽 가슴이 가볍게 닿았지요. 영원히 부서지지 않고 형체도 없는 부드러운 것이 도렷하게 와닿는. 그 숨 막히는 감촉, 향기라니……. 그러고 알게 됐어요. 당신도 나와 같은 학과였다는 걸.

당신은 나를 애써 무시하는 듯하면서도 나를 버리지는 않았어요. 평소 학교에서 혹은 거리에서나 우리가 자주 갔던 바닷가에서도 나를 만나면 평범한 학생들처럼 그냥 그렇게 지나치곤 했지요. 그 무심한 표정이란, 정말.

그때를 뚜렷이 기억하고 있어요. 구월도 저물어 이제 곧 다가올 추석 분위기에 학생들의 마음이 들떠 있었고, 나는 그런 그들을 조소 담긴 마음으로 대하며 혼자—항상 혼자였지만—교문을 나서고 있었어요. 난 당신을 봤어요. 좀처럼 학교에서는 볼 수 없었던 당신은 무슨 바람이 불었는지. 그때 갑자기 돌개바람이 흙먼지를 감아올렸고, 하늘로 날리지 못한 굵은 흙먼지가루가 우리들의 옷깃 속으로 파고들어서 모두들 목을 잔뜩 움츠리게 하던 날, 택시를 타려고 서 있는 모습을 보았어요. 아무리 혼잡스러운 하굣길의 교문이지만 내가 어떻게 당신의 모습을 남들과 구별하지 못할 리가 있겠어요? 머리를 두툼한 꼬리처럼 뒤로 묶어, 아마 틀림없이 검은 싸구려 고무줄로 묶었겠지만, 희고 긴 목덜미를 덮은 그 모습을.

마침 당신은 막 택시 뒷자리로 들어가는 모습이었어요. 그러나 그것이 아니었지요. 나는 놀라게 한 건 당신과 택시, 그것이 아니었어요. 국문과 4학년 선배였지요, 그 남자는. 1학년인 내가 더구나 다른 학생들과 담을 쌓다시피 지내는 학교생활에서 고학년들과의 사귐은 생각도 못하던 때였으니 그 남자도 그저 상급생 중의 하나이거니, 하는 정도였어요. 그런데 그 사람이 바로 당신과 같이 택시를 탔던 거예요. 그것도 서로 친숙한 듯 당신이 끼고 있던 두꺼운 책 여러 권을 그 사람에게 주면서 웃음을 나누는 그런 모습이었어요.

　나는 무엇에 홀린 듯 그들이 탄 택시 뒤를 다른 택시를 잡아타고 쫓았어요. 내가 왜 이렇게 뒤를 쫓아야만 하는지를 생각 안 한 것은 아니었어요. 하지만 나는 이미 그런 일에도 그렇게 허둥대야 할 정도로 완전히 빠져 있었던 거지요. 당신과 내가 도서관에서 처음 만난 후 반 년이 지났지만 우리는 서로의 몸과 마음을 너무 잘 알고 있다고만 생각하고 있었지요. 한 달에 거의 십여 일은 같이 지냈으니까요. 당신도 뚜렷이 기억할 거예요. 그 수많은 시간, 흔적을.

　그들은 도시를 벗어나 북쪽으로 달렸어요. 난 초조했지요. 그들을 쫓을 돈을 갖고 있지 않았다는 것을 알았어요. 할 수 없이 내려서 시내버스를 탔어요. 그리곤 무작정 어떤 예감처럼 자그마한 항구로 갔고, 찻집과 횟집을 모조리 뒤지고 다녔어요. 난 제정신이 아니었어요. 지금 생각해도 내가 왜 그런 행동을 했는지……. 결국 난 그들을 찾아냈어요. 세상은 넓지만 나의 염력 또한 그리 만만치는 않았어요. 물론 그 염력도 당신의 숨소리에서 흘러나오는 흡인력에 기인한 것이 틀림없었을 것이었지만. 이층 횟집에서 소주를 마시고 있었지요. 그 후는 당신도 잘 알고 있는 일이라 부언할 필요가 없을 거예요. 단지 이것만은.

　당신은 나를 우연히 만난 같은 과 학생으로 대했고, 그 남자도 그렇게 알고 나를 대했죠. 설마 박사 과정의 대학원생인 당신과 내가 그렇고 그런 사이라고는 상상도 할 수 없었을 테니까요. 그 사람은 나와는 전혀 다른, 우람한 근육질의 사내였어요. 술잔을 들어 올릴 때마다 접은 소매에서 삐져나오는 팔근육은 마치 구렁이가 껍질이 듬성듬성 떨어져나간 감나무 줄기를 칭칭 감고 있는 것 같아서 나에게는 징그러울 뿐이었어요. 그런 그를 당신은 미소를 버리지 않고 은근하게 대했어요. 나에게는 술시중을 드는 술집 종업원처럼 대하면서도. 난 별로 많이 마시지도 못하는 술을 정도에 넘게 마셔버렸어요. 당신과 그도 취했고 그리고 밤이 됐고 셋은 작은 민박집을 빌려서 한 방에 들었고, 그리고 그 후를 말해야 할까요?

　이제까지 갖고 있던, 그래도 나에게는 마지막 보루처럼 간직하던 삶의 원칙성 같은 것, 아니면 사람 사이에서 일어날 수 있는 공정성의 룰에 대한 인식, 그것을 당신은 산산이 부쉈어요. 내가 평소 못 마시는 술을 과음한 탓으로 잠에 곯아떨어진 것으로 착각한 두 남녀는 아예 내가 없는 것처럼 행동했어요. 두 사람 눈에는 난 투명인간이었죠. 지금도 그때를 생각하면 내 몸이 작은 인형처럼 쪼그라드는 것 같아 견딜 수 없어요. 하여튼 나는 비로소 나의 존재에 대한, 어리석게도 회의에 빠졌어요. 쓸모없는, 남자 같지도 않은, 계집애라는 말의 타당성, 나의 모든 것이 무너져 가고 있는데도 엉켜 있는 남녀를 구경만 하고 있는 자신의 가련한 꼬락서니⋯⋯. 밤 깊도록 빈약한 가슴만 쓸며 모든 것을 버리고 나의 새로운 길을 찾자고 다짐하고 다시 다짐하고.

일주일이 지나자 나는 자연스럽게 당신의 아파트로 향하는 자신을 보았어요. 지나간 일은 내 머릿속에 깨끗이 사라지고 곧 만날 당신의 모습만 살아 날뛰고 있었으니까요. 당신은 그 모습 그대로 나를 맞아줬고 우린 서로를 확인했어요. 수없이, 수없이 확인하고 또 확인했어요. 당신보다 내가 더 적극적으로. 그때 처음으로 난 자신의 힘을 인식할 수 있었어요. 난 여자가 아니라는 확실한 믿음을 얻은 곳은 당신의 아파트가 아니라 바로 당신의 모든 것에서, 처음으로.
　당신, 참 이상한 분!
　그 후에도 가끔씩 당신보다 어린 사내들이 주위를 맴돌고 있는 모습을 볼 수 있었지요. 그건 당신이 나에게 의식적으로 보여줬다는 표현이 맞을 거예요. 나를 피해서도 얼마든지 그들과 만날 수 있었을 텐데도 당신은 나를 피할 어떤 행동도 보여주지 않았으니까요. 아니지요. 오히려 당당하게 내 앞에서 그들과 어울렸어요. 그러면서도 아파트 키를 나에게 줬고, 난 아무 것도 모르는 토끼새끼처럼 잘도 그 울안을 기웃거렸어요. 이미 나의 머릿속은 당신 이외에는 그 어떤 가치도 존재하지 않게 되었으니까요.
　세상은 아름답다고 사람들은 말하지요. 나 역시 세상은 아름다웠지만 그건 당신이라는 렌즈를 통해서만 가능했어요. 내 능력으로 상상할 수 있는 세상의 모든 사념. 그것이 공상적 사념이라 할지라도 그것은 당신이 있음으로 가능했고, 당신이라는 매개체를 통해서만 나의 머릿속으로 들어올 수 있었어요. 잠 잘 때에도, 교정에서도, 강의실에서도, 그냥 멍하니 서 있어도 당신의 모습이 머릿속에서 떠나지 않았어요. 나의 눈, 내 눈을 가려버리고 대신 들어앉은 당신이라는 렌즈. 특히 혼자 있을 땐 당신의 숨결 한줌 미세한 손끝까지도 실재처럼 내 몸속에서 살아 꿈틀거리고 있는 것을 느낄 수 있었어요.

  난 극도로 위축되었어요. 혼자서는 아무 것도 할 수 없는 상태로 떨어졌어요. 내 표피 속에 있는 살과 뼈 그리고 끈적한 피는 모두 당신이 불어 넣는 훈기로 인해 생명력을 유지할 수 있었으니까요. 나는 이 세상에서 사라지고 대신 당신과 당신의 분신이 살아 있을 뿐. 이 모든 것을 당신은 순간순간 확인시켰어요. 여자처럼 흰 피부와 빈약한 몸체, 갸름하게 생긴 이목구비를 가진 스무 살의 토끼를 쓰다듬고 보살폈어요. 그러면서도 나와 잠시라도 떨어지면 당신의 눈은 또 다른 대상을 찾고 있었고, 다시 돌아서면 내 정신의 항아리에서 진액을 한 방울 한 방울 빨아먹으며 스스로를 즐기고 있었어요. 이제 생각하면 당신은 냉정한 사디스트가 아니었던가 하는. 나는 그곳에 매달려 한 줄기 실낱으로 공급되는 당신의 가학적 영양소에 숨을 헐떡이는.

  겨울 방학이 돼도 난 집에 가지 않았어요. 당신의 아파트가 바로 내 집이었으니까요. 당신도 서울로 올라가지 않았지요. 이 집에서 겨울을 보내야 한다는 지극히 당연한 생각으로 지냈어요. 그런데 당신은 집에 있는 날이 드물었어요. 일주일에 하루 정도나 집에서 잘까. 나머진 어디서 무얼 하는지를 알 수가 없었지요.

또 다른 당신의 아지트가 있는 것인지. 아니면 혹…….

　십일 전. 그날 폭설이 내렸어요. 이 지방에서 겨울 폭설이란 대단한 일은 아니죠. 겨울이면 항상 폭설이 내린다는 사실에 주민들은 익숙하니까요. 나 역시. 그날 나는 베란다 창문을 활짝 열어놓고 눈발로 막힌 하늘을 보고 있었어요. 천지가 흰색 바탕에 진회색으로 덧칠한 속에서 엄지손가락 마디처럼이나 큰 눈송이가 쉴 새 없이 쏟아지던 음산한 날이었어요. 나는 일주일째 밖으로 나가지도 않고 계속 안에서만 지내고 있었지요. 당신을 기다리며. 눈은 낱낱이 흩날리는 게 아니라 하늘이 완전히 무너져 내린 것처럼 쏟아지고 있었어요. 육 층 아파트에서 내려다보이는 거리는 사람이란 아예 눈에 가려서 보이지도 않고 그 많던 차량들도 일제히 눈의 터널 속으로 숨어버렸는지 사방은 움직임이라고는 내리는 눈밖에 없었던 그날, 저녁.

　하나가 있었어요. 큰 눈사람이 눈을 헤집고 아파트 정문을 들어서고 있는 하나였지요. 난 알았어요. 당신이라는 것을. 가슴이 거세게 뛰기 시작했어요. 일주일 만에 보게 되는 내 마음을 당신에게 어떻게 설명할 수 있을까요. 당신은 오직 당신 잣대로만 나를 재어 왔으니까요. 내 시야에서 당신의 모습이 아파트 본동 입구로 사라지고, 나는 자연스럽게 육층으로 오르는 엘리베이터 속도와 현관까지 도달할 시간을 재고 있었어요. 그리고 현관문이 열렸어요. 나는 당신이 없으면 항상 현관문을 채우지 않았지요. 행여나 당신이 현관 앞에서 머뭇거릴세라. 당신은 현관 밖에서 머리에 감았던 스카프를 풀고 외투에 묻은 눈을 털었어요. 그러자 검정과 하양으로만 이루어진 비너스가 요술처럼 내 앞에 나타났어요. 당신은 검은 옷을 좋아했지요. 그리곤 그냥 미소만 지으며 거실로 들어왔어요. 난 정신없이 덤벼들었어요. 당신의 향기를 혹 잃어버렸을까 봐. 다시 확인하고픈 마음에서. 당신은 나를 깊게 받았어요.

만날 때마다 느끼는 일은, 당신은 나에게 매우 헌신적이라는 점이에요. 밖에서 스칠 때는 냉혈인간처럼 싸늘하기만 한 당신이 같이 있게 되면 남자의 여자로 돌아가 나를 꼼짝 못하게 하곤 했지요. 그런 당신의 표정은 장면마다 적절하게 표정을 바꾸는 연극배우와 같았어요. 이중 마스크의 당신. 아니면 원래 당신이란 여자는 마스크에 덧씌운 또 다른 당신만의 마스크를 갖고 있는 걸까요? 모든 것은 원래의 마스크에서 조종되어 나오는 행동일까요? 드러난 마스크로서는 사람들은 당신의 진면목을 알 수 없을 거예요. 당신은 자유자재로 상황에 맞추는 변신의 천재, 마스크의 천재라고나 할까요? 당신이 강가의 버들과 같이 있으면 버들이 되고, 소나무 옆에 서면 푸른 소나무가 됩니다. 냇물에 손을 넣으면 바로 맑은 냇물이 되고 꽃 한 묶음 속에서는 향기 넘치는 꽃이 됩니다. 무슨 능력인가요, 당신의 변신은?

그날도 당신은 처음엔 나의 애인으로 마스크를 바꿨어요. 잠시 후엔 다정한 동생을 타이르는 누님으로, 때로는 부모처럼, 친구처럼, 혹은 나와 같은 남자로 대하기도 했어요. 당신의 육신 속에는 계절의 흐름이 있고 젊음의 불꽃도 피었다가 수시로 지고, 거친 바다의 포효도 있고 아기 잃은 엄마의 슬픔도 가끔 보였어요. 사랑스러운 애인에게 돌진할 땐 거침없는 살쾡이처럼 덤벼들기도 했고요.

우리가 추운 줄도 모르고 갓난아이들처럼 거실에서 서로를 확인한 후 당신은 미래의 계획을 의논하는 마스크로 나를 대했지요. 전공학과의 어려움을 말했어요. 학위논문이 잘 진척되지 않는다는 말도 했지요. 친구들 이야기도 했었고 그것이 내가 가장 신경 쓰는 부분이라는 것을 당신도 알고 있었어요.

서울 생활에 대한 이야기도 했어요. 난 서울 생활에 대한 건 별로 흥미가 없었어요. 보고 듣기만 해도 답답함이 넘치는 혼잡의 도시, 그것이 서울에 대한 나의 인식이었으니까요. 자신이 서울에서 대학을 졸업하고 지방 대학으로 온 이유에 대한 말도 있었고 서울을 사랑하면서도 서울만 가면 생기 속으로 파고드는 두더지, 라고 자신을 나타내면서도 그곳을 탈출하고픈 마음뿐이었다는 말에서 난 마스크의 이중성을 다시 확인하곤 픽 웃어버렸어요. 그러나 이 모든 것은 앞으로 일어날 우리들의 일에 대한 전주곡에 불과했지요.

당신은 그날따라 쓸데없이 이야기의 마스크 속으로 이리저리 나를 끌고 다녔어요. 그런데 마지막 말에서는 마스크의 천재인 당신도 어떤 두려움을 느끼고 있었음이 분명했습니다. 당신도 두려움이 있는 여자였던가요? 더구나 당신의 인형인 나에게,

나 결혼해야겠어. 이젠 가족을 피하기도 진력이 났고. 이번 겨울이 지나면 서른을 넘기잖아.

당신은 제법 머뭇거리는 기색을 보이면서 겨우 내뱉듯이 이런 말을 했어요. 그리고 이 아파트도 봄이 오기 전까지가 전세 기한이라는 말도 덧붙였지요. 나는 당신의 가슴에 얼굴을 묻고 포근함과 향기에 취해 당신이 어렵게 뱉어내는 말을 모두는 듣지 못했어요. 단지 결혼한다는 이야기는 뚜렷이 들을 수 있었어요. 나는 그 말을 듣고도 아무런 생각도 없었지요. 나와는 관계가 없는 먼 나라의 이야기쯤으로 귓가를 스칠 뿐이었어요. 그 말 후엔 당신도 더 이상의 이야기를 하진 않았고 나도 그냥 그대로 당신의 향기 속에서 누워있기만 했어요.

한참 후에야 주위가 어두워졌음을 알았고 불을 켜려는 나를 당신이 붙잡았고, 내 위에서 내 양 볼을 두 손바닥으로 만지며 가만히 내려다보고만 있었고, 입김이 내 얼굴 위로 흘렀고, 나도 당신을 밑에서 쳐다보기만 했어요. 그러나 아무 생각도 없었다면 그건 거짓말이죠. 난 다시 당신의 마스크를 떠올렸으니까요.

이번 겨울은 정말 유난히도 눈바람이 심하게 불어서 더욱 추워요. 나는 겨울휴가로 텅 비어 말라비틀어진 강의실에서 지내는 일이 많아졌어요. 차가운 강의실이 포근한 어머니 품처럼 느껴졌었고 하루 종일 그냥 그대로 앉아 있기도 했어요. 학교 부근에 널린 주점에도 들렸어요. 밤에는 도서관에서 공부하는 과 선배들과 어울려 술을 마셨지요. 평소 두어 잔 정도로 만족하던 주량이 일주일이 안 되어 소주 한 병으로 늘었어요. 지금은 두 병도 너끈하게 마시게 됐고요. 대학원생들에게 당신에 대한 소문도 **빼놓지** 않고 들었어요. 곧 결혼한다고. 상대는 명문대학을 졸업하고 독일 유학을 마친 우리 학교 법학과 전임강사라는 것도 알았고. 일주일에 세 번 정도 출강할 때 머문다는 집도 알았지요. 그 집은 나도 잘 알고 있는 학교 인근의 주민센터 부근이었어요. 그러나 이런 이야기가 무슨 소용이 있겠어요.

무지개 핀 하늘의 연극은 끝났고 이젠 북풍을 맞으며 내 꿈의 환영을 되새기는 무대의 저편에 나는 서 있었죠. 그리고 이십 대 초반의 젊음이 아직은 철없다고 할 어린 나이지만 당신에게 막혀 흐려진 이성이 차가운 북풍 속에서 점차 판단을 회복하고 있었다고나 할까요. 나의 길, 나의 꿈과 희망, 부모님의 기대와 본능적으로 피어오르는 냉철한 사고의 폭이 살아 움직임과 동시에, 당신과의 짧았던 몇 개월의 환희와 그 환희의 무너짐을 똑똑히 보았어요. 이젠 내 행동을 보일 때가 된 거죠. 당신이 사라짐과 같이 내 두 눈도 사라졌지만 조물주의 오묘한 배려라 할까요, 필요한 인체의 기관은 다시 활발한 움직임으로 재생되었어요. 그런데, ─이런 것─은.

내 눈의 재생과는 다른 어떤 보상심리가 회복기에 접어든 이성의 틈바구니를 헤집고 싹을 틔우고 있음을 느꼈어요. 그건 참으로 자신도 어쩔 수 없는 본능적 움직임이었어요. 종소리와 더불어 먹이를 먹던 개가 몇 끼를 굶은 후 다시 종소리를 들었을 때 일어나는 침샘의 본능적 현상과 비슷하다고나 할까요.

그냥 나의 길만 가자, 라는 결심은 이제까지도 몰랐던, 길고도 깊게 침잠되어 있던 나 이외의 또 다른 나—이십 년이 넘도록 먼지가 켜켜이 쌓이고 썩어 문드러진, 나도 몰랐던 제 2의 침샘과도 같은—를 거부하고 무시하는 것이었음을 희미하게나마 인식하게 된 거죠. 그건 내가 스스로 만들고 쌓지 않은, 그렇군요. 리비도, 바로 나의 리비도가 꿈틀거리기 시작한 거죠. 나의 의지가 아니라 조물주가 애초부터 내 정신의 세계 한구석에 심어놓은 씨앗이 이제야 꿈틀거리며 싹을 틔우고 있는 것이었죠. 당신은 이해할 수 있겠어요? 내가 밤마다 술에 취해 학교 근방에서 돌아오다가 불쑥불쑥 그 법학과 교수—내 재생의 조력자인—의 집을 쳐다보게 된 것도 그러한 생각과 같은 맥으로 이해할 수 있을 거예요. 교수의 집은 학교 정문에서 그리 멀지 않은 곳이죠. 물론 당신이 더 잘 알고 있겠지만.

난 옷을 한 벌 구입했어요. 어두운 색감이 평소의 나와는 어울리지 않지만 입어보니 무척 따뜻하더군요. 겨울의 추위는 물러날 기미를 보이지 않았고 그에 따라 감기 환자가 많아졌어요. 나도 감기약을 사먹는 편이었고 찬바람을 막는 회색 마스크를 착용하라는 의사의 지시를 충실히 이행하고 있었죠. 감기로 고생하면서도 나는 밤마다 선배들이 잘 모이는 학교 앞 주점으로 갔었어요.

이 말만은 해야겠군요. 입학 후 그들과 거리를 두고 지냈던 일 년 동안 난 우물 안의 개구리마냥 나만의 좁은 세계에서 맴돌고 있었음을 절실히 느꼈어요. 내가 읽은 책 몇 권, 몇 마디 주위들은 학설의 음습한 구석, 사이사이 나에게 다가온 진리 비슷한 구절들은 온데간데없이 사라지고, 대신 애써 무시하던 동료 학생이나 선배들의 자유로운 행동, 버릇없이 보이던 대담한 언행 하나하나, 운동장에서 들리던 그들의 거친 함성, 과장되고 한 곳으로 경도된 이념의 외침, 머리띠와 무질서와 주점 가에서 흘러나오던 선동의 노랫가락들이 일제히 내가 그동안 쌓아온 벽을 허물고 내 앞으로 솟아나온 거죠. 거기서 나는 이제까지 그저 나 혼자만 주위 모았던 잡다한 사념들을 정리할 수 있을 가능성을 찾았다고 말하고 싶어요. 사실 나와 외부 세계와의 끈을 쥐고 있으면서 영양이 떨어질 때면 간신히 정신을 지탱할 수 있을 만큼 공급의 틈을 열어주던 사람은 당신이 아니었던가요? 이 말을 들을 당신의 표정이 궁금하군요. 당신의 인형이 스스로 껍질을 깨고 나오는 광경을 어떤 영상으로나 당신에게 전해주고 싶어요.

날씨는 너무 추웠어요. 나는 그들과 어울리면서 추위를 이길 수 있었어요. 처음부터 내가 그들과 어울린 목적은 따로 있었지만. 그런데 같이 있는 시간이 많아질수록 젊음의 굴곡과 패기의 음영을 이해할 수 있었어요. 때로는 술에 취해 거친 실수와 어설픈 논리를 두서없는 궤변으로 내뱉는 그들이지만 그건 그들의 틈 많은 세계를 높이 올리려는 행위에 불과하다는 것도 이해할 수 있었어요.

그들과 어울리면서 나는 순간순간 밖으로 나와 그 집으로 달려

갔어요. 당신의 배우자가 될 그 집으로. 방학 때지만 일주일에 하루 정도는 학교에 온다고 들었기 때문이지요. 화장실에 가는 척하며 자리를 빠져나와 1분 정도 힘껏 달리면 그 집에 도착할 수 있었어요. 그렇게 갈 때마다 그가 숙박한다는 이 층 방의 불은 꺼져 있었어요. 컴컴한 이 층의 방! 난 그 방을 잠시 쏘아보고는 다시 술집으로 돌아와 숨을 죽였어요. 당연히 선배들은 술 취한 후의 방뇨 정도로 생각했을 거예요.

그러던 어느 날이었어요. 그 날도 춥고 휑한 강의실에서 혼자 책을 보고 있었어요. 아무도 없는 넓은 강의실에 혼자 책을 보면 이상하게도 활자 하나하나가 살아 튀면서 내 몸속으로 스며들어 오는 것 같아서 나는 그런 분위기를 좋아했어요. 그날도 페이지가 잘 넘어갔었는데, 잠시 창밖으로 눈을 돌리던 나는 후딱 일어났어요. 분명히 당신이었어요. 평소와는 다르게 분홍 원피스 겉에 흰 코트를 걸쳤어요. 무릎 아래로 드러난 순백의 종아리가 유난히 내 시선을 잡아끄는 모습. 나로서는 반 달 만에 처음 본 색다른 당신의 모습이었지요. 삼 층 강의실에서 상당히 거리가 먼 곳이었지만 짙푸른 겨울 소나무 사이로 다소곳이 고개를 숙이며 걸어가는 당신의 모습은 너무나 아름다웠어요. 강의실에서는 교문 쪽을 훤히 볼 수 있었지요. 그 미인은 소나무 숲길을 빠져나와 막 교문으로 걸어가고 있었어요.

나는 순간 뜨거운 무엇이 발끝에서부터 정수리를 뚫고 휙 솟아오르는 것 같았어요. 가슴이 크게 요동치는 것을 긴 숨으로 진정시키며 뚫어지게 바라보기만 했어요. 지워버렸다고 생각한 것은 착각이었어요. 내 마음 속에 당신이란 존재는 너무나 깊게 새겨져 있었던 거예요. 나는 강의실을 박차고 나왔어요. 삼 층 계단을 단숨에 내려와서 대운동장을 가로질러 이제 막 교문을 **빠져나가**는 당신을 뒤쫓았어요. 만나지 말아야 된다던 생각은 쫓는 내 발 밑의 흐트러진 낙엽에 불과했어요. 오직 당신을 보고 또 보고…… 그것밖에는 다른 생각이 없었어요. 가까이서 당신의 눈을, 귀를, 코를, 입술을, 아니 당신의 온몸 곳곳을 다 들여다보고 싶다는 일념 하나로.

순간 난 그 자리에 태엽이 다 풀려버린 자동인형처럼 서버렸어요. 그건 내 의지와는 상관없는 초자아가 나를 그렇게 했을까요? 교문 밖에 서 있는 사내, 바로 그 교수였어요. 얼굴이 희고 가냘프게 생긴, 회색 정장과 회색 외투의 길쭉한 기생오라비 같은 사내. 당신은 그가 열어주는 승용차 속으로 스며들었고 그도 당신 옆으로 스며들었고, 엔진 소리도 없이 그림처럼 내 시야에서 사라졌어요.

나는 온몸이 천근 무게에 짓눌리듯 소나무 밑둥치에 널브러졌어요. 나를 지탱해주던 **뼈** 마디마디가 산산이 부서지는 아픔에 한동안 아무 생각 없었고, 차가운 바람 한 줄기가 **뺨**을 스쳤던가, 나는 풀숲에 누워버렸고, 무섭게 솟아오른 소나무 사이사이로 터진 하늘에 두터운 회색구름이 맹렬하게 남쪽으로 이동했고, 검은 소나무 하나가 내 몸뚱이 위로 위태롭게 기울어져 있음을 알았어요. 그리고 그냥 그렇게 시간을 죽였어요. 다가올 시간은 지나간 시간만큼이나 빠르게 내 머릿속으로 들어와 흐릿한 그림 하나를 남기고는 뒤편 멀리 지나갔어요. 나에게 남은 것은 머릿속을 감싸고 있는 단단한 두개골뿐이라는 생각이 반짝 지나갔음을 지금도 뚜렷이 기억하고 있어요.

 겨울이 춥다고 누가 그랬던가요. 난 점퍼를 벗어던지고 엷은 스웨터 바람으로 강의실에 있을 책은 팽개친 채 교정 숲으로 슬슬 돌아다녔어요. 몇몇 학생들의 뜨악한 눈빛도 개의치 않았지요. 더웠어요. 얼굴이 뜨거웠어요. 스웨터와 내의를 위로 올려 배꼽을 드러내놓고 숲 속의 자연에 몸을 식혔어요. 그래도 더운 건 마찬가지였지요. 교정이 어둑해질 때까지 나는 숲 속을 어슬렁거렸어요. 미친놈처럼. 열병 환자처럼.

 밤이 되고, 전에 구입했던 옷을 작게 둘둘 말아서 보자기에 쌌어요. 감기는 다 나았지만 아직 갖고 있던 마스크와 모자와 장갑도 같이 넣었어요. 아파트를 나와 학교 정문으로 걸어갔어요. 대략 삼십 분 정도의 거리였어요. 역시 찬바람은 매섭게 불었어요. 추운 밤거리를 걸어가면서 내가 해야 할, 혹은 서 있어야 할 동네를 상상해 보려고 애를 썼지만 뚜렷이 떠오르는 무엇이 전혀 없었어요. 몽유병에 시달리면서도 자신은 깨닫지 못하는 아이처럼 흐릿하게 걸어만 갔어요. 좌우 인도에는 추위 속에서 수많은 인파가 흐느적거렸고 차량들이 이제 곧 맞을 연말의 즐거움으로 경쾌하게 엔진소리를 뿜으며 지나갔어요. 모든 것이 넘치는 밤의 도시와 요란한 형광불빛으로 사람들을 현혹시키는 대형 상가들은 그러나 나를 더욱 밤의 침잠 속으로 몰아넣을 뿐이었어요.

중심지를 벗어나 대학 쪽을 향하여 걸었어요. 몇 개의 가로등만 어둠을 지키는 좁은 길로 접어들었어요. 바람을 막아 줄 어떤 구조물도 없는 곳이죠. 나는 될 수 있는 대로 사람 눈에 띄지 않게 걷는 자신을 깨닫고 픽 웃어버렸어요. 울 수는 없는 일이었으니까요. 학교 부근도 사람들은 드물었어요. 그 부근은 집으로 가지 않고 도서관에서 겨울을 보내는 학생들이 한잔 술로 쓸쓸함을 넘길 술집들만 한겨울에도 살아 있었어요. 평소 선배들과 어울리던 술집을 피해 그의 집으로 빠르게 몸을 움직였어요. 그 집으로 통하는 유일한 길목인 좁은 골목 옆 쓰레기통 뒤에 가지고 간 두툼한 보자기를 숨기고 항상 모이던 그 술집으로 들어갔어요. 물론 거긴 음습한 학설의 미로에 찌든 학생들이 모여 있었고, 나는 그들과 평소대로 지껄이며 술을 마셨어요. 오늘, 그를 보지 못하면 나는 새벽까지라도 부근에서 기다릴 작정이었어요. 물론 그가 일주일에 한 번 정도 학교에 나타난다는 것과 그 날이 바로 오늘이라는 것도 알고 있었죠.

술자리에서 나는 즐겁게 술을 마시는 척했어요. 그러다가 취기가 오르는 척하며 허리춤을 추스르면서 밖으로 나와 그 집으로 달렸고, 불빛이 보이지 않으면 다시 돌아와 술자리에 앉았지요. 어떻게든 만날 순간만을 기다렸고, 만날 방법은 막연했어요. 전화로 부를 수도 없는 일이었으니까요. 알다시피 낯선 사람의 전화 하나로 불쑥 나올 사람은 없을 테니까요. 자리에 돌아오면 그들은 여전히 불콰한 얼굴로 자신의 말씀 속으로 상대방을 끌어들이기 위한 열변에 묻혀 있었어요. 그 중 하나가 말했어요.

야, 민수. 너 빠이쁘가 보통 사람보다 긴 모양이구나! 한 번 나가면 왜 그리 시간 끌어!

몇이 웃었고 나도 뒷머리를 긁으며 쑥스러운 표정으로 답했어요. 몇 잔의 술이 돌아가고 적당한 시간에 나는 다시 쑥스럽고 곤란하다는 표정을 보이며 밖으로 나왔어요. 열 시가 거의 되었을 거예요. 주변의 술집들도 슬슬 불을 끌 시간이었죠. 나는 뛰기 시작했어요. 발소리를 죽이며 골목으로 접어들었을 때 저 끝에서 키가 큰 사내가 어둠을 몰고 오는 것을 본 순간 내 몸은 녹은 아교 속을 헤집는 것처럼 몸이 둔해지는 것을 알았어요. 그러나 아무리 어둠이 가려준다 해도 그를 잘못 볼 리가 없었어요. 나는 숨을 가누며 그의 옆을 가볍게 지나갔어요. 그도 뒤쪽으로 무거운 발소리를 끌며 가버렸어요.

나는 쓰레기통 뒤에서 숨겨둔 물품을 빠르게 몸에 걸쳤어요. 장갑과 모자와 마스크도 착용했어요. 그리고 혹 지나가는 사람의 눈에 띨세라 몸을 숨기고 그를 기다렸어요. 그의 방에 불이 켜져 있었고 그가 외투를 걸치지 않은 것과 슬리퍼를 끌고 지나간 것으로 볼 때 곧 돌아오리라 판단했었죠. 아마 근처 작은 매점에 볼일이 있었을 거라고 짐작했어요. 일초 일초가 무한한 시간처럼 느리게 느껴졌고 어둠은 날카로운 촉수를 번득이며 사방에서 내 몸으로 찔러들어 왔어요.
　내 짐작이 맞았어요. 그가 다시 돌아오고 있었어요. 담뱃불을 반짝이며 내 쪽으로 바로 걸어오고 있었어요. 나는 일부러 기침 소리를 내었고, 콜록콜록하는 소리가 유난히 크게 들린다고 생각했고, 그는 멈칫하다가 아무렇지 않게 내 앞으로 다가왔고, 나는 행인에게 길을 비켜주는 예의 바른 사람처럼 옆으로 살짝 비끼게 지나가는 척했고 동시에 내 손에 움켜쥐었던 묵직한 벽돌조각을 그의 얼굴 윗부분을 겨누며 날렸어요. 퍽 하는 소리 속에 작은 **뼈**가 으스러지는 듯한 소리도 섞여 있었다고 생각했고, 그가 소리 없이 옆으로 넘어지는 것을 보면서 나는 그의 바지주머니를 뒤졌어요. 느낌으로 만 원권 지폐가 두툼하게 집히는 것을 그냥 **빼**들고 천천히 발소리를 죽이며 골목을 **빠**져나왔어요. 그리고 옷과 모자와 마스크, 장갑을 벗어 다시 보자기에 싸고 그것을 근처 밭두둑 밑에 숨겨두었어요. 모든 것은 채 3분이 소요되지 않을 **짧**은 시간 동안 일어난 일이었어요. 그리고 빨리 뛰어서 술집으로 돌아와 숨을 고르며 얼굴을 찡그리고 아랫배를 쓰다듬으면서 안으로 들어갔죠. 내 모습을 본 선배들이 웃었고 나는 아랫배를 계속 쓰다듬으면서 설사가 나온다고 말하고는 얼굴을 찡그렸어요.
　야, 민수. 이젠 안 되겠어. 속이 그래서야 젊은 놈이 술 한 잔 하겠어? 돌아가지 그래!
　한 선배가 나를 위해 말하는 척했어요. 나는 좀 있으면 괜찮아질 거라고 하면서 앞에 놓인 술잔을 들고 입에 털어 넣었죠. 그리고 씩 웃었어요. 그들은 어린 후배들의 기가 죽었다고 떠들어댔고 나는 다시 쑥스러운 표정으로 다시 술잔을 들었죠.

　나는 집에도 가지 않고 계속 아파트에서 지냈어요. 해를 넘기고 일월이 시작되었어요. 올해는 모든 것을 새로 시작하자고 수없이 맹세했지만 아직 당신의 아파트를 벗어나지 못하고 있어요. 이제 곧 떠나게 되겠죠. 그 사이에도 학교 강의실은 빼먹지 않고 다녔어요. 도서관에서 보고 싶은 책을 마음껏 고르고 마음껏 읽었어요. 물론 소문은 들었어요. 그 사람이 서울의 어떤 병원에 입원했다고. 밤에 불량배의 습격으로 돈을 뺏기고 이마를 크게 다쳤다는 말도 들었죠. 난 그런 말을 들을 때마다 나와 상관없는 일처럼 생각했어요. 참 이상하죠. 그 일은 너의 일이고 내 일은 책을 보는 일일 뿐이라고 당연한 듯이 생각했어요. 그런데, 어제—

　고향집으로 전화를 했어요. 엄마의 걱정이 대단했어요. 한겨울에 집에 오지 않고 뭘 하느냐고. 공부하고 있다고 엄마를 안심시켰죠. 이것저것 안부를 주고받은 끝에 나온 엄마의 말에서 나는 잠시 가슴이 서늘해짐을 느꼈어요. 아버지의 가벼운 승용차 접촉사고 때문에 두 분이 파출소에 들렸다고 했어요. 파출소는 바로 집 옆에 있어요. 경찰관은 잔소리를 잔뜩 늘어놓은 다음 가족사항에서 내 소식을 유난히 자세히 물었대요. 엄마는 내가 무슨 학생데모라도 하고 있는 것 같이 생각하시는 거예요. 방학이 돼도 집에 돌아오지 않으니 이 걱정 저 걱정이 눈더미 쌓이듯 생겼던가 봐요. 절대 그렇지 않다고. 난 단지 공부하고 있을 뿐이라고.

정 뭣하시면 학교 도서관에 전화를 걸어보시라고. 그러면 담당 직원이 틀림없이 내가 매일 도서관에서 책에 파묻혀 지낸다고 말할 거라고 말씀드렸어요. 도서관 직원은 내 이름을 잘 알고 있으니까요.

내가 한 일은 경찰에서 절대로 알 수 없는 것이죠. 목격자도 없고, 또 그 사람과 나는 서로 일면식도 없는 사이고, 그는 그저 밤길에서 돈을 목적으로 한 불량배의 습격을 받았을 뿐, 나와는 전혀 상관없는 일이라는 것. 그건 그의 운 나쁜 일일 뿐이죠. 당시에 숨겼던 물품도 다음 날 새벽에 가져와서 보관하고 있다가 바닷가에서 하나하나 모두 다른 장소에서 버렸어요. 그러니 경찰에서 부모님께 내 이름을 들먹였다는 건 그 일과는 상관없는 일이죠. 그의 주머니에서 돈을 훔친 것도 돈을 목적으로 한 단순 사건으로 보이게 할 생각이었어요. 이 세상에서 그 일의 진실을 알고 있는 사람은 당신과 나 둘뿐이지요. 내가 당신에게 이런 사실을 털어놓기 전에 이미 당신은 알고 있었을 거라고 믿고 있어요. 당신의 날카로운 느낌으로 모를 리가 없었을 거예요. 그 점, 나도 실행하기 전에 짐작하고 있었죠.

슬픔과 걱정 속에 잠겨 있을 당신 모습이 잘 상상이 안 돼요. 사과하고 싶어요. 그러나 당신 앞에 내 몸을 던지면서 사과하고 싶지는 않아요. 난 내 몫으로 남겨진 부분에서만 당신에게 사과를 전할 뿐. 그건 당연한 일이지요. 이번 일로 내가 이성을 판별할 나이를 먹고 처음으로 타인에게 길들여진 존재가 아니라 능동적으로 자신을 개조할 수 있는, 인형 아닌 인간으로 태어난 기분을 맛보았어요. 그리고 당신도 나를 어떻게 할 수 없을 거라는. 당신은 결코 나를 경찰에 고발할 수도 없을 거라는 점. 그건 확실하죠. 당신은 곧 박사학위를 받을 장래가 유망한 사람이고 당신과 결혼할—이번 일 때문에 결혼일자가 잠시 늦어지겠지만—그 사람의 사회적 명성과 신분을 보더라도 결코 그런 잡스러운 일과 결부시킬 생각은 없으리라는 점은 분명하리라 믿어요. 당신과 나와 교수와의 관계를? 그런 일은 상상조차 할 수 없는 일이죠.

내가 사랑했고 따랐고, 그렇게도 쫓아다녔던 당신에게 전할 것은 이젠 없어요. 당신은 당신의 렌즈를 나에게 씌워줬지만 그것도 결국 스스로 벗어던지게 될 뿐이었어요. 이 말을 들을 당신의 표정을 상상할 수 없네요. 아쉬워요. 당신의 렌즈를 벗어던진 그 순간부터 나는 당신의 표정을 상상하기가 힘들어졌어요.

그렇군요. 마스크! 당신의 이중 마스크가 살아있는 동안 당신은 자신의 진정한 모습도 제대로 볼 수 없을 거예요. 그러니 타인인 내가 어찌 당신의 표정 하나라도 상상할 수 있겠어요? 이 말을 들은 후 당신이 그의 병실로 문병을 과연 갈 것인지 상상할 수도 없네요. 만약 가게 되면 당신은 또 어떤 마스크를 쓰고 그를 볼지 궁금하군요.

나를 새로 태어나게 해 준 당신. 나를 깨우쳐 준 당신. 삶의 이중성을 일깨워 준. 삶의 그늘은 항상 우리의 분신처럼 눌어붙어 있어서, 언제라도 본체를 대신할 마스크를 쓰고 나타날 수 있음을 가르쳐 준 당신! 지금은 누구를 사랑한다고 믿고 있나요? 그 인가요? 아니면 당신도 잘 모를 당신의 마스크인가요?

인형과 술꾼

끼익!

차가 급정거하는 소리에 이어서 중년 남자의 걸걸한 욕설이 이곳까지 들렸다. 비 오는 일요일 오전이었다. 애들은 모두 놀러 나간 한적한 시간에 M은 늦은 아침을 먹은 후 한가하게 거실 소파에 앉아 신문을 훑어보던 중이었다.

지난 밤 늦게까지, 금기로 되어 있는 술을 마신 탓인지 아직도 뒷골이 쿡쿡 쑤셔대고 있었다. 면 단위 농협에 상무로 근무하는 고등학교 동창 녀석을 만났는데, 집이 M의 아파트 바로 앞에 있어서 전부터 가끔 만나 이런저런 이야기로 술잔을 나누는 사이었다. 제법 몸이 불러서 중년의 간부답게 하는 행동도 급함이 없었다. 술잔을 주고받거나 대화를 나누는 행동에 여유가 있어서 늘 느긋하게 지낸다고 자부하는 M이 오히려 주눅이 들 정도였다.

특히 대화가 금전 문제에 이르면 더욱 천천히 담배까지 한 대 피워 물면서 말했다.

거, 너무 그런데 신경 쓰지 말고 지내는 게 좋아. 그래도 자넨 철도공사 직원으로서 아직도 장래가 확실하잖아. 우린 자네보다 오년 빨리 이거야, 이거.

녀석은 왼손으로 자신의 목 언저리를 슬며시 대더니 갑자기 빠른 속도로 비스듬히 찍듯이 내리치다가 살진 목살에 닿을 듯 말 듯한 순간에 멈추었다. 그의 '그래도 자넨……' 이란 말을 할 때는 사뭇 눈길을 M의 정면으로 향하면서 윗눈썹을 아래로 슬며시 내리깔았는데, 그 표정이 사회적 위치를 어느 정도 차지한 자의 여유랄까, 뭐 그런 표정으로 M을 바라보았다. 그 얼굴을 보자 울컥 치밀어 오르는 욕지기를 겨우 억누르며 자신의 생각과 다르게 피식 웃어버리고 말았다.

자넨 요즘 휴직 중이라며? 몸조심하게. 술 좀 작작 마셔대고……. 아마 원 없이 마셨을 거다. 거, 인국이 있지, 선생하다가 병원 신세 지는 놈 말야. 2년째야. 가족은 어찌 사는지 원.

소주잔을 앞으로 밀면서 몸은 의자 뒤로 한껏 눕혔다. 인국은 위암으로 지금도 투병 중인 동창이었다. 평소 술을 밥보다 더 좋아하던 친구였는데 어느 날 병원으로 갔다. 철도청 직원인 M에게 퇴근 때만 되면 술자리를 만들어 늦도록 소주잔을 기울였다. 상무는 M이 훌쩍 털어 넣는 모습을 잠시 보다가 이내 자신의 술잔에 가득 술을 따라 오징어 안주 곁에 놓았다.

생활비가 필요하면 언제든지 말하게. 자네에겐 신용으로 나갈 수도 있으니까.

상무다운 이야기였다. 녀석은 항상 여유를 과시하곤 했다. 더구나 M의 현 처지를 너무 잘 알고 있는 터였다. M은 빙긋이 웃었다.

M이 알고 있는 녀석의 2층집은 농협에서 같은 직원들에게만 특별히 연 2% 정도로 대여하는 자금으로 올린 것을 알고 있었다. 촌동네 농협의 뻔한 박봉으로 그리 여유 있을 것도 없는 처지면서도 그는 항상 주위 사람들을 대할 때는 각박한 현실에서 한발 물러선 체했다. 아침이면 녀석은 늘 검은 양복에 앞단추를 채우지 않은 채 느릿느릿 작은 철대문을 빠져나오는 것을 이곳 십이층 위에서도 뚜렷이 볼 수 있었다. 2층의 큰 집에 어울리지 않은 작은 철대문도 그렇지만, 그 철대문은 항상 닫혀 있고 그 밑에 작은 출입문이 따로 붙어있는데, M이 보기에 어린애 정도가 겨우 드나들 정도의 그 문으로 녀석의 육중한 몸이 신기하게도 잘도 비집고 나왔다. 그런 모습을 볼 때마다 평소 근엄한 걸음으로 출근하는 그의 건장한 모습과 구겨진 휴지처럼 그 문에서 비집고 나오는 모습이 묘하게도 대조적으로 다가와서 그럴 때마다 슬며시 웃었다.

폐결핵으로 6개월 휴직한 후 M은 아침이면 그런 모습을 볼 수 있었다. 특히 12층의 높이에서 보이는 평면의 사물들이 납작한 벌레처럼 꾸물거리는 광경을 모두 부감(俯瞰)의 틀 속으로 집어

넣었을 때 드는 측은한 감정을 그 사람들은 알지 못할 것이다. 사람들은 주로 자신의 눈과 수평으로 어울려야만 상대의 존재를 알아보는 습성이 있다. 그들의 눈 아래는 볼 필요도 없고 눈 윗부분은 그저 푸르른 하늘로서 영원히 오르지 못할 세계로 인식하곤 한다. 자신을 살피는 하늘의 눈을 그들은 애써 회피하거나 아예 무시하거나 아니면 그들의 머리 구조 밖의 일일 것이다. M은 병원 출입 이외에는 거의 아파트 밑으로 내려가는 일이 드물었다. 의사가 끊으라던 담배를 사러가거나 대낮이라도 빗줄기가 자신을 조여올 적엔 소주 생각으로 아파트에 붙은 슈퍼에 가는 일은 있었다.

저것 봐요, 저어기 저 사람이 또 비틀대네. 저 사람이 얼마 전이 부근으로 이사 온 사람이 맞죠? 거 왜 당신 동창이라던가, 농협 상무님 집!

다시 뒷골이 지끈거리는 통에 얼굴을 찌푸리며 보던 신문을 접고 누웠던 M은 아내의 말에 슬며시 일어서서 아래 도로를 내려다보았다. 아파트 외벽으로 길게 이어진 한길에서 검은색 승용차가 한복판에 서 있고, 황색 잠바의 중년이 한 사내를 몰아세우고 있는 중이었다. 몇 명의 아이들과 상가 사람들이 우산을 쓰고 웅성거리고 있었다. 차림새가 어수룩한 그 사람을 그의 차 앞에 세우고 뭐라고 한참 목청을 돋우던 중년의 잠바는 주위 사람들을 들으라는 듯 무슨 큰소리를 지르더니 으스대며 차를 타고는 가버렸다. 사람들은 남은 사람 주변에서 서성거리다가 역시 슬슬 사라졌다.

저 사람이 맞아요. 두어 달 전인가, 왜 당신 친구라는 상무, 그 집 아래층 뒷방으로 이사 온 사람이 맞아. 아이들도 없고 달랑 부부 둘만 왔었는데, 짐도 별로 없었고……. 그런데 가끔 술만 마시면 큰길 작은 길 없이 막 돌아다닌다는데 저러다 큰 사고 한 번 나지 아마.

아내는 큰 구경거리나 난 듯 아예 베란다 덧창문까지 젖혀놓고 머리를 밖으로 내밀면서 떠들어댔다. 그런 아내의 뒷덜미를 슬며시 잡아 내리면서 난 그 사내를 내려다보았다. 그 사내였다. 최근에 갑자기 이 아파트 근처에서 하는 일 없이 슬슬 돌아다니는 사내였다. 대략 마흔 중반쯤 되었을까. 언제 이 근처에 살게 되었는지도 알 수 없었다. 어느 날 갑자기 나타난 사내였다.

고층 아파트에서 바로 밑의 도로를 일부러 내려다보는 일은 드물었지만, 해질녘에 하루를 보낸 허전함으로 잠시 베란다 창문으로 밖을 보면, 부연 해무가 바다와 맞닿은 쪽에서 슬슬 도시로 퍼져 나오는 광경에 까닭 없는 적막감에 젖어보는 것이다. 그때가 하루 중 가장 적적한 행복을 느끼는 시간이었다. 이 도시는 바다와 맞닿은 곳이어서 유달리 해무가 자주 나타났다.

그럴 때, 정확히는 M도 잘 모르지만 그 사내가 눈에 걸리기 시작했었다. 그는 주로 M이 창밖을 내다보는 저녁 무렵에 슬쩍 나타나서는 아파트 부근을 쏘다녔다. 그런 모습을 처음에는 우연히 보게 되었는데, M의 기억에 남을 수 있는 그의 구부정하게 걷는 독특한 걸음걸이와 특히 1층 아파트 정면 인도의 턱에 앉아서 1층에서부터 15층 위까지 샅샅이 훑어보는 것 같은 그의 행동이 눈에 걸렸던 것이다. 사내의 시도 때도 없이 아파트 아래 위를 천천히 훑어보는 버릇이 M의 시선만이 아니라 조금이라도 관심 있는 사람이라면 누구의 눈에도 걸렸을 것이다.

승용차 주인 앞에 큰 죄를 진 사람처럼 서 있는 모습에서, 바로 그 사내일 거라는 생각으로 그 광경을 관심 있게 보았다. 잠바가 사라진 후 회색빛 작업복의 사내는 비가 내리는 싸늘한 늦가을의 기온 속에서 잠시 도로 위에 서 있다가 천천히 걸어가기 시작했다. 그의 약간 비틀거리듯 걷는 발걸음 앞에서 다시 정면으로 오던 승용차들이 좌우로 갈라지며 경적을 가볍게 울렸다. 약간 취한 걸음이 분명했다. 우산도 없이 그냥 비를 맞으며 오전부터 취한 모습으로 초췌하게 걷고 있는 모습은 12층 위에서 볼 때 검은 도로에 눌어붙어 있는 것처럼 보였다. 아내는 그 사내가 상무 집에 최근 이사 온 사람이라고 말했다.

난 여태까지 저 사람이 상무 집에 산다는 걸 몰랐는데. 그런데 뭐 하는 사람이래?

나도 몰라요. 부인은 아침에 의료원에 나가는 것만 알고. 아마 청소부나. 저 사람은 한낮이 되어야 일어나는 모양이야. 아침엔 통 볼 수도 없어요. 저 봐요. 손에 책을 들었지? 한 번 나올 때면 으레 책은 꼭 들고 다닌다니까. 철학하는 사람인가…… 킥.

아내는 '철학하는 사람'이란 말을 하고는 '킥' 웃었다. M은 '쓸데 없는 헛소리……' 하고 막 나오려는 말을 꾹 참으며 아내를 비스듬히 쳐다보았다. 말 많은 여자였다. 서른 중반을 넘기면서 일던 살집과 비례해서 말소리도 걸어졌다. 전엔 할 말 안 할 말을 어느 정도 걸러서 내뱉더니, 이젠 걸러낼 체가 헐어버렸는지 아예 생각나는 대로 뱉어내었다. 세월도 흘렀는가.

M은 쓸쓸하게 다시 소파에 눕다가 다시 겉옷을 입고 밖으로 나왔다. 복도식 통로에서 정면으로 보이는 산등성이엔 짓다 만 아파트의 골격만이 앙상하게 빗줄기 속에서 어두운 그림자를 뒤편 솔밭으로 드리우고 있었다. 출퇴근이 없어지고 아내와 같이 지내는 시간이 많아질수록 M은 그동안 자신이 의아하게 생각했던 모든 일들을 명확히 이해할 수 있었다. 장면과 장면이 어색하게 연결될 때 느끼던 거북한 생각이 엉킨 매듭 풀리듯 선명하게 드러났다.

아침이면 그녀는 냉장고 문을 열고 바로 눈앞에만 보이는 반찬통을 들어내어 식탁에 놓곤 했다. 며칠 동안 계속 눈에만 보이는 반찬만이 식탁에 올라왔다. 그러다 보면 항상 가득 찬 냉장고의 깊은 곳에 잠겨 있던 많은 찬거리들은 시들어버리거나 상해버리기 일쑤였다. 그럴 수밖에 없었다. 아침이면 출근 시간에 임박해서야 겨우 눈 비비며 일어나 전날 먹고 남은 잔반을 대충 올려놓을 정도니, 냉장고 뒤쪽에 쌓여 있는 찬거리를 솜씨 있게 조리할 시간적 여유가 있을 리가 없었다. 낮에는 주로 식당에서 점심을 해결했지만 여의치 않을 때 집에 들르면, 식탁에는 아침에 먹던 그대로 널려 있었다.

  냉장고는 신선함과 부패함의 교차지점에 있었다. 눈에 보이는 부분이 사라지면 다시 시장에서 신선한 식품이 그 빈자리를 차지했다. 아이들이 먹다가 남긴 찬거리는 얇은 랩으로 대충 싸거나 아귀가 안 맞는 뚜껑으로 덮고는 냉장고의 빈 구석으로 밀어 넣었다. 그 다음 밥시간엔 그 반찬을 볼 수 없었다. 새로운 찬거리가 대신했다. 넣고 빼고, 다시 넣고 빼면서 쌓인 썩어버린 찬거리가 회색곰팡이에 둘러싸일 때쯤에 M의 잔소리로 다시 아파트 한 귀퉁이에 있는 잔반통으로 옮겨졌다. 아이들이 별로 좋아하지 않는 돼지고기를 한 뭉텅이 볶아서는 단 한 번 식탁에 옮기고는 냉장고의 깊숙한 곳에 얌전히 넣어뒀다. 다음날도 그 다음날, 그 그 다음날도. 때로는 무언가 역한 냄새와 더불어 짙은 국물이 흘러나와 반찬통 아래가 눌어붙을 때가 있는데, 그건 층층이 넣고 쌓은 반찬이 뒤로 밀리고 밀리다 더 밀릴 틈이 없어서 옆으로 기울어 넘친 것들이었다.

  그녀에게 시간이 남는다면 그건 TV가 가져가버렸다. 밥과 반찬이 어지럽게 널린 식탁을 그대로 두고 아내는 다시 안방으로 돌아가 베개를 벽에 붙이고 TV를 보는 거였는데, 그 모습이 아주 편안하게 보였다. 거실과 마주 댄 벽에 TV가 설치되어 있고, 그 정면 벽 바닥에 베개 두 개를 포개고는 그 위에 다시 한 개를 올려놓고 슬며시 기대는 것이었다. 그 자세로 그녀는 한 시간이고 두 시간이고 정신없이 시청하는 것인데, 슬플 때는 눈언저리가 붉게 변하기도 하고 우스울 땐 혼자 배꼽이 빠져라 웃어대는 것이다. 각 방송국에서 내 보내는 모든 연속극은 그녀의 눈을 통해서만 살아 있을 수 있었다. 하나라도 놓치면 그녀는 삶의 맥이 끊어진 사람처럼 안타까워하면서 '에이— 에이—'를 연발했다.

다툼과 포기가 거듭되면서 이젠 M도 아내에게 그리 큰 기대는 하지 않았다. 대신 자신이 직접 입맛에 맞는 식당을 찾거나 집에서 간단히 조리해서 먹곤 했다. 빨래가 널려도 아내의 눈에는 그리 급한 것이 아니었다. 참을 수 없는 것은 아내의 내의와 스타킹 종류였는데, 방 구석구석에 쑤셔 박혀 있는 그것들을 끄집어 낼 때의 울컥거리는 마음은, 그녀가 있건 없건 그대로 입에서 욕지거리로 나타났다. 그러나 그녀에게 향하는 것이 아니었다. M은 그럴 땐 항상 몸을 숙이면서, 베란다 창밖을 보거나, 그녀의 얼굴과 맞대지 않은 곳을 향하여 혼자 내뱉듯이 터뜨렸다. 그래도 그녀는 잠시 찌푸린 얼굴로 M을 쏘아보고는 못마땅한 표정을 잠시 보이다가 즉시 태평스런 모습으로 돌아갔다.

그런데 휴직한 후 같이 있는 시간이 많아지면서 그녀의 버릇은 더욱 깊어졌다. 그건 아마 M이 가끔 자신의 일을 도와줄 거라는 믿음 탓일 것이다. 중학교 딸애가 차마 뜨기 싫은 눈을 억지로 뜨고는, 이틀 정도 묵어서 이미 묽어진 밥을 겨우 입에 집어넣고 지각 걱정에 발을 동동 구르면, 그녀는 허겁지겁 승용차로 데리고 갔다. 초등학교 4학년인 둘째 아들만은 신통하게도 일찍 일어나 엄마가 해 주는 밥을 기다릴 틈도 없이 밥통에서 밥을 퍼서 간단히 눈에 잡히는 반찬을 되는 대로 먹고는 곧장 학교로 달려갔다.

그녀의 하루는 거의 고정되어 있었다. 아침 후면 TV 앞에 늘어져 있거나 이웃 식구들을 만나러 나갔다. 근 이백 가구 가량 되는 이 아파트의 모든 집은 그녀의 머릿속에 컴퓨터처럼 차곡차곡 저장되어 있어서, 오늘은 누구, 내일은 누구 집, 하는 식으로 자판 순서대로 방문했다. 그녀의 기억 저장고에는 모든 가구의 남편 직업과 월수입, 아이들의 성장 과정에서부터 대학진학 여부, 초등학생과 고등학생을 망라한 성적표, 잡다한 가구는 물론 새로 장만한 가구와 벽지 색깔, 전화번호도 부족한지 핸드폰 번호도 잊지 않았다. 옆집의 돌잔치에 참가한 사람들의 면면까지도 기억의 자판만 치면 화면에 순서대로 떠올랐다. 심지어 어떤 때는 그들의 부부 생활의 세밀한 정도까지도 알아오곤 했다. 한 가구를 짚어서 말할 때면 10분이 넘게 떠들어댈 수 있었다. 그 기억력도 놀랍지만 어떻게 그렇게도 세밀한, 아니 그런 일을 쉽게 정리할 수 있는 능력이 그녀에게 있었던지 십 몇 년을 같이 살아온 M도 놀랐다.

평소에는 열차 시간에 맞춰 출퇴근을 했으므로 제 시간에 제대로 귀가한 적이 드물어서 밤 10시가 넘어서야 집에 돌아오곤 했다. 더구나 술자리를 거치면 거의 자정을 넘겼다. 그럴 때 M은 씻자마자 잠에 곯아떨어지곤 했으므로 그녀의 기억 저장고의 내용물이 M에게 제대로 전달될 수는 없는 일이었다. 그러나 휴직한 후엔 달랐다. 그녀의 말을 받아주건 말건 적어도 같이 보내는 시간이 한없이 늘어진 탓이었다. 때문에 M의 기억 저장고에도 아파트에 사는 사람들의 인적 사항과 그들의 생활을 대충 짐작할 정도가 되었다. 물론 그녀의 능력은 아파트에만 국한되는 것은 아니었다. 아파트를 중심으로 사방으로 번졌는데, 농협 상무 녀석의 아래층 골방에 그 사내가 이사 온 것도 M은 깜깜무소식이었지만 그녀는 사내의 부인 직업까지도 알고 있었다.

M은 가끔 식욕도 없는 밥을 먹으면서, 컴퓨터처럼 가지런히 정리되어 필요할 때 한 치의 어긋남도 없이 실타래 풀리듯 나오는 그녀의 기억 저장고와 냉장고를 비교했다. 모두 일상생활의 한 부분이지만 같은 저장고에 들어 있는 내용물의 다양성과 정돈된 물품의 모양새가 그렇게도 다를 수가 있다는 사실을 생각할 때마다 그녀의 진정한 모습은 과연 무엇인지 알 수가 없었다. 결혼 생활 15년의 긴 기간에 M은 아내에 대해 몰라도 너무 몰랐다는 생각이 들 때마다 자괴감에 젖었다.

M의 생활은 너무 단순했다. 출근하면 컴퓨터에 연결된 좌석표 예매를 확인하는 일이 기다리고 있었다. 옆 자리의 여직원이 받는 전화의 내용을 컴퓨터에 연결하고 빈 곳을 찾아 끼우면 되었다. 오후부터 개찰구 근무였다. 오후에 상하행선이 모두 6편이었다. 중간 지점이라 승객이 그리 많지는 않았지만 휴가철이 되거나 주말이 되면 오후 내내 서서 근무했다.

출발 10분 전이면 좁은 역사가 터져나갈 정도로 승객이 붐볐다. 모든 개찰은 5분 만에 해치워야 했다. 어린아이 손가락 두 개

크기의 승차권을 쥔 사람들이 겹겹이 모여 있다가 좁은 개찰구로 일시에 빠져나오면, M은 펀치를 잡고 일일이 구멍을 뚫었다. 두 다리에 적당히 힘을 주면서 왼손으로 승차권 한쪽을 잡고 오른손으로 펀치를 찍었다. 그 일을 하면서 한 번도 승객의 얼굴을 쳐다본 적이 없었다. 시선을 오직 작은 승차권에 집중시키고 부지런히 손을 놀렸다. 그들은 주로 엄지와 검지 사이에 승차권을 끼워서 내밀었는데, 어떤 때는 승차권이 너무 깊게 손가락에 물려서 M이 살짝 잡아당기면, 무슨 중요한 물품을 도둑맞기라도 하는 듯이 그들은 깜짝 놀라며 손가락에 힘을 주는 것이다. 그럴 때면 '아, 아—'하고 M이 낮으면서도 무거운 목소리로 내질렀다. 손가락 힘이 빠지는 순간이 바로 그때였다. 펀치는 둔하게 푹 하는 낮은 소리를 내면서 다음 표를 찾았다.

지구상에 같은 사람이 없다는 말은 사실이었다. 수십억의 인구가 각각 다른, 얼굴과 체격과 목소리와 습성과 복장으로 살아간다는 것은 거의 경이로운 것이다. 승객들의 얼굴을 확인할 시간도 없지만 M의 시선에 고정되는 인간의 손목과 거기에서 뻗어나간 손등까지는 거의 비슷했다. 순간적으로 스치는 손목과 손등은 거의 1초에 한 번씩 M의 고정된 수정체에 찍히고 지나갔다. 다른 점은 손가락과 손톱의 차이에 있었다.

혈색 좋은 피부에 창백할 정도로 가늘고 흰 손가락, 검고 두툼하면서도 굳은살이 박힌, 짤막하면서 통통히 살이 붙어 불그스레한, 남자 같지 않게 길게 뻗은, 유난히도 손가락 매듭만 굵게 퍼진, 쭈글쭈글하면서도 회색빛 검버섯이 박힌, 깜찍할 정도로 작고 아담하며 부드러운……. 내밀면 찍고 내밀면 찍고……. 여자들의 다양한 손톱도 마찬가지였다. 붉은 색 매니큐어가 칠해진, 투명한, 좁고 긴, 살색에 가까운, 청색·회청색·분홍색·아이보리색·은가루를 뿌린 듯한, 때로는 봉선화로 물 든 손톱도 있었다. 남자들은 대개 두 종류였다. 잘 다듬었거나 아니면 생긴 대로 키운, 가끔은 색깔의 흔적도 볼 수 있었는데, 대개 젊은이였다. 거의 수평으로 손을 내밀어 잡다가 갑자기 손을 위로 올려야 하는 경우도 있는데, 그건 부모의 팔에 안긴 아기의 손에 잡힌 것 때문이었다. 그럴 때는 몇 사람 분의 시간이 아기 때문에 지나갔다.

가끔은 M이 움찔 놀랄 때가 있는데, 있어야 할 자리에 무언가가 없는 손을 대할 때였다. 승차권을 내미는 엄지와 검지가 사라지고 약지나 가락지 사이에서 위태롭게 끼어 있는 승차권을 내미는 사람들을 이해할 수가 없었다. 대개 사람들은 자신의 신체적 약점을 숨기는 습관이 있는데, 그러나 그런 면을 한꺼번에 몰아서 이해한다는 것은 잘못된 생각임을 알았다. 내가 그런 사람이라는 것을 서슴없이 보이면서 그 순간 상대를 슬쩍 바라보는 눈초리를 M은 놓치지 않았다.

그러나 행위가 수없이 반복되면서 M의 손은 자동기계처럼 되어갔다. 내밀면 찍고 내밀면 찍었다. 어떤 때는 몽상적인 기분에 사로잡히는 경우도 있었다. 특히 섹시한 젊은 여자의 손을 볼 때는 펀치를 그의 손등에 대고 그대로 찍어버리는 상상을 하곤 했다. 그녀의 손등에서 바닥까지 구멍이 뚫리고 붉은 피가 흰 손등 위로 피어오르면 동시에 기막히게도 예쁜 비명이 허공으로 흩어지는 상상이었다. 그럴 때에는 이상하게도 남자의 본능이 꿈틀거려 두 다리를 안으로 오므렸다. 그건 순간이었다. 다시 승객이 끊임없이 밀려오는 자리에는 오직 승차권과 펀치의 싸움만 존재했다. 사람은 사라지고 똑같이 생긴 승차권에 검은 펀치가 그 위를 누르면 싸움은 끝이었다. 그리고 퇴근길의 술 한 잔.

피로감은 육체적인 곳에서가 아니라 그의 단순작업에서 붙은 타성에서 시작되었을 것이다. 타성에서부터 곪기 시작한 피로감이 그의 정신으로 전이되면서 퇴근의 발길이 집으로 이어지는 것이 아니라 주점이었다. 이유가 있어서 마시는 술은 절제의 의지로 꺾을 수가 있었다. 그러나 이유 없는 술에 정신의 방어벽이 사라진 그의 몸은 새끼누에가 뽕잎 즙을 빨아먹듯이 조금씩 몸을 갉아먹어 갔다. 누에는 성장하면서 더 많은 뽕잎을 요구했다. 주면 먹고 자고, 다시 주면 먹고 자는 곤충의 본능이 반복될수록 식욕은 더 왕성해졌다. 그것은 껍질을 한 번 벗을 때마다 더 많은 뽕잎을 필요로 했다. 이유가 있어서가 아니었다. 무의식 속에 움직이는 곤충의 본능이 결국 어미누에로 성장했을 때 이미 그의 몸속에서 작은 독성으로 번지고 있었다. 20년에 가깝게 작은 딱지와의 싸움에서 그는 무너지고 있었다. 다른 사회적 직업을 가져 본 적이 없었다.

고등학교를 졸업한 후 처음 들어온 곳이 철도청이었고 계속 같은 일과 싸우면서 지내왔다. 입사 동기들은 자신의 가치증진에 노력을 쏟아 인근 도시의 야간대학에 적을 두거나 통신강좌에 매달릴 때에도 그는 달리 눈을 돌리지 않았다. 융통성이 없는 성격 탓도 있었지만, 그러나 귀찮게만 느껴지는 일일 뿐이었다. 일한 대가로 꼬박꼬박 들어오는 수입도 네 식구가 살기엔 그리 모자란 것도 아니었다. 그리고 격년으로 돌아오는 신체검사에서 그는 두 번 의사 앞에 불려갔고, 6개월의 휴직원을 제출했다. 어쩌면 결핵이란 병이 그냥 무의미하게 반복되던 M의 생활에 작은 변화를 줄지도 모른다는 생각에 스스로 만족했다.

외부와 차단된 창이 없는 복도식 통로 안으로 빗살이 조금씩 떨어졌다. 초가을의 기온이 서늘하게 전해졌다. 거의 정오가 다 된 시간이지만 아직 습습함은 아침과 그대로였다. 담배를 찾다가 방에 놓고 온 것을 알고 돌아섰다.

M이 그 후줄근한 사내를 만난 것은 그 일이 있은 후 며칠 지나서였다. 저녁을 먹은 지 꽤나 시간이 지난 때였다. 곧 다가올 겨울이 미리 옷자락 한 귀를 내미는 듯한 차가운 날이었는데, 출출한 속을 달래려 근처 생맥주집으로 갔을 때 그 사내가 앉아 있었다. 몇 개의 칸으로 나뉘어 있는 자리의 맨 구석에 혼자 앉아 있었다. 그러나 M은 그를 정확히 알아볼 수가 없었다. 그렇지만 이상하게도 순간적으로 보이는 그 사내의 모습과 옷차림새를 보고 아파트에서 내려다볼 때의 그 사내를 연상했고, '그 사람이다.'라고 속으로 단정했던 것이다. 딱히 동일인이라는 증거가 있어서

가 아니었다. 순간적 마음으로 다가오는 그 사내의 실루엣이 위에서 내려다보던 그 모습과 일치한다고 느꼈을 뿐이었다.

 M은 사내와 대각선으로 놓인 탁자에 앉아 맥주를 주문했다. 머리는 그의 반대편으로 돌리면서 눈길은 슬며시 그를 살폈다. 한눈에 들어왔다. 그는 누가 보는지 마는지 도무지 상관하지 않는 투로 담배연기를 허공으로 천천히 뿜어대면서 오른손으로 맥주잔을 잡고 있었다. 검은색 피부의 목 언저리에 짙은 반점이 어린애의 손바닥만큼 보였는데 회색빛 와이셔츠 칼라 속에 반쯤 숨겨져 있었다. 짧게 깎은 머리칼과는 대조적으로 눈썹이 유난히 짙고 눈초리에 두 줄기의 깊은 주름이 잡혀서 눈을 껌벅거릴 때마다 더욱 깊게 갈라졌다가 다시 펴졌다. 바지도 회색 작업복인데 주름을 찾을 수 없었고 신은 목이 길게 올라오는 흰색 가죽 운동화였는데 묵은 세월에 긁힌 자국으로 흰색이 대부분 닳아버려 누런 가죽 빛깔이 더 선명한 신이었다. 맥주잔을 잡고 있는 손은 듬직한 그의 몸매와 달리 아주 작고 말랐으나 마디는 굵게 튀어나와 있었다. 전체적으로 무거운 피곤기가 그의 몸에 눌어붙어 있는 것처럼 보였다.

 M은 짧은 순간에 사내의 겉모습을 확인하면서 맥주를 천천히 마시기 시작했다. 차가운 맥주가 식도를 타고 넘어가는 맛을 즐기면서 아내의 '철학가'라는 말을 생각했다. 그러나 지금 저 사내와 '철학가'란 말이 서로 맞아떨어질 그 어떤 유사성을 찾아낼 수가 없었다. M은 자신의 의미 없는 사념들을 털어버리려는 양 거

푸 몇 잔을 들이켰다. 가끔 그를 몰래 살폈으나 이쪽으로는 전혀 신경을 쓰고 있지 않은 것 같았다. 열 평 남짓한 실내에 탁자 몇 곳은 이미 얼큰하게 얼은 취객들이 차지하고 있었고, 그들이 내뿜는 고성과 웃음소리, 담배 연기가 술집의 공간을 더욱 좁히고 있었지만, 그는 그런 소리에 전혀 상관하지 않는 듯이 여유로운 몸짓으로 맥주잔을 기울였다. M의 생각은 어지럽게 떠돌았다.

그 사내와 나는 아무런 관련도 없고 만나 본 적도 없는 생면부지의 사이일 뿐이다. 그가 아파트 주위를 살피건 그 누구와 드잡이를 하건 나와는 아무 상관없는 사람이 아닌가. 친구 집 구석방에서 무엇을 하고 살건, 그의 아내가 의료원에서 무얼 하건 그 무슨 상관이란 말인가. 대낮부터 술에 취해 비틀거리지만 그가 내 승용차와 문제를 일으킨 적도 없었고, 나를 감시하거나 내 생활에 어떤 위해나 방해를 주는 사람도 아니다. 그는 그 대로 지내고 난 내 방식으로 지낼 뿐이 아닌가. 그런데도 난 왜 이렇게 그에게 관심을 쏟고 있는 것인가.

언제부터인지는 알 수가 없었다. 그는 갑자기 이곳에 나타난 사람이었다. 직업이 없다는 사실은 분명했다. 대낮부터 술에 취한 행동이 그것을 증명하고 있었다. 때로는 이른 저녁에도 부근을 어슬렁거리고 있었으니까. 이곳 주민들은 벌써 그를 기피의 인물로 생각하고 있는 것이 분명했다. 모두들 그와는 인사를 나누지 않는다. 그러니 물론 나와도 아무런 관련이 없다. 그런데도 난 왜 갑자기 나타난 이 사내를 생각하는 것일까.

M은 자신의 생각이 우스웠다. 많은 사람들이 서로 알 듯 모를 듯 스쳐가면서 맺은 인연은 극히 적은 숫자일 뿐이었지만, 이 사내와는 그럴 가능성에 부합되는 작은 조각 하나도 맞는 것이 없다고 생각했다. 저녁 후의 맥주가 몸에 포만감을 일으키자 더 앉아 있을 수가 없었다. 마지막 술을 마시기 위해 잔을 들었을 때 사내가 불쑥 일어나서 소리 없이 M의 곁을 지나 계산대로 다가갔다. 한 장의 푸른 지전을 뒷주머니에서 꺼내면서 돌연 얼굴을 M에게 돌렸으나 즉시 다시 돌리고는 거스름돈을 받고는 나갔다. M에게 향한 그 순간의 동작은 아무런 의미 없는 행동으로 보였다.

휴직한 지가 4개월이 지나 11월에 접어들고는 아주 완연한 초겨울 날씨를 보였다. 가끔 외출할 때면 겨울 잠바를 걸쳐야만 안심이 되었다. 몸은 그리 걱정이 되지는 않았다. X-lay 검사 결과는 상당히 좋아진 상태였다. 두어 달 뒤면 완치되리라는 의사의 웃음 띤 말이 그리 달갑지는 않았다. 건강이 좋아진다는 건 분명 즐거운 일이지만, 몇 달의 백수 생활의 습성이 몸 구석구석 배어 있어 이대로 일 년 정도 더 자유롭게 지내고 싶어지는 것은 어쩔 수 없었다. 또다시 알지 못하는 사람들의 손목만 쳐다보면서 지내는 생활로 돌아간다는 것은 끔찍한 일이었다.

일반 회사원들이 IMF 이후 자신의 능력과 희망에 따라 비록 어려운 결정이지만 직장을 옮긴다는 여러 뉴스를 보면서, 평생 직업에 대한 개념이 희미해져 가는 세태를 이해하곤 했지만, 그러나 M의 회사 직원들의 현실이동에 대한 불안감은 일반 회사원들의 행동을 그저 자기들의 세계와는 다른 일로 여길 수밖에 없었다. M도 그 중의 하나에 불과했다. 자신이 가진 모든 재주와 능력을 다 합쳐도 이리저리 직장을 옮길 수 있는 회사원의 발목에도 미치지 못할 것을 이미 알고 있었다.

포기한다는 것, 그것은 행복에 가깝다. 온몸의 능력을 모조리 한곳에 모아 단계를 충실히 밟아간다는 것도 삶의 한 즐거움이겠지만, 고졸의 학력과 귀찮음이 굳어진 습성을 다시 주물러 승진 준비에 여념이 없는 동료들의 눈높이에 맞춘다는 것은 정말 싫었다. 어릴 때부터 방학 때마다 받아본 5등급으로 표시된 성적표에는 '수·우'가 듬성듬성 박혀 있는 것이 제 위치를 잘못 찾은 입학식의 어린이처럼 어색하게만 보였었다. '미'와 '양'만이 제자리를 찾아 늠름하게 버티고 선 불량학생처럼 박혀있었다. 결국 자신의 능력만큼 살아간다는 가장 평범한 마음이 M에게 굳게 박힌 거멀못처럼 자리하고 있었다. 이 또한 살아가는 데 아무런 지장이 없었다. 경력이 많아질수록 매달 확인하는 통장에는 조금씩 액수가 높아지고 있었으니까. 현실에 안주하는 M의 모습에 아내도 그리 투정하지 않는 것이 신통했다.

늘 집안에서만 지내는 남편이 답답하게 보였던지 아내는 외출이라도 하자고 졸라댔다. 주말이나 일요일에는 바닷길이 너무 혼잡했으므로 그런 날을 피해서 주중에 부부가 함께 바람을 쐬러 나갔다. 고기 비린내가 진하게 배어 있는 어판장을 지나 산 밑 횟집이 어깨를 맞대고 있는 해안도로에 가면, 작은 도시의 냄새와는 전혀 다른 새로운 향기가 콧속으로 스며들었다. 짭조름한 소금기와 습습한 기운을 머금은 고기 비린내와 바다풀이 자라는 바위에서 풍겨오는 냄새, 포말이 깔리면서 흩어지는 방울방울이 만들어내는 또 다른 냄새도 M은 분간할 수 있었다.

아내는 한곳에 가만히 서서 바다 한곳을 응시하는 남편이 불만이었지만 그렇다고 그를 방해하지는 않았다. 이곳에서도 답답해하는 그녀를 3층 찻집으로 쫓아 보내고 M은 군용 철조망으로 이어진 벼랑 가 바위에 앉아 솔바람 소리 사이로 비집고 들어오는 짭조름한 바다 냄새에 몸을 맡겼다.

바다 쪽에서 불어오는 바람을 정면으로 맞으며 가만히 눈을 감으면, 아득히 먼 바다 끝에서 일어나는 모든 움직임이 바람을 타고 M의 콧속으로 들어왔다. 그것은 용연향의 향기였다. 저 깊은 바다 어느 곳에는 거대한 회색빛 향유고래가 주어진 생명을 다하고 한없이 깊고 어두운 바다 속으로 가라앉을 때, 어둡고 깊은 바다 속에서 서서히 퍼져나가는 용연향의 향기가 수면으로 올라와 바람을 타고 이곳까지 전해진다는 상상은 M을 황홀감으로 몰고 갔다. 짭짜름한 소금기 속에 스며있는 향유고래의 향기는 오직 이 사실을 인정하는 사람에게만 실려 올 것을 믿었다. 눈앞에는 고래의 매끄러운 두 갈래의 꼬리가 춤추고 있었다. 이때였다.

여기 나오셨군요

M은 갑자기 황홀한 상념을 방해하는 목소리를 듣자 이상하게도 설익은 음성처럼 느껴졌다. 언젠가는 들어봄 직한, 그러나 귀

에 익지는 않은 목소리였다. 간단한 그 인사말에서 직감적으로 그 사내를 떠올렸다. 천천히 몸을 돌렸다. 그 사내였다. 역시 그 낡은 옷을 입고 몇 걸음 뒤에 서 있었다. 처음 만나는 사람에게 대하는 겸연쩍은 웃음이 입가에 맴돌았다. 한 손에는 얇은 책을 한 권 들고 있었다.

어, 안녕하세요? 집 근처에서 뵌 적이 있지요? 반갑습니다.

하도 답답해서 한 번 나와 봤습니다. 그런데 이곳에서 만날 줄은 몰랐습니다. 전에 맥줏집에서 잠시 뵌 기억도 있습니다만.

사내는 정확히 기억하고 있었다. 전부터 당신을 알고 있었다는, 그러나 다정한 동료로서의 말투로 대하고 있었다. M은 이상하게도 친근감이 솟았다. 아주 오래 전부터 알고 지낸 옛 친구를 대하는 것 같았다. 정면에서 보는 그의 얼굴은 순탄치 않은 삶의 여정을 나타내듯 검고 굴곡진 주름이 입가와 이마에 뚜렷했지만 그러나 전체적으로 이웃집 가족과도 같은 친근감을 드러내고 있었다. 나이는 마흔 중반쯤 됐을까.

아하, 저를 기억하시는군요. 전 그때 속이 출출해서 잠시 들렀는데…… 인사를 못 드려 죄송합니다. M입니다.

S입니다.

어떻습니까? 우연히 만났는데 그냥 인사만 드리기가 좀 그렇군요. 저어기 횟집에서 소주나 한 잔, 괜찮습니까?

소주라…… 선생께서도 술을 좀 하시는군요. 좋습니다. 저도 뭐 남는 건 시간이라…….

그는 흔쾌하게 받았다. 잠시 아내의 뾰족한 얼굴을 생각하고는 즉시 지우면서 M은 앞장 서서 길 건너편 단층으로 된 허술한 횟집으로 들어갔다. 네 개의 탁자는 오후인데도 텅 비었다. 바다를 볼 수 있는 창가에 자리를 잡고, 가자미와 소주를 시켰다. 오후의 햇살이 구름을 뚫고 바람에 흔들리는 해송 사이로 쏟아지면서 파도는 잠시 눈부시게 빛났다. 그는 얇은 책을 탁자 한 구석에 놓았다. 무슨 시집 같았다. 작업복의 검은 피부와 시집을 그의 얼굴에 오버랩 시키면서, 본능적으로 저항감 같은, 어울리지 않는 망나니들의 짓거리를 보듯 M은 잠시 눈을 가늘게 떴다.

칙칙한 가자미가 껍질을 벗고 물빛 솜뭉치를 썰어놓은 것 같은 횟감으로 탁자에 오르자 우리는 소주를 마시기 시작했다. 크지 않은 접시의 한 부분이 바닥을 드러내고, 두 병째의 소주가 나왔을 때 사내는 입을 열었다.

선생은 낮에도 집에 계시더군요. 저 역시 그렇습니다만. 저의 집주인과 친구분이시라고요? 상무님이 그러시더군요. 잠시 휴직하셨다는 말도 들었습니다.

예, 잠시 병가를 냈지요. 선생께서도……?

아시는 대롭니다. 몇 달째 공치고 있습니다. 그래도 심심치는 않습니다. 대낮부터 취하는 맛도 좋고, 살아가는 사람 구경도 할 수록 재미가 붙습니다.

M은 그의 직업을 묻지 않았다. 창 밖에 아내가 지나갔다. 그냥 내버려뒀다. 그가 먼저 말했다.

부인이시죠? 같이 나오셨군요. 이거 제가 미안해서.

M은 상관없다고 말했다.

전 선생의 집을 알고 있습니다. 천 이백 삼 호지요? 낮에 부근을 다니다 보면 남자들이 별로 없는 한낮에 선생께서 가끔 베란다 창문으로 밖을 내다보고 계시더군요. 특히 저녁 무렵이면 햇살이 선생의 아파트로 비춰서 잘 보입니다. 퇴근 시간 전에 그런 분은 거의 없거든요.

M은 이미 사내의 냉정한 관찰력을 의식하지 않았다. 사내의 가느다란 눈자위가 붉어지고 있었다.

전 선생을 잘 알지는 못합니다마는 그래도 기억에 남습니다. 뭐, 특별한 것이 아니라 그저 선생의 윤곽이랄까, 그런 것으로……

상관있습니까? 아마 술 취한 모습을 보셨겠지요. 사실 그 아파트는 이 도시에서 비교적 밥술이나 먹는 사람들이 모여 있는 곳인데, 제가 대낮부터 술에 취해 돌아다녔다면 아마 모두들의 눈에 띄었을 겁니다. 그런데 저도 그 사람들을 모두 알지는 못하지만 대강 파악합니다. 특히 저녁 이후의 시간을 그들이 어떻게 무엇 하며 지내는지 정도는. 이상하게 생각지 않습니까? 생면부지의 사람이 자신의 집 호수도 알고 있고 아파트 사람들의 저녁 이후의 일도 대강 짐작한다는 따위의 말을? 아마 바닥인생의 넋두리로 여길 지도 모르겠군요. 뭐, 그렇게 생각해도 좋습니다. 전 상관없으니까. 그나저나 이거 제가 너무 시간을 뺏는 것 같아 죄송합니다. 부인도 기다리시는데…….

　상관없습니다. 그런데 우리 이웃들의 생활을 어떻게 그리 잘 아신다고 생각하십니까? 제가 알기로는 이사 온 지가 얼마 되지 않을 것 같은데요?

　그러실 겁니다. 허나 제 눈엔 보입니다. 선생이나 그 이웃들의 집안 생활이. 이해하기 어렵겠지만, 사실 뭐 그리 어려울 것도 없는 일입니다. 보면 되는 거니까요. 사람들은 아파트의 든든한 벽을 꽤나 의지하는 편이지만 전 그렇지 않습니다. 속을 들여다본다는 것은 아파트가 외벽으로 막혔다고 반드시 시선이 단절되는 것은 아니니까요.

　선문답 같은 이야기를 마치고 두 병째 마지막 소주를 말끔히 비우자마자 사내가 먼저 일어서면서 굳이 술값을 내겠다고 우겼다. M은 그러라고 했다. 사내는 나와 아내를 이미 알고 있었다. 그러나 묻지 않았다. 이미 그 사내에게서 그 어떤 힘을 발견했기 때문일 것이다. 허술하면서도 단단하게 다져진 시골 돌담처럼, 그 사내에게는 평범하지 않은 힘이 흐르는 것을 M은 느끼고 있었기 때문이었다. 그 힘이 무엇인지 표현할 수는 없었지만 분명히 M과 다른 세계가 그의 흉중에 자리하고 있음을 알았다. 그가 술기운에 내뱉는 어조였지만, 그도 그걸 바라는 눈치였지만, 그러나 허술하게 들리는 그 말은 그냥 하늘로 내뱉는 말이 아님을 M은 어렴풋하게 느끼고 있었다. 아내의 일은 까맣게 잊었다.

　그날 밤이었다. 바다에서 있었던 일에 대한 아내의 투덜대는 소리가 듣기 싫어 밖으로 나오면서 후회했다. 날씨가 너무 차갑기 때문이었다. 잠바라도 걸치고 나올 일이었다. 따뜻한 국물과 한 잔 술이 생각났다. 비로소 자신이 저녁을 아직 먹지 않았다는 걸 알았다. 너무 깊은 밤이라 어디 마땅한 주점이 떠오르지 않았다. M은 몸을 웅크리며 천천히 시내 쪽으로 걸어갔다. 사람도 거의 없고 이따금 아파트로 들어오는 차의 불빛만 어둠을 헤치고 지나갔다. 날은 흐리고 바람이 조금씩 불고 있었다. 한 구획을 돌자 정면에서 승용차 불빛이 M을 감싸 안을 듯 다가오고 있었다. 부챗살 모양으로 퍼져나가는 불빛의 정면에 무언가 흔들리는 검은 물체가 보였다고 생각한 순간 요란한 브레이크 소리와 함께 차가 멈췄다. M의 긴박한 느낌에 이어 검은 그림자가 변함없이 앞으로 다가오는 것을 알 수 있었다. 순간 안도의 한숨을 쉬었다. 운전자도 놀란 모양으로 잠시 그대로 있다가 천천히 전진시키며 창문을 내리고는 제법 점잖은 한마디를 던졌다.

이봐요, 큰일 날 뻔했어요. 인도로 다니지 않고.

한마디 던지고는 옆으로 지나갔다. 앞을 살피지 못한 자신의 잘못도 인정하는 말투였다. M은 다가오는 그림자를 유심히 살피다가 급하게 말을 던졌다.

아니, 이 밤중에 어딜 다녀오십니까?

그 사내였다. 한 손에는 밑으로 불룩 쳐진 비닐봉투를 들고 그는 앞으로 다가왔다. 바람이 독한 술 냄새를 안고 뒤에서 불어왔다. 그는 M의 얼굴에 거의 닿을 정도로 가까이 와서는 싱긋 웃으면서 비닐봉투를 M의 코앞으로 들어올렸다.

　M선생이시군요. 마침 자알 만났습니다. 가볍게 한 잔 하고 오는 길인데, 바닷가에서 뵙곤 아직 집에 들어가기 전입니다. 한 잔 하시죠. 여기 쐬주도 있습니다. 어디가 좋을까? 그렇지, 아파트 앞에 갑시다. 이 밤중에 거기보다 더 좋은 곳은 없을 겁니다. 가로등도 환하고. 자, 갑시다. 술집에 가 봐야 답답하기만 하고, 이런 밤에 일부러 만나기도 어려운데 잘 만났습니다.

　미처 대답할 틈을 주지도 않고 한 무더기 말을 쏟아 붓고는 무조건 팔을 붙들고 끌었다. M은 따라갈 수밖에 없었다. 그러나 내심으로는 무척 반기고 있는 자신의 마음을 읽고 있었다. 어차피 지금은 갈 곳도 마땅치 않고, 또 이 사내를 우연찮게 다시 만났다는 반가움이 앞선 탓이었다. 사내의 뒤를 따라 아파트 앞 인도의 보도블록 턱에 마주 보고 앉았다. 비닐봉투에는 예상 밖으로 소주가 두 병이나 들어있었다. 오징어도 한 마리가 구겨져 나왔다. 사내는 종이컵을 놓고 M에게 먼저 한 잔을 가득 붓더니 M이 미처 권할 사이도 없이 자신의 술잔에 가득 부었다. 그리고 오징어 다리를 갈기갈기 찢어서 비닐봉투 위에 놓고 몸통을 몇 조각 다시 찢었다. 그리고 고개를 들고 M을 쏘아보았다. 바람 속에서 헝클어진 머리칼 밑에 새까맣게 빛나는 두 눈동자가 어둠 속에서도 뚜렷이 보였다. 마치 허공에 두 눈동자만 떠 있는 것 같았다.

　M선생, 자아, 재미있게 만났습니다.

　참 우연이군요, 이 밤에. 그럼…….

둘은 가볍게 잔을 대고는 남김없이 마셨다. 이번엔 M이 부었다. 그리고 사내에게 권하지도 않고 다시 부어 마셨다. 담배에 불을 붙이고는 크게 들이켰다. 저녁 먹기 전의 빈속에 들어간 알코올이 식도를 타고 내려가자 싸늘하면서도 홧홧한 기운이 온몸으로 번져갔다. 그도 다시 마셨다. 거푸 석 잔씩 마시자 싸늘한 한기를 느꼈지만 정신은 밤의 그늘 속에서 가쁘게 움직였다.

M선생, 이 동네에 이사 와서 최초로 같이 한잔한 사람이 M선생입니다. 제 꼴이 꼴이다 보니 말을 걸어오는 사람도 없어요. 마흔 중반에 낮부터 술이나 마시며 나다니면 사람으로 봅니까? 낮엔 바닷가에서 정말 말 걸기가 힘들었습니다. 그래도 전 그 전에 맥줏집에서 선생이 저를 유심히 살폈던 기억을 용기 삼아 말을 붙여본 겁니다. 그때 잘 모르셨겠지만 선생이 저에게 관심을 갖고 있다는 것에 뭐랄까, 마음 뿌듯함이랄까 그런 걸 느꼈지요. 사실 저도 말이 마려운 사람입니다. 그러나 저의 지난 일 따위로 지금 이 시간을 보내고 싶지는 않습니다. 이해해 주시겠습니까?

저도 선생의 직업이나 전에 하시던 일 같은 걸 알고 싶지 않습니다. 알면 서로의 이해가 쉽게 다가오겠지만 말입니다. 그렇지만 물어도 대답할 사람 같지도 않고. 저도 좀 답답하게 살아왔습니다만. 하지만 선생의 말을 서툰 넋두리 정도로 생각지는 않습니다. 그러니까 그 뭔가, 오랫동안 쓰지 않고 지하실에 묻어두었던 물건을, 그것도 알고 보면 아주 귀중한 물건을, 다시 닦아내는 기분이랄까 그런 생각을 해 봅니다.

아니, 그렇게까지 생각하실 건 없고, 하여튼 속에 들은 말은 내뱉어야 맞이 아닙니까? 주변에 사람이 없다보니 더 씨부리고 싶어지는 것, 뭐 그렇습니다. 그런데 낮에 한 제 얘기를 기억하십니까? 속을 들여다본다는 것을? 철벽처럼 막힌 아파트 속에 살면 누구도 나의 삶에 끼어들지 못하리라는 사람들의 생각. 그걸 믿으십니까? 꼭 겉이 사라져야 속이 보입니까?
　이상하게도 사내는 술을 마실수록 정신은 더 명료해지는 것 같았다. 조금도 말이 서툰 기색은 없었다.
　그럼 선생은 어떻게 볼 수 있습니까? 우린 비록 토끼장처럼 갇힌 생활이지만 내부의 비밀이 보장된 아늑함을, 말이 좀 우습습니다만, 즐기고 있습니다. 문만 닫으면 한 가족의 모든 것이 묻혀버리는 것, 그것이 아파트거나 혹은 담으로 둘러쳐진 단독주택의 특징이 아닙니까?
　후훗, 하고 사내는 웃었다. 빈 잔에 다시 술을 따르며 담배를 힘 있게 빨았다. 어둠 속에서 빨간 불빛이 야차의 눈처럼 번쩍거리며 그의 얼굴을 잠시 비췄다가 아래로 옮겨지면서 희미한 빛으로 변해 사라졌다.
　M선생, 잠시 생각해 보시오. 아파트가 단독주택과 다른 것이 성냥곽을 차곡차곡 세워놓은 것처럼 내부 구조가 거의 같다는 겁니다. 특히 엘리베이터를 기준으로 한 하나의 라인은 아래에서 맨 위층까지 내부가 완벽하게 닮아 있지요. 그렇지 않습니까? 그러한 구조 속에서는 장롱의 위치와 소파나 큼직한 가구, 예를 들

면 텔레비나 아이들의 책상이나 세탁기, 냉장고 따위 전자제품이 놓인 위치가 구조상 어쩔 수 없이 똑같은 자리에 놓여 있는 겁니다. 그래야만 내부가 편리하게 움직일 수 있으니까. 전 지금 각 가정의 텔레비가 어느 위치에 놓여 있는지를 안 보고도 훤히 알 수 있을 것 같습니다.

그는 얼굴을 앞으로 쭈욱 내밀고 M을 보았다. '내 의견에 찬동하느냐'는 뜻이었다. M은 당연히 고개를 끄덕일 수밖에 없었다. 다시 한 잔을 마시자 취기가 전신으로 번져가는 것을 느꼈다. 그리고는 그의 술잔에 가득 따르고는 얼굴을 그에게 바짝 들이댔다. 그 다음을 이야기하라는 무언의 표정이었다. 그 뜻을 모를 리 없는 사내는 잠시 술잔을 잡고 뜸을 들이다가 훌쩍 마시고는 오징어 다리 하나를 입에 넣었다. 시간이 흘렀다.

자, 이젠 껍질을 털어버리고 생각해 봅시다. 지금 M선생의 아파트는 십오 층으로 되어 있습니다. 선생이 살고 있는 십이 층의 맨 아래와 맨 위를 가리고 있는 베란다의 이중벽이 사라지고 유리로 벽을 막았다고 가정합시다. 이런 얘기가 가능합니까? 선생은 이해하시리라 믿습니다만. 그리고 지금이 몇 시더라…… 아, 11시가 다 됐군요. 그럼 내부를 들여다볼까요? 머리를 두는 방향도 거의 같을 것이고, 그 중 몇 가구는 아직도 텔레비를 보고 있습니다. 그 보는 방향이 거의 한 방향입니다. 우습지 않습니까? 그들은 서로 대화도 없고 그저 한 방향으로만 눈길을 보내고 있습니다. 그들 옆에 혹시 사과나 새우깡이나 그런 주전부리할 것이 좀 다를 수가 있겠군요. 그럼 저녁 여덟 시로 할까요? 하루의 피곤을 씻고 식탁에 앉아 맛있는 저녁을 먹습니다. 물론 그 식탁이 놓인 자리도 각 층이 대동소이하지요. 식사 후면 대개 8시경이 됩니다. 요즘도 퇴근 후에 집에서 책이나 보는 그런 멍청한 사람이 있습니까? 대개 텔레비 앞에 앉아 있을 겁니다. 여덟 시면 재미있는 연속극이 나올 시간이지요? 아마 엠비씨에는 '사랑의 법칙'이 나오겠고 케이비에스에는 '당신의 꿈자리'가 방영될 겁니다.

사내는 아파트를 쏘아보듯 얼굴을 번듯 돌리고는 눈빛을 번쩍이며 아래 위로 머리를 움직였다. 그 내부를 다 알고 있다는 듯.

그럼 이제 우리는 그들을 봅니다. 연속극을 볼 때 사람들은 말이 별로 없습니다. 한 날 같은 시간대에 일 층부터 십오 층까지 사람들이 말없이 한곳을 응시합니다. 때로는 웃기는 장면이 나오면 모두 일시에 웃습니다. 앉아 있거나 비스듬히 누워 있어도 거의 같은 자세를 유지하면서. 유리벽 밖에서 우리는 그 닮은 인형들의 유희를 보면서 현재 술을 마시고 있습니다. 동일한 장면이 박힌 거대한 필름을 세로로 길게 늘어뜨린 것과 다를 바 없습니다. 물론 M선생도 그 속에 있습니다. 저도 아마 그럴 겁니다. 그러니 우린 자신의 벌거벗은 모습을 보고 있는 셈입니다. 우습지 않습니까?

말을 마치자 그는 다시 술을 마셨다. 잠시 묵묵히 말이 없었다. 추위는 알코올에 벗어나고 머릿속은 빙글빙글 돌았다. 십 몇 년의 직장생활이 머릿속을 어지럽혔다. 펀치와 손가락과 승차권이 눈앞에서 빙글빙글 돌았다. 냉장고와 상무 녀석도 같이 돌아가고 있었다. M은 머리를 흔들었다.

벗어날 방법은 없을까요? 정말 답답하군요.

저 같은 사람도 힘 드는데 선생 같은 안정된 직업을 갖고 있는 사람은 말할 것도 없지요. 안정된 것, 그건 무서운 겁니다. 사람을 석화(石化)시킨다고나 할까.

M의 귓전에 사내의 석화라는 말이 화살처럼 와 박혔다. 내가 석화된 놈인가. 앞에 앉아 있는 사내가 어둠처럼 깊고 무거운 존재로 다가왔다. 비로소 아내의 말을 되새길 수 있을 것 같았다. 철학하는 사람이라나…….

선생의 그 시집은……? 낮에 봤던 그 책이 시집이지요?

그건 뭐, 가끔 제가 보는 시집입니다. 적적할 때 한두 줄 읽으면 마음도 맑아지고, 특히 지나간 시간을 잊지 못하게 하는 데는 시집이 최곱니다. 별로 좋아하지 않으시죠? 그런 것 같아서 하는 말입니다.

계속 이 동네에 계실 겁니까? 부인께서도 직장에 나가신다는 말을 들었습니다만.

글쎄요. 만날 날건달처럼 지낼 수도 없는 일이고, 또 이곳에는 일거리도 없고. 그리 오래 있지는 않을 겁니다. 한곳에 너무 오래 있으면 것도 답답하거든요. 이젠 마누라도 나를 닮아서 몇 달 있으면 먼저 나를 졸라댑니다. 또 이 도시에 오래 있고 싶어도 작업 단가가 너무 낮아서 일 하기가 좀 그렇더군요. 자존심이랄까. 하여튼 몇 달 잘 놀았고 그 덕에 되잖은 글도 몇 줄 써 봤습니다.
　술병을 집었으나 이미 한 방울도 남아 있지 않았다. 끝나버린 조촐한 술판을 사이에 두고 두 사람은 잠시 담배만 피웠다. 구름 낀 하늘이 너무 낮게 보였다. 차 소리도 거의 들리지 않고, 희미한 가로등에서 비치는 불빛이 너무 약하다는 것을 알았다. 그래도 서로의 모습을 확인하면서 담배만 계속 피웠다.
　언제 직장에 나가게 됩니까?
　두어 달 뒤면 나가게 되는데…… 글쎄요, 어떻게 될지. 정말 인형노릇은 더 하고 싶지도 않고…… 그렇다고 무슨 뾰쪽한 일이 생길 것도 아니고. 그러니 별 수 없군요.
　제 얘기와 M선생의 생활을 연계시킬 필요는 없습니다.
　아니오, 그러고 보니 아주 오래 전에 이미 연계되어 있었던 것 아닙니까? 단지 그걸 모르고 지내온 것에 불과합니다.
　사내는 다시 입을 다물었다. 멀리서 싸이렌 소리가 끊어질 듯 말 듯 들려왔다. 그 사이로 밤이 울고 있었다. 밤에만 들리는 그 소리는 땅의 심층부에서부터 표면으로 솟아 하늘 위에서 두터운 구름과 호응하며 무겁게 어둠을 감쌌다. 어둠은 그 소리를 더욱 분명하게 전해주고 있었다. 우린 그 소리에서 벗어날 수 없었다.
　가로등이 없었으면 좋겠는데.
　그렇군요.
　어둠도 스스로 울 줄 안다는 사실을 알았을 때, 싸늘한 늦가을 바람이 앞에 놓인 비닐봉투를 요란스럽게 흔들어대고 있었다.

시간의 저편

1

 입술과 목이 계속 말라 갔다. 낮 열두 시. 2리터짜리 석수를 벌써 두 통째 마시고 있지만 그것도 이미 달리는 봉고의 요동에 따라 물통 바닥에서 찰랑거렸다. 하늘에는 뭉툭뭉툭 흩어져 떠 있는 흰 구름 몇 점이 낮은 구릉 위에서 정물화처럼 박혀 있다가 가끔 부는 약한 바람에 천천히 이동했다. 다시 물통 뚜껑을 열면서 운전기사 옆에 앉아 정면만 응시하는 규호의 뒷머리에 대고 중얼거리듯 말했다.
 「야, 다 와 가는 거야?」
 아주 낮게 천천히 물었지만 그 속에는 목마름에 지친 나의 짜증이 숨어 있었고 규호는 물론 그 말의 속뜻을 금방 알았을 것이다.

「거의 다 왔어. 좀 서둘지 말고 느긋하게 기다려야 이놈아. 여기서는 급한 놈 못 사는 곳이라는데 자꾸 그러네.」

도착한 지 이틀째부터 입안이 깔깔해지기 시작하더니 오늘 4일째에는 증세가 더 심해졌다. 그냥 목만 마르면 냉수로 적시면 되겠다지만, 입 안 전체가 바짝바짝 마르는 것뿐 아니라 아예 입술 언저리까지 죽죽 갈라지는 형편이었다. 물을 입 안 가득 넣고 몇 번 입 속에서 물을 굴리다가 시원한 물기가 머릿속까지 적셨다고 생각되면 조금 마신 후, 남아 있는 물로 혀를 가능한 한 길게 내밀어 입 주변을 둥글게 핥아댔다. 그러나 그렇게 해도 잠시 후면 다시 바짝 마른 입술이 쩍쩍 붙으며 갈라지는 것이었다. 달아오른 대지에서 뿜어져 나오는 한낮의 열기마저 갈라지는 입술에 한몫했다.

눈길이 닿는 곳은 오직 발목에도 미치지 못할 키 작은 풀로 덮인 대초원과 평면으로 펼쳐진 지평선의 단조로움에 조금씩 변화를 주는 야트막한 구릉뿐. 그 사이를 질주하는 국산 그레이스 봉고의 딱딱한 좌석에서 우리는 끝없이 펼쳐지는 초원의 장관만 계속 보고 있었다. 그 광경은 동일 장면을 연속으로 찍어낸 필름을 보는 것처럼 계속 이어져서, 바라보는 나는 혀뿌리가 뽑힐 정도로 길게 혀를 내밀어 연신 입술 주위를 핥아댈 일밖에는 달리 할 일이 없었다. 그나마 가끔씩 그들의 주거지인 겔이 멀리서 보이고 그 주변에 말떼들이 한가롭게 풀을 뜯는 모습이 있었기에 조금이라도 움직임의 맛을 보여주고 있었다.

사람이 없다는 것. 끝없이 펼쳐진 초원과 아득한 저 멀리 얕은 구릉이 지평선을 이루고, 그 지평선과 하늘이 맞닿은 부분이 푸르스름한 몽환의 세계를 펼쳐내는 광경은 나에게는 일찍이 경험하지 못한 경이로운 것이었다. 지난 시간, 숱한 사람들과 부딪쳐 온 그림들로 이루어진 내 머릿속을 다 지워버리고, 다시 백지 위에 원시의 광막함을 가득 담은 새로운 그림이 살아 움직이고 있음을 나는 느끼고 있었다. 나로서는 손 댈 수 없는, 이곳 사람들의 삶만이 스며든 곳에서 난 값싼 이방인으로서 그냥 바라보고만 있을 수밖에 없다는 생각에 다시 목이 말라 물통을 통째로 입에 쑤셔 박았다.

아랫배에 다시 묵직하게 통증이 왔다. 역시 이곳에 와서부터 목마름과 함께 나타난 증상이었다. 도무지 시원하지 않았다. 밤에 우리나라의 보통 여관 급 정도인 이곳의 호텔에서 몇 번이나 배변의 욕망을 풀고자 노력했지만, 헛방귀 끝에 토끼똥만큼 떨어지는 느낌 이외에는 답답하게 고여 있는 내 몸의 찌꺼기가 그저 아랫배 속에서 묵묵히 남아 있었다. 그놈은 내가 이곳에서 지낼 십여 일 동안 나와 같이 먹고 자고 움직일 생각으로, 내 의사와는 전혀 관계없이 술로 엷어진 대장 속에서 죽치고 있을 것처럼 생각됐다. 나는 평소에는 배변의 습관이 철저하게 몸에 배어서 아침 세수 전에는 반드시 변을 시원하게 보고야 모든 일을 시작했었다. 그저 변기에 앉으면 자연스럽게 간밤의 내 모든 영양식의 잔해가 너무나 쉽게 빠져나왔다.

「평소에 변 한 번 시원하게 보는 것이 소원이요.」

언젠가 공무원인 사촌 동생이 90킬로의 거대한 몸뚱이를 삼겹살이 익어가는 술상 앞에서 비스듬히 뒷벽에 기대며 하던 답답한 말도 난 그냥 우습게 지나쳤던 일이 잊혀지지 않았다. 그 말이 유독 기억에 남은 것은, 모두들 맛있게 먹고 마시던 사촌들과의 오랜만에 갖는 저녁 식사에서 가장 몸이 비대하면서도 도무지 젓가락을 대지 않고 통통한 몸만 이리저리 흔들어 대던 그의 커다랗고 다분히 우스꽝스러운 얼굴 탓도 있었지만, 맛있는 음식 앞에서 그의 몸짓만큼이나 서툴게 새어나오는 그의 몇 마디 단어가 나를 눈살 찌푸리게 했던 면도 있었을 것이다. 그렇게 말할 수밖에 없을 정도로 그를 괴롭혔던 변비의 고통을 그때는 이해하면서도 나와는 상관없는 일로 생각되었지만, 막상 이곳에서 그 고통이 나에게 다가오리라고는 예상하지 못한 일이기에 나는 적잖이 당황했다. 벌써 3일째.

현지인 기사를 포함하여 모두 다섯인 우리는 차창 밖으로 스치는 풍경에 눈길을 보내면서도 그것들을 익히 알고 있었던 양 만족스러운 표정을 지으며 잡담을 풀어내거나 아니면 규호에게 하릴없는 물음을 던졌는데, 그러나 던지는 말도 되던지는 말도 서로의 시간을 조금씩 잠식해 들어간다는 점을 이해하고 있었다. 딱히 다른 말이 필요하지 않았다. 건조하고 지루해서 날짝지근하게 느껴지는 시간의 틈을 농담으로 메우면서 우리는 계속 나아갔다. 야트막한 언덕 옆을 지나가자 길 오른편으로 나무가 우거진 그 틈에 뭔가 햇볕에 반짝였다.

「형! 저기 냇가에서 좀 쉬다 갈까?」

운전석 뒤 여자 곁에 앉아 말 한마디 없이 잠잠하던 병호도 그것을 본 모양이었다. 지루한 얼굴로 뒤돌아보며 말했다.

「야, 규호야. 좀 쉬었다 가자. 저 냇가에서 얼굴도 좀 씻고…… 급한 일 있나.」

규호가 현지말로 운전기사에게 뭐라고 중얼거리자 봉고는 길 한편으로 비스듬히 섰다. 모두들 구겨진 몸을 펴면서 나와 옷을 털었다. 막막한 초원에서 차가 다니는 황톳길은 온통 먼지투성이였다. 워낙 요철이 심하고 굽이가 많아서 속도를 낼 수 없는데, 그나마 조금이라도 속도를 줄이면 뒤에서 불어오는 황토먼지가 그대로 차창으로 밀려들어 와서 차 안은 먼지로 가득 차 버렸다. 우린 먼지를 털면서 냇가에 얼굴과 손을 씻었다. 신기한 장면이었다. 이곳에 오기 전에는 이 초원 한복판을 사행(蛇行)하면서 흘러가는 냇물을 상상하지 못했었다. 그저 넓은 초원과 푸른 하늘과 힘찬 말과 한가한 양떼의 상상으로 우리 머릿속은 가득 차 있었으니까. 더구나 버드나무와 자작나무가 냇가 주변에 무성하게 자라고 있는 광경은 저 멀리 뻗어나간 초원만 아니었더라면 흔히 볼 수 있는 우리의 고향 언덕을 연상할 수 있을 정도였다.

우리는 습기를 머금은 풀밭 위에서 시원하게 흐르는 냇물로 얼굴과 손을 씻었다. 냇물은 이곳 더위와는 다르게 아주 차가왔다. 나와 규호, 병호와 그가 데리고 온 삼십 대의 애화라는 여자, 그리고 퉁퉁하게 살이 붙고 검게 타서 뒤웅스럽게 보이는 사십 대 운전기사 엘카, 이렇게 다섯은 먼지투성이의 옷을 털면서 굳은 몸을 폈다. 대학 동창인 규호는 이곳 몽골에서 8년째 살아가고 있어서 거의 현지인이 다 됐다. 현지어를 유창하게 할 뿐 아니라 그들의 습관과 풍습을 본능적으로 몸이 익혔다. 더구나 인적 관계의 다양함으로 인해 울란바토르 시내에 펼쳐 놓은 네 군데 사업장은 그런 대로 운영되는 것처럼 보였다.

「애화씨도 얼굴을 씻으세요. 아주 시원한 게 정신이 번쩍 듭니다.」

손만 살짝 씻고는 우리들 뒤에서 서성대고 있는 여자에게 말했다. 그러나 난 여자가 결코 얼굴을 씻지 않으리라는 것을 알고 있었다. 처음 병호 녀석이 데리고 왔을 때부터 유심히 관찰하고 있었다. 자그마한 키를 숨기고자 밑창이 거의 5센티나 될 정도의 높은 운동화를 신고 있었는데, 인천 공항에서 만날 때부터 여자는 거울이나 유리창만 보이면 얼굴을 바짝 들이대고 얼굴 화장이나 옷맵시를 고치곤 했다. 그리 길지 않은 머리를 참새 꽁지처럼 뒤로 묶어서 산뜻하고 젊은 맛을 보이고 있었지만, 가까이 가서 보면 얼굴 이곳저곳에 살짝 드러난 주름살을 짙은 화장으로 숨기고 있었다. 눈이 유난히 작았고 턱이 약간 길게 느껴져 반드레한 모습이었다. 눈썹을 밀어버리고 아이펜슬로 짙푸르게 가느다란 반달 모양으로 그린, 때문에 훤한 대낮의 세수란 아예 금기일 것이라는 것도 짐작했다.

「전 괜찮아요. 물이 굉장히 시원하군요.」

세수를 하면서 난 그녀를 보았다. 앉아서 손을 씻고 있었다. 손마디에 살이 별로 없고 가늘게 말랐다. 그러나 그녀의 엉덩이는 밋밋한 가슴과는 달리 통통하니 살이 붙어서 가느다란 허리를 받쳐주고 있었다. 허리띠 없는 푸른 청바지와 녹색 짧은 상의 사이에 허연 뒷등이 드러났다. 그 밑으로 살짝 검은 망사의 팬티가 보였다. 어제는 흰색 팬티를 입었었다. 그녀는 상의를 정확하게 바지 허리선에 닿도록 상의 아랫부분을 그 선에 맞추고 남은 부분은 안으로 접어 넣었으므로 식사 때 의자에 앉거나 조금이라도 허리를 굽히면 허리 살과 속옷을 한눈에 볼 수 있었다. 때로는 마주 보며 이야기할 때 상체를 위로 살짝 젖히면 깨어진 흰 바둑돌 같은 배꼽도 볼 수 있었는데, 그런 점에 그녀는 신경이 가는지 가끔 웃옷을 잡아 내리기는 했지만 그 순간뿐이었다. 그녀는 자신의 몸매를 숨기는 척하면서도 우리에게 자연스럽게 모든 것을 보이면서 자신의 날씬한 허리선을 자랑하는 것이 틀림없었다. 병호는 물론 이런 점을 알고 있었음에 틀림없었지만 그저 슬슬 웃고만 있었다. 나는 상관하지 않았다. 가벼운 역겨움 정도는 이런저런 여자들 틈에서 많이 겪었던 터이므로.

다시 차를 탔다.

2

 오후 한 시를 넘기고부터는 초원을 가르는 포장도로를 따라 계속 달렸다. 말만 포장도로였다. 사이사이에 이빨 빠진 듯이 싯누런 황토가 벌려 있어서 엘카는 계속 곡예운전을 했다. 우리들의 일정은 국립공원인 헤렐지를 들르고 돌아오는 길에 얼림벌랑이라는 분지에 있는 유목민 통나무집을 방문하는 것이었다. 규호는 헤렐지는 못 가더라도 얼림벌랑만은 반드시 보아야 한다고 우겼다. 왜냐고 물으면, '가 보면 안다'는 한 마디로 우리들의 입을 막았다.
「저어기, 저것 보이지? 여기가 한국의 소금강처럼 유려한 곳이라고. 깎아지른 산도 있고 깊은 강도 있고, 나무도 울창한 게 딱 소금강 닮았어.」
 운전석 옆에 앉아 얼굴을 뒤로 돌리면서 손짓하는 차창 밖의 풍경은 그가 말하지 않더라도 좌석의 맨 뒤에 혼자 앉아 있는 나의 시야를 가로막고 있었다. 가파른 돌산과 그 사이사이에서 힘들게 솟아 있는 수목들이 검게 드러났다. 나는 '이런 메마른 곳에도 숲이 우거져 있구나' 하는 정도의 감흥밖엔 일어나지 않았다. 비록 메마른 곳이라도 하늘과 땅과 물이 숨 쉬고 있고, 당연히 수목도 깊이 박혀 있을 터였다. 울란바토르를 안고 흐르는 톨강의 울창한 숲과 벌판을 사행하는 강물의 깊이와 수량을 보아온 우리에게는 그리 새로운 풍경은 아니었지만 규호는 '그래도 이런 곳에 저런 것도 있네' 하는 어투로 오사바사하게 설명했다. 난 귀를 기울이는 척했다.

다시 물을 한 모금 마시면서 내 머릿속은 정선 골짜기를 그리고 있었다. 화암 약수터의 가을은 현란했다. 맑은 약수가 흐르는 계곡과 그 곁을 따라 길게 이어진 식당, 기념품 가게, 한적한 여관까지 모두 하늘에서 뚝 떨어진 것이 아니라 짙붉은 단풍으로 덮인 지표에서 슬며시 솟아오른 조형물이었다. 약수와 어우러져 흘러내리는 맑은 계곡물도 그 밑바닥은 온통 형형색색의 단풍으로 깔려 있었다. 그곳에서 일주일을 그와 같이 보냈다. 그리고 그는 떠났다. 이것저것 자기중심으로 요구만 하는 까다로운 여자들 숲에서 직장 생활을 해 오던 나에게는 신선한 충격이었다. 그동안 그런 사람들 사이에서 너무 시달림을 받았다는 느낌만 던져 주고 그는 떠났다. 마흔 중반까지 지방의 금융회사에서 지내오면서, 복잡한 업무보다도 그들을 관리하면서 다가왔던 많은 여사원들의 터무니없는 생태를 보아 온 나는 단순하면서도 표정 하나, 간단한 단어 하나로 자신의 의사를 나타내는 그의 명료한 머리 구조에 마음을 던졌다. 우리는 긴 이야기가 필요 없었다. 그의 이야기는 항상 한 발 앞에서 살아 움직였다. 내가 첫마디를 시작하면 그는 잠시 나를 쳐다보다가 서너 마디를 듣고는 즉시 내 의도를 알아차리고 몇 발자국 건너편에서 짧은 말로 내 생각의 끝을 마무리하곤 했다.

처음, 그곳 입구에 들어서자마자 그는 우리가 보아온 세계의 평범한 그림을 한순간에 지워버리고, 새로운 화선지에 엷은 녹색과 주황색, 핏빛이 혼합된 그 모든 풍경을 옮겨 놓은 듯한 계곡의 가을 속으로 서슴없이 뛰어들어 두 팔을 푸른 하늘로 뻗어 올리고는 크게 소리쳤다. '화이야―'하는 외침의 순간 탄탄하게 부풀은 그의 가슴과 함께 나는 십 몇 년의 출퇴근에 짓눌린 마음을 계곡 속으로 던져버렸다. 앞으로 전개될 불확실한 시간이 슬며시 끌어당기던, 망막하고 어두운 미래도 순간 잊어버렸다. 승진이라는 도가니 속에서 우글거리던 동료들의 영상도, 그들과 별다른 척하면서도 틈틈이 책과 씨름하던 지난 모든 일들도 버렸다. 승진에 탈락되던 그 순간의 모멸감과 아내와의 별다른 상의도 없이 종이 하나로 직장을 떠나던 그 쓸쓸한 마지막 날도 잊었다. 그리고 아이의 사건도 잊어버렸다. 우리는 일주일을 보냈다.

언덕을 넘자 아래편으로 색다른 풍경이 펼쳐졌다. 넓은 평야에 두 줄기의 강물이 합수하여 수목이 울창한 협곡 사이로 빠져나가는 그 사이에 현대식 호텔과 상가가 보였다.

「저기야! 울란바토르 사람들이 일 년에 한 번 올까 말까한 곳이지. 돈 있는 놈들이나 애인 데리고 하룻밤 자고 가는 덴데, 일반인들의 한 달 생활비가 몽땅 빠져나가니 함부로 올 수가 없는 곳이지. 아마 한국인들이 태반일 걸. 여름 한 철은 한국 놈들이 먹여 살린다고.」

차츰 가까워질수록 숲은 더욱 높고 무성해졌다. 건물들을 언덕 위에서 볼 때는 여름의 땡볕 아래에서 자글거리는 것 같았는데,

다가갈수록 무성한 숲의 그늘 속에서 서늘한 느낌으로 다가왔다. 우리는 3층 호텔 앞에서 내렸다. 관광객들은 모두 더위를 피해 건물 안으로 들어가 버렸는지 밖에는 사람들이 없었다. 호텔 뒤쪽의 강가 숲에서는 띄엄띄엄 모여서 햇볕을 피하는 사람들이 보였다. 규호는 우리를 냇가로 데리고 갔다. 엘카는 우리를 내려놓고는 어디로 갔는지 보이지 않았다. 작은 아치를 건너서 두 갈래 강물이 아우러지는 그늘 속으로 들어갔다. 일 년에 3백 밀리도 채 안 되는 강수량이라 햇볕 아래에서는 뜨거운 열기가 솟았지만 그늘로만 들어가면 습기가 없어서 아주 시원했다. 나는 신과 양말을 벗어치우고 바로 물속으로 들어갔다. 태백의 깊은 산중에서나 맞을 싸늘한 한기가 발바닥에서부터 온몸으로 퍼져갔다.

「굉장히 차네! 너무 차! 물도 참 깨끗한 게 그냥 마셔도 되겠어.」

「한국에서는 일급수다. 그냥 마셔도 돼. 강 위쪽엔 원시림뿐이니까. 물고기도 팔뚝만한 것들이 우글대는데 몽골인들은 물고기를 잘 안 먹지. 그러니 더 올라가면 물 반 고기 반이라니까.」

병호와 여자는 머뭇거렸다. 내가 들어오라는 손짓을 하자 마지못한 듯 여자가 들어왔다. 굵은 종아리가 유난히 희게 보였다. 병호는 그냥 그늘 아래의 썩은 통나무 토막에 앉아서 담배를 피우고 있었다.

「병호씨도 들어가 봐요. 몽골에서도 설악산 골짝 물맛이 살아 있으니까.」

규호는 바지 아랫단을 무릎 위로 말아 올리고는 물속으로 들어가면서 말했지만 병호는 씨익 웃을 뿐 담배만 부지런히 빨아댔다.

「야, 혁민이, 어떠냐? 말라비틀어진 한국에서 우글대는 것보다 여기가 낫지 않냐? 좀 생각을 바꿀만한 곳이잖아?」

「여긴 여기대로, 거긴 거기대로……. 전 단지 잠시 떠나서 있을 곳일 뿐, 다른…… 의미는 없어요.」

규호가 나에게 말을 던졌지만 담배만 줄곧 빨아대던 병호가 불쑥 말했다. 역시 얼굴 표정은 변함이 없었다. 그는 도착하던 날만 좀 밝은 표정을 지었을 뿐 그 다음날부터는 얼굴의 실근육 하나까지도 굳어버린 석고처럼 변함없이 그저 묵묵할 뿐이었다. 울란바토르에서 이곳까지 오면서도 별로 말이 없었던 그였다. 올해 갓 마흔인 병호의 호리호리한 몸집에 어울리게 목소리는 평소 가늘었지만, 지금은 말을 천천히 그리고 무겁게 내뱉듯이 말했다. 난 이미 병호의 행동을 주시하고 있었다. 특히 병호에 대한 여자의 반응을 세밀하게 관찰하고 있었다. 두 남녀의 관계를 병호에게 직접 들은 바는 없었지만, 또 병호가 그런 일들을 나에게 말할 녀석이 아니라는 것도 알고 있었지만, 근 이십 년 간 우리들이 함께 한 모든 일들에서 병호의 세세한 성격 정도는 손금 보듯 알고 있었으므로 이곳까지 와서 쓸쓸하게 뒷모습 보이듯 하는 일탈의 한 부분을 흥미 있게 보고 있었다. 건축사인 병호는 내 고등학교 후배이자 술친구로 지내왔었다. 특히 역사에 관심을 많이 기울이는 편으로, 그의 서재는 온통 역사서, 그 중에서도 고대사에 관한 서적이 빼곡이 꽂혀 있었다. 아직 마흔의 나이로 보이지 않은 맑은 얼굴이지만 한 번이라도 관심 분야에 관한 이야기가 나오면 반드시 자신의 논리로 끝장을 보는 성미여서 나는 가끔 그와 다투는 일이 많았다. 그런 녀석을 이곳으로 가자고 내가 슬며시 꼬이자 바로 '그럽시다' 한마디로 옆에 여자를 붙이고 공항에 나타났다.

「넌 탈출이지, 난 여행이고. 마침 여긴 규호도 있고 해서 온 거지만.」

난 어색한 분위기를 돌리고자 떠들었다. 규호는 물론 그 의미를 파악하고 있을 터였다. 산전수전 다 겪은 친구였다. 경영대학 전체를 수석으로 입학하고 4년 학자금 면제의 혜택 속에서 졸업한 후 우수한 성적으로 회사에 입사했다. 녀석은 그 후 화장실에 가서도 영어 회화 서적을 버리지 않았다고 말했었다. 그러나 뛰어난 업무 능력을 인정받고 미국과 프랑스에 십 년이 넘도록 주재하고 돌아왔을 때 이미 그가 차지할 자리는 없었다. 중요 부서는 명문 출신들이 거미줄처럼 얽혀 그들의 세상으로 돌아가 있었다. 실력이란 종이 한 장 차이로 인식되는 세계에서 지방대 출신으로 인맥 하나 없는 규호의 입지는 극히 좁아져 있었다. 발붙일 곳 없었던 그는 결국 회사를 나왔다. 몽골은 그가 입버릇처럼 말하던 원시의 공간으로 그를 받아들였다.

「아니, 형은 너무 단순하게 말하네. 잘 알고 있으면서도……. 형이 여행이라고 말하지만 사실 현실에서 잠시 피한 것이고, 난 말로는 잠시 머물 곳이라 했지만 나야말로 여행이란 뜻에 가깝겠어.」

병호는 썩어서 부석대는 나무 등걸에 앉아서 계속 담배만 피워대고 있었다. 그는 여자를 의식적으로 멀리 하는 기색이었다. 사실 그건 이미 도착한 그 다음날부터 알고 있었다. 같이 왔으면서도 병호는 여자에 대한 기본적인 사실에만 신경을 써 줄 뿐 그저 방임하고 있었고, 여자도 여자대로 그의 가벼운 대화에 마지못해 대답은 하지만 친밀감 있는 분위기를 거부하는 표정을 보였다. 몽골에 온 지 사흘 된 아침, 병호는 나에게 말했다.

「저 여자, 공주병이 돋쳤어. 난 여기 데려오면서 그걸 굉장히 걱정했는데, 결국 어딜 가야 말이지. 남자들이 치켜세우니까 아주 부웅 떠버린 거야. 왜, 도착한 첫날밤에 규호씨 몽골 친구들과 같이 술 마셨잖아? 그때 규호씨와 몽골인들이 치켜 주니 아예 뿌리까지 녹아버린 거라고.」

「그래서, 너가 뭐라고 한마디 했을 것 같은데?」

「뭐라긴 내가 뭐라 해? 그냥 내 생각대로 말해줬지 뭐. 그러니 저 모양이야.」

병호가 무심하게 말은 하지만 이미 그는 여자를 마음속으로부터 떠나보냈음이 틀림없었다. 병호가 7년여의 결혼 생활에서 벗어나 독립을 선언했을 때 나는 그에게 무슨 말이든 했어야만 했다. 십대 말엽부터 같이 지내온 후배의 현실에 대한 작은 조언이라도 했어야 했지만, 그러나 난 그냥 바라보기만 했다. 병호도 나의 조언은 기대하지 않았을 것이다. 나는 병호의 가정사보다 나에게 다가온 그 사건의 충격이 더 컸기 때문에 병호에게 신경을 쓸 여유가 없었다. 그 당시 퇴근하면 나의 첫 발걸음은 선술집이었다.

지난 생각이 잠시 소름같이 돋아 오르자 다시 아랫배가 살살 아파 왔다. 변기에 앉아도 나오지 않을 배설물들이 다시 꿈틀거렸다. 난 얼굴을 찡그리며 손으로 배를 눌렀다.

「왜? 아직도 그 모양이냐? 미친 놈! 좋은 곳에 와서 좋은 양고기 먹고 배는 왜 그리도 못났냐?」

「시끄러. 거참 죽겠네, 이 노므 뱃속을 쑤실 작대기라도 있었으면 좋겠다. 그런데 병호, 넌 분명 잠시 탈출한 거고, 내가 여행한 거지. 애화씨 하고 잠시 벗어난 게 맞잖아?」

나는 슬쩍 여자를 병호와 결부시키며 여자의 반응을 살폈는데, 예상대로 펄쩍 뛰었다.

「아니, 무슨 말씀을……. 같이 벗어나다니요? 그런 게 아닌데……?」

여자가 물속에서 발을 담그며 '같이'라는 말에 유난히 힘을 주면서 정색을 하듯 말했다. 둘 사이를 전적으로 부정하는 말이었다. 난 순간 밀알진 여자의 얼굴과 동시에 병호를 보았지만 역시 그는 들은 듯 못 들은 듯 무표정했다.

「자꾸 그렇게 말씀하시니 제가 어떻게 해야 할지 모르겠네요.」

「그런가? 그럼 그렇다고 하고. 자, 난 괜찮은데 모두들 출출하지도 않은 모양이지?」

난 얼버무려버렸다. 쑤시는 아랫배를 문지르면서, 뻔한 사이를 그렇게 간단히 부정하는 여자의 얼굴에서 만들어지는 웃음에 오만한 백치미가 섞여 있음을 보았다. 또한 미간에 살짝 집힌 주름살 양편으로 멀쩡한 눈썹을 밀어버리고 검고 푸른 아이펜슬로 가늘게 그린 인조눈썹의 한 끝이 지워져 있음도 놓치지 않았다.

3

헤렐지를 벗어나면서 난 계속 아랫배를 쓰다듬었다. 물도 계속 마셨다. 마시고 마셔도 갈증은 가시지 않았다. 물을 마실 때만 잠시 수그러들었다가 다시 입술이 부풀어 올랐다. 이들은 모두 점심을 맛있게 먹었다. 갖고 간 진한 몽골 산 보드카를 몇 잔 들이켰을 뿐 난 포크를 잠시 손아귀에 잡았다가 바로 접시 옆에 던져버렸다. 양고기로 요리한 음식은 맛이 있었지만 도저히 씹어 넘길 수가 없었다. 그러나 이들은 모두 깨끗하게 비웠다. 기름진 음식을 평소 못 먹는 것이 아니었다. 술안주로 먹는 기름기 넘치는 고기는 난 잘 먹었다. 특히 돼지비계를 좋아했었다. 그러나 지금은 아니었다.

봉고는 오던 길로 계속 가다가 왼쪽 곁길로 꺾어들었다. 그나마 국립공원 부근에만 엉성하게 지표에 붙어 있던 아스팔트는 어느 새 요철이 심하고 바짝 마른 황톳길로 바뀌었다.

「이제 얼림벌랑이란 곳으로 가는 게다. 가 보면 혁민이 넌 아마 까무러칠 게다. 그냥 분지가 수백 만 평이 너 발 밑에 기다리고 있을 테니. 잘못하면 혁민이 넌 안 나온다고 그냥 자빠질지도 몰라. 너 마누라 과부되기에 딱 좋은 곳이니까.」

규호는 되는 대로 뱉어대었다. 항상 자신만만한 표정과 어투가 이곳에서도 그를 지탱해 주고 있는 것처럼 보였다. 일 년에 한두 번 정도 한국으로 돌아오면 항상 나를 찾아 와서, 역시 지금이나 다름없이 자신만만하게 대화를 이끌어가곤 했었다. 그러나 난 알고 있었다. 왜 그가 이 황량한 곳에서 뿌리를 박았는지, 박을 수밖에 없었는지를. 자신만만함 그 뒤에서 꿈틀거리는 현실의 어려움이 역설적으로 새어나오고 있음을 규호 자신도 아마 알고 있었을 것이다. 규호는 현명했다.

학훈단의 겨울 제복을 멋지게 걸친 규호의 또렷한 구두 소리가 작은 어물가게로 이어진 골목길을 당당하게 울리면, 춥고 어질한 밤의 기온은 물기 먹은 시멘트 바닥 속으로 움츠러들었다. 꿋꿋하게 그가 가는 곳은 단 한 곳뿐. 어머니의 두어 평 가게였다. 중앙에 연탄불이 항상 뜨겁게 피어오르는 원탁 두 개가 놓이고, 벽쪽으로 낮게 임시 잠자리를 갖춘 시장터 구석의 술집에서 그의 어머니는 허름한 옷을 걸치고 앉아 있었다. 우리는 추위로 얼은 손을 바지 주머니에 넣고 어슬렁거리면서 문을 열면, 규호 어머니는 만면에 웃음을 가득 담고 우리를 맞았다. 자식의 장교후보생 복장이 영원한 출세의 상징으로 인식되는 그곳에서 우리는 김

한 톳과 바다로 갈 시내버스 차비를 얻었다. 우리에게는 그런 가벼운 경비도 조달할 길이 막힌 터이므로. 값싼 소주 몇 병도 검게 물들인 내 야전군복 점퍼에 넣으면 우리들의 발걸음은 이미 바닷가 모래사장 위에 가 있었다.

겨울의 눈발이 점차 무거워지는 밤에 둘은 모래사장 위에서 김을 안주로 술잔 없이 들이키기 시작했다. 해안 초소의 서치라이트가 길게 부챗살처럼 퍼지면서 흰 이빨이 번뜩이는 바다 위를 한두 번 쓸고 지나갔다. 흰 눈은 규호의 베레모 위와 그의 검은 제복에, 내 머리와 점퍼에 쌓이고 있었다. 말이 필요 없는 시간이었다. 밤바다의 검고 칙칙한 촉수가 내리는 눈발을 헤치고 다가와 우리들의 대화를 휘감아버리고는 파도 속으로 숨어들었다. 눈은 계속 내리고 쌓이고, 우리는 점차 눈사람으로 변해갔다. 가끔씩 손이 눈 더미 속에서 삐져나와 술병을 잡고는 입으로 가져가는 동작만 되풀이 될 뿐.

그의 술은 항상 울음으로 끝을 맺었다. 명문대에 다니는 애인 이야기의 끝에서도 울었고, 어머니를 들먹일 때도 울었다. 정식 결혼을 미루고 아이를 낳은 여동생 이야기에서도 울음은 그칠 줄 몰랐다. 자학으로 뭉친 내면의 덩어리가 술이라는 열쇠 하나로 단단한 눈물샘의 꼭지를 틀어놓은 것처럼 보였다. 그러다가 한순간 내뱉곤 했다. '야, 우리, 저 바다를 쳐나가는 군함처럼 그렇게 힘 있게 지내자!'

당시 나는 그의 울음에 공감하지 않았다. 비록 그가 극히 어려운 환경에서 학교를 다니고 있고, 모든 사물에서 받아들이는 부분이 어둠으로 치우친 점이 있었음을 인정한다 해도 그의 울음은 나에게 깊게 다가오지 않았다. 그와 같이 울 수도 있었으니까. 나 역시 앞뒤로 꽉 막힌 상태였다. 그러나 난 울지 않았다. 그냥 속으로 삼켰을 뿐이었다. 술 깬 다음날, 왜 울음과 그리 친하냐고 물었을 때 그는 그냥 씩 웃었다. 나도 웃었다. 하지만 그 울음에 대한 의문은 지금도 난 버리지 않고 있다. 70년대. 당시 절박하게 다가오던 궁핍과 젊음의 고독을 약간의 과장된 절망감으로 포장한 것으로 이해할 수도 있었지만, 그러나 그 울음만은 딱히 그렇게 설명해도 뭔가 미흡함이 있었다. 혹시 자신도 몰랐던 삶의 원형질에 그의 휘어진 운명의 편린 한 점이 부딪쳤을 때 일어나는 희미한 불꽃같은 것, 그런 것이었을까.

졸업 후 군 입대와 제대의 수순을 밟은 다음 그가 그럴듯한 중견 회사에 입사하고 서울에서 만났을 때는 나는 아직 4학년의 늙은 학생이었다. 그는 술을 피했다.

「며칠 전 양동 술집에서 하루 자고 왔더니, 여기가 이상해서 병원에 좀 들락거리는 중이다.」

한 손으로 사타구니를 툭툭 쳤다. 학교 시절부터 그는 여자들에게 집요한 관심을 보였음을 생각하며 난 그냥 웃었다. 그는 주로 술집 여자들에게 접근했는데, 세상없는 중요한 일이 눈앞에 있어도 기회가 닿는 여자와의 하룻밤을 놓치는 일이 없었다.

소식이 끊긴 지 5년이 지난 어느 여름날 나에게 왔다. 꽤나 요

염하게 생긴 부인과 딸애 하나를 데리고. 다시 몇 년이 지나자 어린 사내애를 덧붙여 찾아왔다. 프랑스 지사에서 근무하고 있었다. 자신만만하게 턱을 아래로 지긋이 깔고 가족을 소개하면서 그동안의 작은 성공을 한 마디도 내뱉지 않았지만 이미 삶의 단단함이 나에게 전해질 것을 그는 알고 있었다. 그러던 그가 몽골에서 마지막 삶을 이어가리라고는 자신도 미처 예상하지 못했을 것이다. 당시 시골의 작은 금융업에서 밥을 먹던 나는 그렇게도 단단하던 그를 밀쳐낸 거대한 사회의 날카로운 손톱을 직접 맛보고 경험하지 못했지만, 그러나 대강 짐작하고 있었다.

낡은 봉고는 얕은 구릉 사이를 넘다가 나무 울타리가 쳐진 곳에서 멈췄다. 겔 하나를 중심으로 사방이 낮은 나무울타리로 막혀 있었다. 봉고는 이리저리 돌면서 돌파구를 찾으려 했지만 가는 곳마다 막혀 있었다. 온 천지에 키 낮은 풀더미만 지표를 덮고 있는 완만한 구릉 지대에서 차 한 대가 지나갈 곳이 없다는 것이 신기했다. 투덜거리는 우리를 보고 규호가 말했다.

「한국 놈들이 이곳을 사서 골프장인가 뭔가 한다고 말뚝을 박아놓은 거야. 좆같은 놈들이지. 그저 땅이라면 사족을 못 쓰는 놈들이 바로 한국 놈이 아닌가. 한국서 하던 버릇이 어딜 가나?」

우린 웃을 수밖에 없었다.

「땅값이 없으니 이곳 관리들만 잘 구슬리면 몇 십만 평 정도는 그냥 빌릴 수 있는 곳이 몽골이야. 몇 푼 집어 주면 안 되는 일이 없는 곳이니까. 하여튼 한국 놈들은 알아줘야 해!」

겨우 울타리를 헤쳐 나가는 데는 삼십 분 이상 걸렸다. 오후 3시가 넘었다. 험한 언덕과 너설지대를 지나 바위와 부스러지는 마사토를 헤치고 내려갔다. 평지에서 우리는 차에서 내려 잠시 쉬었다. 여자는 병호와 말을 나누지 않았지만 나와 규호에게는 말을 걸면서 생글거렸다. 재미있는 분 같아요. 부인은 뭐 하세요? 사랑해 보신 적 있으세요? 눈빛에서 나타나는데? 아이 참, 눈빛을 보면 알 수 있다니까요. 역시 병호는 무표정했다.

8월의 따가운 햇살이 내리꽂히는 풀 위에 앉아 잠시 쉬었다. 무심코 주위를 훑어보던 내 눈에 키 작은 꽃이 보였다. 둥글게 여러 개로 퍼진 잎의 표면에 은회색의 솜털이 보얗게 덮여 있는 아담한 꽃이었다. 에델바이스였다. 설악산에서 가끔 보던 꽃이 이곳에도 있었다. 그리고 쑥부쟁이도 지천으로 깔려 있었다. 한국에서 흔히 보던 쑥부쟁이를 이곳에서도 볼 수 있다는 것에 가슴이 설렜다.

「야, 이것 봐라! 별것 다 있네, 이게 쑥부쟁이고 요건 에델바이스야. 솜다리라고도 부르는. 거 참……」

「왜? 한국에 있던 게 여기라고 없으란 법이 있냐? 거기나 여기나 별 차이가 없어. 인종도 같은 것들인데 별 다른 게 있냐?」

규호는 당연하다는 투로 말했다. 여자는 신기하다는 듯 몇 송이를 꺾어서 규호에게 내밀었다.

「형! 애화, 저 여자 말이야. 난 불안해. 저 여자가 어떻게 변할지, 어떤 행동을 할지 불안해.」

병호가 슬며시 다가와서 옆에 앉으며 낮게 말했다.

「그럼, 저런 여자를 데리고 오긴 왜 와? 가만 보니 속은 비어도 성깔 하나는 날이 선 것 같은데.」

「……그래도 부드러운 점도 있어. 내가 여길 간다니까 가곤 싶지만 경제적 여유가 없어서 머뭇거리는 게 좀 그래서 그냥 데리고 왔거든. 그런데 오자마자 저 모양이니……. 돌아가면 저 여자가 나에게 뭐라고 할지 궁금도 하고. 웃기지. 문제는 지금이야. 안심을 못하겠어. 꼭 무슨 사건을 벌일 것만 같아서. 럭비공처럼 행동하는 게…….」

사실 병호에게 나는 별로 할 말이 없었다. 몇 달 동안 보지 못하고 내 문제에만 잠겨 있었다. 병호가 이혼 후 어린 사내애 하나를 데리고 아이 할머니 집에서 기거한다는 것도 알고 있었지만, 난 전화 한통 하지 못했다. 그의 부인이 테니스 코치와 붙어 지내다가 갑자기 이혼장을 내밀었다는 이야기는 들었다. 몇 번 그 집을 갔을 때 그의 부인은 정중하게 술상도 차리고 정갈한 안주를 만들어 내놓던 기억이 있는 나로서는 뜻밖의 일이었다. 그러나 사람들의 삶에서 어디 예측과 법칙대로만 굴러가는 일이 있었던가 하는 생각으로 병호를 멀리서 보고만 있었다. 나 역시 그런 일에 무관하지는 않았으므로.

「아이는 없고 결혼은 전에 했었는데 지금은 혼자 지내고 있어. 그림을 그리는데, 솜씨는 별로지만……. 평소는 부드럽고 괜찮거든. 역시 막상 자신을 벗어날 환경만 되면 본바탕이 드러나는 모양이야. 전에도 몇 번 그런 일이 있긴 있었지만 그냥 넘어갔었는데, 이젠 참 못 봐주겠어. 착각으로 똘똘 뭉친 허깨비처럼 노네. 그래도 동네에서는 제법 인기도 있는 편인데, 저렇게 뿌리 약한 걸 누가 알겠어?」

「할 수 없어. 이젠 끝까지 끌고 나갈 수밖에. 우리가 맞춰 줘야지. 여기서 그럼 어쩔 거야? 도대체 여잘 끌고 오긴 왜 끌고 와. 미친놈!」

규호가 봉고에 바짝 붙어 서서 여자와 웃음을 주고받고 있었다. 여자도 그와 거의 바짝 붙어서 이야기를 주고받으며 웃음을 흘리고 있었다. 팔을 휘두르며 무슨 이야기를 나누던 규호는 즐거운 듯 오른손으로 여자의 엉덩이를 슬쩍 쳤는데, 여자는 고개를 옆으로 돌리며 생글거리는 얼굴로 규호를 가만히 쳐다보았다. 그리고 내 귀에 여자의 약한 말소리가 들렸다. 난 엉덩이에 살이 많아서 차를 오래 타도 괜찮아요. 여자의 는실난실하는 꼴이 진한 아교풀을 발라놓은 마네킹처럼 보였다.

「혼자 와야지. 그래야 여기서 죽이 되든 밥이 되든 파묻혀 지내다가 다 털고 나가는 겐데……. 아마 규호가 저 여자 때문에 우릴 좋은 곳에도 못 데리고 갈 걸.」

「아휴 형! 그런 얘긴 그만 합시다. 정말 마음에도 없는 얘긴 듣기도 싫고. 저 여잔 그래도 마음으로 도와주고 싶었었는데…… 또 도움이 필요한 여자였는데, 이젠 다 귀찮네.」

병호는 손사래를 쳤다. 하긴 그도 그럴 것이다. 병호의 사정을 모르는 바도 아니었다.

　아래로 천천히 흘러내리듯이 완만하게 내리뻗은 길 좌측 언덕에 거대한 바위산이 보였다. 식물 한 포기 없이 뾰족하게 솟은 메마른 바위산은 몇 조각으로 벌어져 있고, 그 중 커다란 바위 하나는 타원형의 큼직한 덩어리를 등에 지고 있었다. 마치 거북 한 마리가 정상을 향해 기어오르다가 마지막 고비에서 힘이 다해 잠시 쉬고 있는 형상이었다. 목을 움추린 머리 부분과 둥근 등판이 여기서도 완연했다. 순간 짧은 생각이 반짝 스쳐갔다. 잠시 쳐다보고 있던 나는 규호에게 슬며시 다가갔다.

　「야, 규호. 잠시 나 좀…….」

　나는 애화와 규호를 번갈아 보면서 말했다.

　「잠시만 저기 저 바위산에 올랐다가 가자! 한 10분이면 넉넉하겠지. 생김새가 묘해서, 잠시만 보고와도 되겠지?」

　「저기까지 왕복으로 한 이십 분은 잡아야 될 걸. 빨리 갔다 와. 사진도 한판 찍고.」

　규호는 엘카를 부르더니 바위산을 손짓하면서 뭐라고 이야기하고는 카메라를 넘겼다. 마음씨 좋게 생긴 엘카는 우리를 보고는 웃으면서 앞장서서 걸어 올라갔다. 나는 병호와 애화를 곁눈질하면서 같이 갈 의사를 전했지만 둘 다 생각이 없는 모양이었다. 애화는 그냥 빤히 쳐다보면서 거부의 의사를 슬쩍 내보였다. 싫다는 병호를 강제로 끌고 천천히 올라갔다. 뒤에서 비치는 햇빛에 우리들의 그림자가 발밑에서 짧게 움직였다. 천천히 오르면서 나는 뭔가 하나 놓친 듯 가슴 한 구석에 저려오는 것이 있음을 알았다. 난 어렴풋한 윤곽을 잡았다고 생각했으나 본능적인 거부감으로 그것을 떨쳐버렸다. 앞장서서 올라갔다.

오를수록 거북의 형상은 그냥 평범한 돌덩이로 변해갔다. 정상에 오르자 거대한 돌덩이들이 흩어져 있을 뿐, 아무 것도 없었다. 가쁜 숨을 진정시키면서 우리는 파노라마처럼 펼쳐진 몽골의 초원과 멀리 보이는 산기슭에 박혀 있는 원시림의 검은 수목, 그 사이를 가늘게 흘러가는 강물이 햇빛에 반짝이는 것을 볼 수 있었다. 그리 높지 않은 곳이지만 우리가 있는 곳이 시력의 한계 내에서는 가장 높은 곳처럼 보였다. 아득한 곳에 완만히 솟은 구릉의 어깨가 끊임없이 이어지는 그 위로 파르스름하면서도 옅은 회색빛의 기운이 땅과 하늘을 구분하고 있었다. 넓고도 황량한 천지에 우리 셋만 덩그러니 내려앉아 스치는 시간의 바람 속에 내팽개쳐진 느낌이었다.

「형! 돌아가면 애 엄말 다시 만나야겠어. 아무 것도 아니야. 우린 정말 아무 것도 아닌 것들이 성깔만 살아서 갈라섰어. 애 문제도 힘들고.」

병호가 말했다. 그는 햇빛의 반대편으로 몸을 돌리고 초원의 끝을 바라보고 있었다. 난 아무 말도 하지 않았다. 내 관심은 병호의 반대편에 있었다. 봉고 곁의 두 사람이 보이지 않았다. 난 병호와 같은 방향으로 몸은 돌렸지만 마음의 눈은 봉고를 주시하고 있었다. 병호가 눈치 채지 않도록 병호의 말에 가볍게 응응거리면서 계속 뒤편의 저 아래에서 조용하게 일어나는 일을 감지하고 있었다. 난 담배를 꺼내어 병호에게 권하면서 빨리 시간이 지나가기를 초조하게 기다렸다. 몇 분 후면 그들이 차 밖으로 나올 수 있을까. 담배 한 대 피울 동안 그들의 일이 끝날까.

　난 갑자기 웃음이 나왔다. 어쩌면 그들이 가장 잘 맞아떨어지는 사이일 것이다. 웃음소리에 병호가 내 얼굴을 보자, 난 병호의 말에 동의하는 척하면서 다시 말꼬리를 이어갔다. 그러면서 난 스스로 물었다. 규호에게 상황을 만들어 준 것이 내가 아닌가. 이곳에 오르고 싶은 마음도 없었지만, 우리가 사라질 만한 장소가 마침 보였기에 온 것이 아닐까. 내가 언덕을 오른다고 말했을 때 이미 규호와 난 교감을 나눈 것이고, 바위산으로 오른다고 말한 그 순간 여자의 얼굴과 몸에서부터 나에게 전해지던 욕망의 내면을 난 파악하고 있지나 않았을까. 사실은 내가 바라던 그런 일을 은근히 기다리지나 않았을까.

　담배를 거푸 두 대를 피우고 난 후 사진을 찍고 우리는 내려왔다. 규호가 운전석에 앉아 담배를 맹숭맹숭 피우고 있었다. 여자는 뒤에 새침하게 앉아 손거울을 위 아래로 돌리며 얼굴을 매만졌다. 엘카가 운전석에 앉는 것을 보자 병호가 말했다.

　「내가 뒤에 탈 테니 형이 앞에 타요.」

　난 뒷말 없이 운전석 뒤의 여자와 같이 앉았다. 병호는 뒷자리에 혼자 앉았다. 차가 출발하자 병호의 두 무릎이 내 좌석 뒤를 밀치는 느낌을 받는 순간 난 병호가 그 사실을 알고 있을 것 같은 생각이 들었다. 바위산 위에서 병호가 움직이지 않고 계속 봉고와 반대편 쪽 정면만 주시하던 모습을 그렸다. 슬쩍 여자의 얼굴을 보자 아무 표정 없이 창밖으로만 시선을 던지고 있었다. 나는 희미하게 웃었다. 여자는 차창 밖으로 스치는 경치를 보고 있지 않았다. 시선은 창밖으로 향했지만 자신의 마음속에 남아 있는 감정의 잔재를 보듬고 있음을 짐작했다. 바늘귀 같은 그 감정마저 깨뜨려버리고 싶었다. 나는, '지루하지 않느냐'고 낮게 말했다. 여자는 그대로 있었다. '답답하게 보여서 내가 도리어 답답하다, 차 안에 있는 것보다 같이 바위산에 올랐으면 좋았을 텐데……'라며 가볍게 혀를 차듯이 말했다. 여자는 잠시 그대로 있다가 얼굴만 나에게 돌리고는, '고맙지만 신경 쓰지 마시라'고 신경질 섞인 어투로 말했다. 물론 나는 그런 말을 유도한 것이었고 여자는 그렇게 응답했다. 병호를 무시하면서도 남에게 무시당하는 것은 용납하지 않는 표정이었다. 겉으로는 안차 보여도 속은 더럽게도 가시센 여자라는 생각으로 난 담배를 물었다. 여자는 담배 연기에 얼굴을 찡그리며 나에게 고개를 돌렸지만 난 무시했다.

봉고는 거칠게 달렸다. 끝없이 이어진 황톳길은 엷은 초원 사이로 내려갔다가 어느 순간에 다시 오르막으로 변했다. 마지막 언덕인가 하면 다시 내리막으로 변하고 평원을 가로지르다가 언덕을 오르면 다시 눈 아래로 광막하게 널린 초원이 펼쳐졌다. 지루한 시간을 규호가 깨뜨리며 말했다.

「이제 거의 다 왔어. 저 언덕 옆으로 여러 길이 보이지? 거기만 넘으면 혁민이 너가 자빠질 곳이니, 괜히 안 돌아간다고 떼쓰지 나 마라. 애화, 엉덩이가 아프지 않아? 내가 좀 주물러주면 되는데?」

「전 괜찮아요. 거의 다 왔는데요, 뭘.」

규호의 걸쭉한 말에도 여자는 자갑스럽게 남저음의 콧소리를 내면서 말했다. 여자의 음성에는 비음이 유난히 많이 섞여서 감정이 정돈된 것 같아도 듣는 이에게 끈적끈적한 느낌을 전해주고 있었다. 난 규호가 여자에 대한 말투를 반말로 바꿨다는 것을 생각했다.

봉고가 마지막이라는 언덕을 막 넘을 때 길 옆에 붉은 깃발이 꽂힌 돌무더기가 있었다. 엘카는 차를 세우고는 가볍게 클랙슨을 세 번 울렸다. 몽골 성황당을 지나면서 참배 대신 던지는 작은 예의였다. 그리고 우리는 정면 아래편으로 펼쳐진 짙푸른 신세계를 내려다보았다. 아스라한 산과 산이 겹쳐 두르며 완만하게 솟은 산맥이 이 넓은 분지를 둘러쌓고 있었다. 희미한 안개가 하늘과 맞닿은 곳이 내가 볼 수 있는 한계였다. 산허리가 계속 둘러쳐진 사이로 부연 빛이 잠겨 있었고, 서쪽에서 비치는 햇빛의 경사면으로는 검은 빛이 뚜렷하게 보였다. 아마 원시림의 군락인 것처럼 보였다. 분지의 중앙에서 조금 오른쪽으로 비껴난 곳에 통나무집과 울타리가 손톱 만하게 보이고 그 너머에 흰 자작나무가 분명할 수목이 우거져 있었다. 수목 사이사이로 강물이 햇빛에 반사되어 반짝였다. 황톳길도 보이지 않았다. 그저 빽빽하게 피어난 풀 위로 갖가지 흩뿌린 물감에 물든 야생화가 점점이 뒤섞여 있는, 전인미답의 공간만이 눈 아래 펼쳐져 있었다. 작은 움직임도 있었다. 그건 점처럼 천천히 움직였다. 콩알처럼 보이지만 어슬렁거리는 몇 마리의 말일 것이었다.

「봤지? 어때? 잘 보이냐? 여기가 바로 내가 바라던 곳이다, 짜 슥아! 수백만 평의 이 광활한 곳에 내가 뿌리를 내릴 곳이야. 적어도 수천 마리의 양이나 말떼를 기를 만한 곳이지. 강물도 있고…… 앞으로 내 뼈가 묻힐 곳이 여기야. 혁민이 너, 잘 봐 둬라. 맨날 좁쌀만한 곳에서 오글거리며 볶아대다가 이런 곳을 보니 눈이 확 안 뒤집히냐, 임마!」

얼마 전의 일과는 전혀 상관없을 규호의 말에 여자가 감탄의 콧소리를 내면서 차창을 썩 열어젖혔다. 뒤에 있던 병호는 말이 없었다. 난 눈만 크게 뜰 뿐 아무 말도 못했다. 굳이 입을 열 필요가 없었다. 지금까지 보아온 몽골의 초원은 붉은 황토 흙에 푸른 풀과 말라비틀어진 누런 풀들이 뒤섞여 있거나 피부가 벗겨져 붉은 내장을 처참하게 드러낸 풍경이 대부분이었다. 그런데 이건 아니었다. 황토의 흔적은 짙푸른 빛에 완전히 흡수되어 사라지고 보이는 것은 단 하나뿐!

「좋다!」

무심코 입에서 한 마디가 터져 나왔다.

「좋을 정도가 아니야. 몽골 애들도 이곳을 아는 놈들이 그리 많지 않으니까. 이 넓은 곳에 지금 저 보이는 통나무집 하나만 살

아. 내가 잘 아는 영감인데, 앞으로 같이 살게 될 곳이야. 여긴 부족한 게 없어. 물도 있고 말먹이 풀도 무진장이고……, 바람 많은 몽골에서 이렇게 푹 파인 분지라 바람도 심하지 않고……, 메마른 사막도 물은 흐르지만 기복이 심한데, 이곳 물은 수량이 일정해서 항상 그대로야. 그러니 가축은 무한대로 기를 수 있는 곳이야. 혁민이 너, 어때? 다 때려치우고 여기 와 살지 그래? 들볶아대며 살아봐야 그게 그거지 뭐 그래. 한세상 배짱 편하게 말 타고 살다가 콱 죽어버리면 그만이지. 뭔 한이 있냐, 혁민아.」

평소 습습하면서도 감상적인 규호는 목을 한껏 뒤로 돌려서 나에게 내뱉어대었다. 나는 그 말에 공감했다. 그러나 그건 삶에 대한 깊은 자신감이 필요한 문제임도 알고 있었다. 나는 흔적을 버릴 수 없는 놈임을 순간적으로 생각했다. 필름처럼 이어지는 흔적들과 나는 결별할 수가 없는 녀석이었다. 봉고는 험한 내리막 길을 천천히 내려갔다.

찻길이 따로 있을 리가 없었다. 그냥 방향을 잡고 풀밭을 짓이기면서 나가면 됐다. 멀리 통나무집 옆에 한가롭게 풀을 뜯는 말들이 보이는 곳으로 밀고 나갔다. 바퀴에 짓이겨지는 잘 자란 풀과 야생 꽃들이 안타까웠다. 말발굽에 밟혀나가도 인공물에는 결코 스러져서는 안 될 것들이지만 봉고는 아랑곳없이 뭉개버리면서 다가가 통나무집을 둘러싼 나무판자 울타리 곁에 섰다. 모두 내렸다. 겨울 준비를 벌써 하고 있는지 군데군데 마른 풀더미가 높이 쌓여 있는 사이로 흑갈색 혹은 짙은 황색의 말들이 풀을 뜯고 있었다. 잘 발달된 근육이 단단한 털가죽 겉으로 삐져나올 것처럼 튼실한 놈들이었다. 우리가 넓은 마당으로 들어가자 차 소리를 듣고 늙은 부부가 나왔다. 규호는 부부와 구면인 모양이었다. 서로 반갑게 손을 잡고 그들이 둔징 바이신이란 부르는 통나무집 안으로 들어가면서 우리들에게도 들어오라는 손시늉을 했다. 우리도 따라 들어갔다.

「사인 바이노.」

여자는 그 질척한 비음으로 인사를 했다. 몽골인을 만날 때마다 우리 중 맨 먼저 인사를 하곤 했다. 언뜻 보기에 귀틀집처럼 생긴 그 내부는 입구 이외에는 창문이라고는 없어 어두컴컴했다. 겨우 다섯 평 정도의 면적에 낡은 풍로와 엉덩이를 걸칠 ㄱ자 형태의 앉을 곳, 세 식구가 겨우 잘 수 있는 공간엔 낡은 담요와 그릇 같은 세간들이 널려 있었다. 50세라는 규호의 설명에도 주인은 너무 늙어 보였다. 겨울이면 영하 30°의 추위와 여름의 건조한 직사광선 밑에서 평생 가축의 뒷바라지에 그냥 삭아버린 모습이었다. 8살 난 어린 손자를 키우고 있는데, 아들 부부는 도시로 돈 벌러 갔다고 했다. 한국의 시골 모습이 생각났다.

겉으로 드러난 피부의 주름살 깊이에 따라 추함과 늙음을 한 묶음으로 가르는 우리들의 판단이 잘못임을 알 수 있는, 선량한 표정의 늙은 부인은 낡은 네발 탁자 위에 말 젖으로 만든 음료수인 희부연 아이락과, 역시 그것으로 만든 치즈 조각을 평화로운 미소와 같이 내 놓고 작은 사발에 아이락을 가득 담았다. 우린 가져간 담배와 과자, 사탕을 선물로 내 놓고 조금씩 아이락을 마셨다. 시금털털한 막걸리맛과 비슷했다. 주인은 여유가 있었다. 무엇 하나 바쁜 것 없는 사람처럼 규호와 천천히 이야기를 나눴다.

나는 직감했다. 비록 손은 거친 황야에 시달려 죽죽 갈라지고 터져서 상처투성이지만, 한 번도 물맛을 본 적이 없었을 지저분한 작업복과, 남발한 회색빛 머리칼 속에 마른 검불이 틈틈이 박히고, 필터가 타들어갈 정도로 독한 담배를 연신 피워대지만, 그는 바람의 강약과 습한 정도에 따라 말과 양들이 그 해 먹어치울 풀의 성장점을 정확히 짐작할 수 있으며, 한겨울 북풍의 거센 눈보라 속에서도 말의 가벼운 신음이 두터운 천막의 올올을 헤집고 들어오는 미세한 소리도 끄집어 낼 수 있는 예민한 청각과, 8월의 아침 일찍 일어나 겔의 문을 열고 밖으로 나서서, 누런 황토를 빽빽이 덮고 있는 이슬 먹은 풀의 날선 눈초리만 보아도 곧 밀려올 가을의 메마른 바람과 겨울의 칼날 같은 눈의 깊이까지도 짐작할 수 있는 사람이라는 것을. 이들은 그렇게 가축의 커다란 눈빛에 잠기며 대초원의 밀밀하게 다가오는 바람의 틈에서 살아오고 살아갈 자연의 적자가 분명했다. 규호와 주인은 알 수 없는 말을 계속 이어갔다.

나는 답답해 졌다. 비록 어지럽고 지저분한 내부지만 그래도 세 식구가 평화롭게 생활하는 공간은 옛 우리 시골 풍경과 크게 다름이 없었다. 그러나 광활한 대지 위에 한 점 통나무로 컴컴하게 막아놓은 내부 속에서 나를 계속 박아놓기는 싫었다. 바람을 받고 싶었다. 대륙의 거친 바람 속에 자신을 내 놓고 싶었다. 여자와 병호가 서로 외면을 하면서 앉아 있는 꼴도 보기 싫었다. 밖으로 나왔다. 역시 바람은 있었다. 해는 야트막한 좌측 산머리에서 한 발 정도 떨어져 아직 한여름의 뜨거움을 쏟아내고 있었지만, 끝을 모르는 광막한 대륙의 하늘 위에서 불어오는 바람은 달아오른 가슴 속으로 깊게깊게 파고들었다. 계속 크게 들이마셨다.

'너는 회오리바람을 타고 하늘 끝까지 올라가서 산산이 터져 죽어라!'

고교 시절 일기장의 한 대목이었다. 그때 왜 그런 섬뜩한 말을 썼는지 지금은 명확하게 기억할 수는 없다. 다만 빡빡한 삶의 그늘이 어린 나이에도 가슴 속에 차곡차곡 쌓여 있었을 것임을 지금 희미하게나마 느낄 수 있다. 그리고 두 번의 실패 끝에 들어간 3류 대학의 경영학과를 거치고, 마흔 중반을 넘기면서도 붙어 있었던 금융회사. 그리고 어린 아들의 영상.

나를 이 몽골의 대초원으로 몰아온 것은 지금까지 쌓아온 예정된 삶의 한 지표일 것이다. 아들이 사라진 것도, 회사를 버린 것도, 그녀와의 짧았던 시간도, 현실의 자신을 죽일 수밖에 없었던 것도 그 지표에 속할 것이다. 딸애와 아내와 난 지난 2년 간 서로 말을 아끼면서 지내왔었다. 겉은 멀쩡하지만 이미 밑돌부터 바스러지는 집이었다. 아내도 알고 있을 것이다. 굳이 그 사건을 내뱉어 멀쩡하게 보이는 집을 서까래 들어내듯 들쑤실 필요는 없었을 것이다. 가족 중 하나가 이 지상에서 사라졌다 해도 남아 있는 나머지 가족들은 각자에게 주어진 역할을 충실하게 이행해야만 한다는 지극히 당연한 논리에 모두들 말없이 따라주었다. 만약 따르지 않을 수도 있다면, 도대체 어디서 무엇을 어떻게 발을 뻗고 손을 펴고 고개를 쳐들어 혓바닥을 나불댈 것인가. 그저 말없이 현상을 따라갈 뿐이었다. 가장 현명한 방법이었다.

거의 마흔이 다 되어서 본 아들이었다. 나보다도 아내가 더 즐거워했다. 대개 사람들은 아내가 딸을 원하고 아비는 아들을 원한다고 말하지만 그건 잘못된 말이었다. 적어도 내 집에서는 그랬다. 겉으로 드러내지는 않았지만 아내는 큰 딸애를 낳고 은근히 아들을 기다리는 눈치였다. 둘째를 잉태했을 때 아내는 자신의 둥근 복부를 쓰다듬으면서 계속 고개를 저었다. 내가 물었지만 무언가 차지 않은, 기대한 정량에 모자란다는 표정으로 대답을 대신했다. 속에 들은 것이 힘이 없다는 거였다. 배냇짓이 약하다는 표정이었다. 난 그 사건 이후에야 당시 그 표정이 아들이 아니고 딸인 것 같다는 표현이었음을 알았다. 그렇게도 난 무심했었다.

아내가 집에 드러누웠다. 약한 소독약 냄새가 났다. 그리고 낮은 음성으로 '후련한 짬뽕 국물을 먹고 싶다'고 했다. 난 알아차렸다. 이미 뱃속의 아기는 사라졌음을. 난 아내의 생각을 존중했다. 나와 의견을 나누지도 않고 일방적인 행동을 벌인 아내에게 약간의 섭섭함마저 숨길 수는 없었지만, 아들을 원하는 생각에 그리 반대할 마음은 없었다. 병원에서 아들인지 딸인지를 은밀히 알아보는 방법이 있다는 것도 그때 알았다. 그 일 후에도 2년이 나 지나서야 본 아이였다. 아기 때 낮엔 잘도 자다가 밤만 되면 눈을 동글동글 뜨고 우리를 못살게 굴던 아이였다. 우리가 조금만 눈을 붙이면 악을 쓰며 울어댔다. 정말 잘 울던 애였다. 그 애는 6살이 채 되기도 전에 한길에서 덤프트럭 밑으로 사라졌다.

그녀를 만난 건 그 후 반년이 채 지나지 않아서였다. 승진 시험을 앞두고 오후엔 근처 도서관에서 책에 묻혀 쓰린 기억을 잊던 어느 날 저녁, 지하 구내식당에서 식판에 음식을 담아서 층계로 오르다가 아래로 내려오는 사람과 부딪쳤다. 뜨거운 국과 밥과 김치 종류의 반찬이 그녀의 허리 아래 곧게 뻗어 내린 흰 종아리에 쏟아졌다. 서른 중반의 그녀는 하는 일없이 책만 보러 도서관으로 들락거리는 낡은 백조 신세였다.

사람의 정신이 차지하고 있는 거대한 창고는 차고 넘치는 부분과 모자라서 계속 추구하고 원하는 부분이 서로 충돌하면서 분열되고 결합되어 새로운 형태의 세포를 만들어 내는 곳이라면, 우리는 그 창고에서 모자람과 넘침의 적절한 배급을 균형 있게 운영할 수 있는 공간을 서로 확인할 수 있었다. 몇 잔의 술이 오고 가면서 서로에게 부족함과 넘치고 뻗는 부분을 서로 보듬어 나갈 길을 우리는 확인했다.

사학을 전공한 그녀는 나의 밀착된 실물 경제학적 사고를 지적했으며, 나는 민족 흐름의 원류에 지나치게 경도되어 현실과 일정한 거리를 두는 그녀의 행동과 말에 일침을 놓았다. 우리는 저녁만 되면 만나서 한 시간 정도 떨어진 인근 도시의 음식점에서 저녁을 먹었다. 그럴 때면 거역할 수 없던 아이의 가쁜 기억이 잠시 숨을 멈추었다. 남들의 눈을 피해 음식을 먹고 술을 마시고 승용차 속에서 섹스를 나눴다. 먹고 마시고 섹스하고……. 그녀는 솔직했다. 웃어야 할 때에 웃고 말을 멈춰야 할 때 침묵했으며, 내가 사물에 깊이 파고들면서 거친 언사를 내뱉으면 가벼운 미소 속으로 끌어들여 휘어진 언어를 펴 주곤 했다. 몇 달의 만남으로 인해 승진 시험은 자연히 포기할 수밖에 없었다. 그리고 직장 내에서의 내 위치는 가벼운 깃발처럼 미미한 바람에도 흔들렸다. 더 이상 버텨 내기가 힘들었다. 그녀와 같이 강원도 정선으로 떠났다.

4

해가 산등성에 두어 뼘 정도 다가섰다. 일행들은 통나무집 안에서 나오지 않았다. 해가 있는 산기슭에서 작은 움직임이 보였다. 수많은 작은 물체들이 감실감실하게 계곡에서부터 빠져나오면서 부챗살처럼 넓게 퍼졌다. 그것들은 점점 내가 있는 곳으로 달려오는 것이 틀림없었다. 서둘러 햇덧 안으로 그들의 안식처를 찾아 내려오는 말떼들과 억센 몽골 청년들일 것이다. 그들이 이곳에 도착하게 될 때면 우리도 자리를 털고 나서야 한다. 무한한 공간 속에서 시간의 흐름을 먹으며 커 가는 저 무리들에게 내가 앉은 자리를 양보해야 할 시간이었다.

다시 바람이 시원하게 불었다. 바람은 내 가슴 속에서 매듭지고 뒤틀리고 삭아가던 모든 잡것들을 휘몰아 내 가슴뼈 사이를 헤집고 등 뒤로 빠져나갔다. 따가운 햇살을 가리던 모자를 벗었다. 바람은 얼굴 정면을 향해 덤벼들었다. 맴도는 먼지구덩이처럼 어지럽던 머릿속 세포 덩어리가 일시에 세척되면서 허공으로 솟았다. 발밑에서부터 머리끝까지 오직 이곳에서 자생하는 바람만 가득 차올랐다. 나는 바람처럼 가볍게 몸을 일으킬 수 있었다. 몸을 버릴 수 있다면 나를 지탱하던 마지막 정신의 끝줄기도 이곳에서 사라지는 바람에게 맡길 수 있을 것이다. 다 버릴 수 있었다.

일행들이 나오자 간단한 작별 인사를 하고 차에 올랐다. 차가 막 출발할 즈음 무겁고 둔탁하게 지표를 울리면서 산기슭에서 달려온 말떼들이 도착했다. 그것들은 단순하게 땅만 밟아대는 것이 아니라 차 속에 앉아 있는 우리들의 가슴팍까지 짓밟아대듯 육중한 몸체를 이긴 단단한 말굽으로 바닥을 치면서 사방으로 돌아쳤다. 그것들은 흥분한 상태였음이 틀림없었다. 대략 백여 마리가 됨직한 살진 말들이 하루 종일 영양가 있는 풀을 마음껏 뜯어먹고, 넘치는 기운을 억제치 못하며 연신 콧김을 내뿜으며 차 주위를 돌며 날뛰었다. 검게 탄 피부의 억센 목동들이 자신들보다 훨씬 긴 회초리를 연신 휘두르며 말떼를 진정시키고 있었지만 말들은 막무가내였다. 사람은 없었다. 말들이 이 천지의 주인인 것처럼 보였다. 아득한 옛날부터 이 대자연의 주인은 우리라는 듯 말 떼들은 어느 누구의 말도 듣지 않고 앞발을 높이 치켜들고 탐스러운 갈퀴와 꼬리를 감아 돌리면서 콧김을 연신 사방 천지를 향해 뿜어댔다. 털빛이 검거나 희고 갈기가 검은 것, 붉은 빛깔의, 주둥이만 검고 누른 빛깔, 거무스름한 것, 털은 희고 갈기만 검은 것 등 가지각색의 말떼들이 서로 앞발을 세우면서 목을 비비대거나 부딪치고 뛰어다니는 서슬에 봉고는 그냥 엔진만 달구면서 그 속에 갇혀 있을 수밖에 없었다. 차 주변은 갈초 더미에서 일어나는 티끌과 황토먼지로 가득 찼다. 여자는 얕은 비명을 지르며 차창을 닫았다.

「야, 가만 놔 둿!」

갑자기 뒷자리에서 병호가 소리쳤다. 그 소리는 여자의 뒷머리를 낚아채듯 거칠게 쏟아졌다. 여자는 움찔하며 뒤롤 돌아보면서 얼굴을 찡그렸다. 나 역시 그 먼지의 맛을 보고 싶었다. 옆의 차창을 활짝 열었다. 먼지가 안으로 부옇게 밀려들어왔다. 여자는 수건으로 얼굴을 가렸다.

「그래, 좋다! 여기 먼지는 보약이 될 수도 있어! 좀 마셔 봐라. 먼지도 등급이 있다면 이 먼지가 맨 꼭대기를 차지할 게다. 이런 장면도 좀처럼 보기 힘들어. 저 말들이 미쳐 날뛰는 걸 봐라! 요즘이 한창 살이 올랐을 때야. 힘이 넘쳐서 때론 저 녀석들도 함부로 다루지 못할 때도 있어. 혁민이, 어떠냐? 저 속에서 말을 타 볼 생각이 안 나냐?」

어떤 놈들은 떼 지어 차창에 커다란 머리를 바짝 들이밀기도 했다. 거대한 앞발을 번쩍 쳐들고 봉고의 앞 유리창으로 다가서는 놈들도 있었다. 남자 주인이 목동들에게 뭐라고 손짓을 하며 차를 가리키자 목동들이 일제히 차 앞으로 몰려와서 말떼들을 갈라놓기 시작했다.

엘카가 거푸 클랙슨을 울리면서 차를 출발시켰다. 봉고는 엘카의 능숙한 핸들 솜씨에 따라 날뛰는 말 사이를 헤치고 앞으로 나가기 시작했다. 왁실덕실한 틈으로 연신 급정거를 반복하면서 겨우 빠져나오자 우리는 뒤를 돌아보았다. 말들이 계속 돌아치고 있는 사이사이로 아직도 들어가지 않고 손을 흔드는 통나무 주인 부부가 보였다. 나도 손을 흔들었다. 그들이 보던 안 보던 상관없이. 역시 차창 밖으로 손을 흔들던 규호가 손을 멈추고 뒤로 돌아보면서 말했다.

「천고마비란 말이 흔한 말이지만 그 뜻을 잘 알고 있는 사람이 있나? 나도 한국에선 몰랐지. 천고마비의 진정한 의미를 여기 몽골에 와서야 알게 된 거야. 방금 봤지? 지금이 몽골의 늦여름 초가을이거든. 겨울의 눈구덩이를 헤치고 얼어붙은 풀을 겨우 얻어먹어 바짝 말랐던 말들이 눈이 녹는 봄부터 지금까지 마음껏 풀을 뜯어먹고 힘이 넘쳐 날뛰는 살진 말로 변한 거야. 저런 광경을 봐야 천고마비의 의미를 알지. 흐흐흐흐흐……」

「몽골 와서 볼 꺼 하나는 아주 제대로 봤네.」

병호가 감탄 어린 목소리로 말했다.

「장관이란 말이 바로 이런 때 써먹을 말이야. 정말 굉장했어. 백 마리가 넘는 말떼들이 미쳐 날뛰는 모습을 상상이나 했겠어? 정말 굉장한 걸 봤네!」

나도 한마디 거들었다. 그건 진정이었다. 영화 속에서 상상력을 덧붙여야 가능할 광경을 실제로 경험했다는 흥분이 아직 가시지 않았다.

「아직 볼 게 많은데 뭘 그래? 애화, 어때? 내일 말 한 번 타 보지? 어차피 낼 계획은 시골로 가서 종일 말 타고 돌아치는 건데.」

「저도 타보고 싶어요. 그런데 정말 저 말들처럼 사납게 움직이면 힘들 것 같아요.」

「아니, 우리가 타는 말은 순하지. 특별히 애화에겐 큼직하고 사나운 말을 주지.」

규호는 뒤돌아보며 씨익 웃었다. 여자도 마주 보며 웃었다.

「그럴 땐 꼭 잡아주셔야 해요. 무서우니까.」

봉고는 오던 길을 따라 북쪽으로 달렸다. 해는 이젠 산등성이 바로 위에 걸쳐 있었다. 우리는 모두 조용히 주변 경치만 바라보며 조금 전의 흥분을 삭였다. 가끔 정면에서 불어오는 회오리바람이 황톳길 좌우에서 하늘로 누렇게 치솟아 올랐다. 황량한 초원의 뿌리가 파헤쳐진 듯 군데군데 깊은 상처를 안고 있는 구덩이를 피해 봉고는 속도를 올렸다. 바람이 앞에서 부는 탓으로 먼지는 차 안으로 들어오지 않았다. 차창을 활짝 열었다. 대낮의 마른 바람과는 다르게 약간 습습한 바람이 불었다. 뭔가 정면 창에 작은 이물질이 달라붙는 것 같았다. 그것들은 아주 작은 점처럼 보였는데 점점 커지더니 내가 앉은 좌석 속으로도 날아들었다. 작은 빗방울이 떨어지고 있었다. 띄엄띄엄 떨어지는 빗방울은 그리 굵지 않았지만 마른 몽골의 대지에 비가 내리는 광경을 지금 보고 있었다. 규호가 떠들었다.

「야, 이것 봐라! 지금은 비 오는 계절이 아닌데도 비가 오네! 혁민이 너, 참 좋은 때 왔다. 이런 데서 비 구경을 다 하고 말이야!」

그게 아니었다. 차 정면 북쪽 저 아득히 먼 곳에서부터 부연 기운이 점차 저녁 햇발을 먹어치우고 있는 것이 보였다. 그것은 점점 넓게 퍼지면서 낮은 언덕을 삼키더니 어느 새 차 정면을 가득 덮을 정도로 가까이 와 있었다. 엄청난 먼지폭풍이었다. 강한 바람은 바짝 말라버려 뿌리가 약해진 풀뿌리를 할퀴고 파헤치면서 온 사방을 누런 황토로 가렸다. 앞이 하나도 보이지 않았다. 우리는 서둘러 창문을 닫았다. 차창으로 바람은 금속성 음향을 울리며 맹렬히 스치며 지나갔다. 우리는 그 황토바람 한가운데 있었다.

「먼지바람이야. 한 번 지나가면 괜찮아 져. 잠시 기다려 보자. 이 몽골 초원에서는 가끔 부는 바람이야.」

우리는 차 안에서 숨죽이며 앉아 있었다. 세계는 황토바람이었다. 아무 것도 없었다. 천지에는 달리고 꺾이며 멈추다가 휘돌고 솟구치거나 지표를 갉아먹으며 낮추 파고드는 황토 바람이 내뿜는 기운에 놀란 모든 물상들이 몸을 내맡기면서 부르짖는 위낮은 청의 비명으로 가득 찼다. 때로는 날리는 모래나 작은 돌조각이 차창에 부딪치면서 자르랑거리는 소리도 들었다. 나는 숨을 크게 들이마시면서 그 모든 소리를 들었다. 시간의 저편에서 태고의 지표를 울리면서 다가오는 원시의 음향이 거대한 날개로 광막한 허공을 수만 갈래로 찢으면서 태양의 반대편으로 밀려가고 있었다.

나는 그 소리를 들었다. 밤바다의 허연 이빨이 바위에 부딪쳐 깨어지는 소리를. 기억조차 희미한 규호의 울음도 있었다. 수백 마리의 말떼가 뒤섞여 토해내는 울부짖음도 들었다. 또 있었다. 단단한 지표가 갈라진 틈으로 거대한 알 하나가 밀려 내려가며 깨어지는 소리였다. 그 소리는 어린애 울음으로 바뀌었다. 분명히 들었다. 순간 나는 숨 쉴 수가 없었다. 가슴이 수만 갈래로 찢어지는 소리 없는 비명을 들었다. 차 문을 열고 바람 속으로 들어갔다. 밀려오는 바람 정면으로 서서 온몸으로 파고드는 황토바람을 마음껏 들이마셨다. 텅 빈 내 몸 속으로 바람을 한없이 집어넣고 또 넣었다.

갑자기 아랫배에 감각이 있음을 느꼈다. 그것은 배꼽노리 부근에서 점차 아래로 퍼지면서 맹렬하게 밑으로 밀려내려 갔다. 나는 한 움큼이라도 놓칠세라 벌린 입을 더 크게 벌려 마시면서 바지 허리띠를 풀었다. 그리고 차 뒤쪽으로 걸어갔다. 바지를 발목까지 내리고 그 자리에 쪼그려 앉았다. 눌리고 눌렸던 모든 것들이 내 몸에서 빠져나오고 있음을 알았다. 눌어붙어 있던 마지막 한 조각도 남김없이 빠져나오고 있었다. 통쾌했다. 배변의 쾌락과는 또 다른 통쾌감이 머리 위에서부터 발끝까지 전해졌다. 정신이 아늑했다. 바람에 밀려 온 미세한 황토가 차의 배면에서 세차게 맴돌면서 눈 속으로 파고들었다. 사방이 흐릿하게 보였다. 눈물이 흐르고 있음을 알았다. 난 눈물을 닦지 않았다. 그대로 두었다. 황토와 눈물이 뒤엉켜 앞을 제대로 볼 수가 없었다. 그러나 그 와중에도 하나는 똑바로 볼 수 있었다. 작은 인형 같은 물체가 나에게서 벗어나 바람을 타고 허공으로 구르며 치솟는 것을. 그것은 누런 황토바람 속으로 잠겨 들어가 순식간에 흔적 없이 사라졌다. 숨이 막혔다. 허공으로 얼굴을 곧추 세운 내 눈에 다시 진한 기운이 밀려들어 앞이 더욱 흐릿해졌다. 그것은 배변의 쾌감으로 인한 눈물 때문인지, 몰아치는 황토 때문인지, 몸에서 다 빠져나가고 마지막으로 남은 심장이 떨면서 남긴 눈물 때문인지 나는 알 수 없었다.

데드 마스크

몹시 무더운 날이다. 지금 내가 가고 있는 곳은 몇 년 전만 해도 겨울이면 몇 번이나 쏘다녔던 곳, 고성이다. 굳이 고성이란 구체적 지명을 내세울 것은 없다. 내가 사는 이곳을 벗어나고 싶고, 될 수 있는 대로 해안선을 따라 북쪽으로 가고 싶을 뿐이다. 그러니 내가 갈 수 있는 한계는 분단된 땅덩어리에서 고성이 한계였다. 살인적인 더위가 나날이 기승을 부리는 지금의 날씨 탓도 고성 행에 한몫했다. 토요일 오후.

아침부터 나는 머릿속에 그나마 남아 있던 모든 뇌세포가 모두 다 녹아버린 사람처럼 멍한 상태로 거실 바닥에서 뒹굴고 있었다. 바닥에서는 눅눅한 습기가 스며 오르고, 창문은 모조리 열어 놓은 상태였지만, 바람은 한 점도 불지 않았다. 20평의 아파트가 나에게는 넓다면 넓은 공간이지만 지금은 내 육신 하나 감당하기

조차 힘든 좁은 공간으로 나를 욱조일 뿐이다. 지어진 지가 십 몇 년이 넘지만 아파트 외벽이 말끔하고 도시 한복판에 녹지가 제법 푸르게 펼쳐진 이곳에서 아내와 나, 단 둘뿐인 공간을 만들고 우리는 지내왔다. 두 개의 방 중 시내가 환히 보이는 창 쪽은 아내의 방이고, 복도와 붙은 방이 내가 지내는 공간이었다. 그 사이에 좁은 거실이 있었고, 거기에 아이들 장난감 같은 식탁이 있었다. 그러나 우리는 그것을 밥상으로 사용하지 않았다. 작은 개다리소반처럼 생긴 낡은 앉은뱅이 소반에서 서로 편히 앉아서 밥을 먹곤 하였다.

남들의 눈에는 소꿉장난 같은 생활로 보이겠지만 그 공간 안에서 우리는 TV 연속극을 보면서 커피를 마셨고, 컴퓨터 앞에서 서로의 E-mail 공간을 확인하면서 수백 킬로 떨어진 인간들의 흔적을 순식간에 확인하는 놀라움 속에서 지내기도 하였다. 모든 세계를 다 둘러볼 수 있는 이 공간이 좁을 수는 없었다. 좁다니, 오히려 20평 공간은 우리에게는 너무나 넓은 우주였다. 같이 산 지 10년 동안 우리는 줄곧 이 아파트 이외의 공간에서는 우리들의 몸을 뉘어본 적이 없었다.

서로 각방을 쓰는 우리는 저녁상을 물린 후 거실에서 TV를 보거나 컴퓨터 앞에 앉을 때를 제외하고는 서로의 생활에 간섭하지 않는 불문율을 지켜왔다. 딱히 언제부터였는지는 알 수가 없지만 우리는 서로의 내면을 파고드는 대화를 의식적으로 피하는 기법에도 익숙한 터였다. 그렇다고 매일 얼굴을 붉히며 고성이 오가는 그런 사이도 아니었다. 서로를 위하고 가사의 일도 공정하게 분담하는, 집안 꾸리기에 서로의 모든 성의를 보였다. 그리고 우리는 각자의 공간에서 편안하게 몸을 눕히면 되었다.

아내는 항상 바쁜 몸이었다. 은행원으로서 삼십 대에 간부로 승진하기까지 남자들과의 경쟁에서 한 치도 처지는 행동 없이 지내 온 여행원이었다. 같은 입사 동기보다 빠르게 승진할 수 있었던 것도 그의 철두철미한 정신 덕분이었을 것이다. 아침 7시 반이면 어김없이 집을 빠져나갔고, 퇴근은 밤 10시가 넘어서야 돌아오곤 했다. 물론 그때까지 은행에 머물러 있는 것은 아니다. 체력의 뒷받침을 중요시하는 그는 집에 오기 전에 인근 헬스장에서 몸매를 다듬는 일도 거르지 않았다. 그러나 결코 우리들의 공간이 지저분하다거나 식탁에 오르는 음식이 허술하다거나 하는 일은 없었다. 비록 좁은 공간이지만 모든 집물은 있을 곳에 놓여 있었고, 계절에 맞는 과일과 채소, 때로는 잡곡밥과 채소와 생선 위주를 벗어나 육류의 느끼한 맛도 버리지 않는 편이었다.

몇 번 다툼도 있었다. 신혼 초에는 서로의 사고방식의 차이에서 나타나는 의견 충돌로 소리가 높아지기도 했지만, 그러나 그것도 몇 년 뿐이었다. 서로의 성격과 사고방식을 머릿속의 빈 공간에 집어넣고 충돌의 양상을 빠르게 재단한 후 일의 경중에 따라 적당한 선에서 멈추어 서곤 했다. 이상할 정도로 서로가 무언의 경계선을 넘는 무모함을 피해갔는데, 아마 아내의 냉철한 성격과, 평소의 글 읽기에서 쌓여진, 사물에 대한 이해의 골이 깊다면 깊은 나의 내면이 서로의 신축성을 인정하고 있었기 때문일 것이다.

그러나 그러한 경계선이 항시 우리 사이의 거리를 고정시키는 것만은 아니었다. 때로는 경계선이 원래 있던 자리에서 아내 쪽으로 조금 이동되거나 내 쪽으로 슬쩍 움직이는 때도 있었다. 다툼의 원인을 서로가 너무나 잘 알고 있기 때문이었다. 어느 쪽의 작은 실수로 인한 다툼에는 실수한 편으로 경계선이 슬며시 넘어가서 평소 자신이 누렸던 공간을 약간 잠식당하는 것인데, 실수의 경중에 따라 그 폭이 넓어지기도 하고 좁아지기도 했다. 그럴 때면 좁은 공간을 인식하는 편에서 슬며시 말끝을 흐리며 자리를 뜨는 것으로 우리는 다시 원위치에 설 수 있었다. 이렇게 계속 지내면 아마 우리는 별 탈 없이 세월에 묻어갈 것이었는데, 바로 이런 생활이 문제였다.

섹스피어의 비극이 왜 위대한지를 나는 안다. 전문가의 안목이란 말은 내 주제에 맞지 않고, 섹스피어에서 심오한 문학과 철학의 맛을 느끼는 대석학을 흉내 내는 것도 아니지만, 평범하고 단순한 줄거리에서 드러나는 등장인물들의 행태에서 나는 그의 위대함을 맛보는 것이다. 사실 위대함이란 거창한 어휘를 사용해야만 이러한 내용에 들어맞는지는 잘 모른다. 하여튼 그 인물들의 영광과 그들에게 부여된 찬란한 생의 무지개가 한순간 쓸데없는 욕심에 맥없이 무너져버리는 비극적 종말을 보기를 나는 좋아한다. 인생에서 모든 조건이 구비되어 더 이상 올라 설 데도 없는 최고의 지위에서 그들은 아무 것도 아닌 아주 작은 점 하나를 발견하고 그쪽으로 시선을 돌린다. 극히 평범하고 모든 것이 갖추어진 환경에서 바로 비극이 싹 트는 것인데, 내가 굳이 이런 이야기를 끄집어내는 이유가 바로 여기에 있다.

 탈 없는 생활. 풍족하지는 않지만, 그러나 사람이란 것이 어디 욕심대로만 살 수 없는 법이다. 십 년의 결혼 생활에서 나는 바로 그 작은 점으로 발을 디딘 것이다. 그것은 그렇게 거창한 일도 아니었다. 그렇게 우리는 지내왔는데……, 내가 갑자기 중등교사직을 사직하고부터 이상하게도 분위기가 변해간 것이다. 딱히 어떤 점이 두드러지게 드러나거나 분명한 행동이나 변화된 대화가 서로 오간 것은 아니었다. 평소 내가 출근 준비로 바삐 움직이던 이른 아침에 화장대에 앉아 자신의 분신을 쳐다보면서 한껏 화장에 몰두하던 아내는 전과 달리 출근 준비로 몸을 매우 느긋하게 움직이게 된 것뿐이었다. 내가 13년을 근무한, 안정되고 그리 바쁘다고 할 수 없는 교사직을 갑자기 사직한다고 바로 그 전날에 거의 일방적으로 아내에게 통고했을 때—사실 그건 분명히 통고였다—아내는, 너의 생각을 나는 이미 알고 있었노라, 는 표정으로 가볍게 미소를 띠며 나를 보았는데, 그때 그 미소 뒤에 가려진 허탈과 자괴감, 멸시와 조소…… 등이 뒤섞여 있음을 나는 미처 알아채지 못했다.

 사직한 이유를 구체적으로 밝히지 않았다, 막연히 교사의 알량한 생활에 절어 허우적거리는 자신에게 마지막 인사를 보냈다는 사실을 아내는 이해하지 못했을 것이다. 처음, 나는 작은 믿음이 있었다. 10여 년을 같이 지내오면서 서로의 내면을 속속들이 알고 있는 아내에게 구차하게 들릴 변명이란 필요 없는 것이라는 생각이었다. 누구보다도 냉철하게 사리에 집착하는 아내의 머리 구조에서 더구나 자세한 설명을 싫어하는 내 말솜씨로는 어차피 전달하는 방법에 한계가 있을 수밖에 없었다. 그런데 나는 아내가 여자라는 사실을 간과했다. 그도 역시 남편이라는 이름의 사람에게 서로의 중요한 일을 자세하게 설명 받을 권리와 의무가 있는 가정의 구성원이었다. 나는 그 점을 깜박했었다. 아무리 이해가 빠르고 나에 대한 의무적 관심밖에 없는 아내이지만 적어도 직장을 그만 둔다는 일에는 자세한 설명과 전폭적인 공감을 공유할 수 있는 작은 성의라도 보였어야 했다.

  우리는 항상 둘이었다. 때문에 집은 그렇게 조용했다. 유일하게 고요를 깨는 소리는 밥 먹을 때와 설거지, 혹은 TV소리가 유일했다. 그렇다고 우리가 그 일에 대해 서로 의견을 교환하거나 아니면 병원에서 진단을 받거나 한 일도 없었다. 그저 아이가 없으니 없는 거였다. 의식적으로 우리는 그런 이야기가 나올 분위기를 서로 피하는 편이었다. 어차피 없는 아이 때문에 서로 얼굴을 붉히고 다툴 필요는 없었다. 그리고 이미 그러한 일에는 서로의 마음을 닫았다고 하는 편이 옳다. 없는 아이를 하늘에서 데려올 수는 없는 일이었다. 때문에 서로는 유휴의 시간이 많은 편이고 우리는 적절하게 그 시간을 이용하고 있었다. 물론 둘이서 밖으로 나갈 기회가 있을 때, 다른 가족들이 서로 손잡고 다정하게 걸어가며 떠드는 소리를 부러워하지 않았다는 것은 아니다. 동네 아이들의 놀이터가 아파트 후문 쪽에 있었다. 이상하게도 나와 아내는 항상 정문으로만 출입했다. 어쩌다가 후문으로 들어서면 우리는 무심히 앞만 보며 차를 몰았다. 고개를 그 쪽으로 돌릴 마음은 이미 닫혀 있었으니까.

결혼 초에는 양쪽 집안에서의 부대낌도 많았지만 5년이 넘자 그들은 우리 눈치를 살피며 그런 이야기를 아주 조심스럽게 하더니, 그 후에는 아예 그 이야기를 팽개친 눈치였다. 지금은 포기에 가까울 것이다. 10년이 넘도록 소식이 없으면 더 바랄 것도 없을 것이다. 그러고 보면 우리는 상당히 현명한 생활을 해 온 것이었다. 오직 현실만 눈앞에 있었다. 우리는 거의 일정한 시간을 두고 출근했으며, 퇴근 시간도 서로 달랐다. 서로의 퇴근 시간을 묻지 않았다. 서로에게 필요한 시간은 최대한 활용했다. 아무리 늦어도 상관하지 않았다. 혹은 드물게 며칠 출장이라도 가게 되면 출발하기 직전에 간단히 전화로서 내용을 알리면 그것으로 다였다.

그러면서도 우리는 각자의 일에 충실했고 사회적으로 안정된 서른 후반을 보내고 있었다. 부부생활에서 각자의 일에 상관하지 않고 지낸다는 것. 다른 사람들이 보면 이상하게 생각할 것이지만, 그러나 우리는 결코 그렇게 어리석지 않았다. 부부가 같이 참석하는 자리에는 빠짐없이 참석하여 부부애를 과시했다. 부부애를 과시한다는 것도 우리는 지극히 간단했다. 항상 그대로의 모습으로 보이면 되었다. 거기에 특별히 가식적인 행동이나, 혹은 사이가 좋지 않은 부부가 여러 앞에서는 과장적인 애정을 어색하게 나타내는 그런 일들은 우리에게는 거리가 멀었다. 모든 것은 평소 대로였다. 이러한 우리에게 다른 가족들은 안 된 표정으로 혹은 다소 과장된 친밀감을 나타내면서 대해 주었는데, 그것은 우리에게 자식이 없다는 것에 한정된 동정과 같은 감정에서 나온 것이었다. 물론 우리는 선량한 그들의 마음에 별 거부감을 느끼지 않았다. 그들은 건전하고 친절한 우리의 소시민들이니까.

그렇다고 우리가 밤에 항상 서로 각방으로 나누어지는 것은 아니었다. 가끔 자연스럽게 서로 합치기도 했다. 우리가 벌이는 밤의 행동은 현란함 바로 그것이었다. 그런 일이 있어야 할 날은 퇴근 시간이 평소보다 빨랐고, 또 말과 행동이 없어도 직각적으로 서로가 무엇을 요구하는지를 간파했다. 주로 아내가 더 적극적이었고 행위를 주도하는 입장이었다. 그런 때는 아내는 몸에 섬유로 된 것은 한 조각도 걸치지 않고 다가왔다. 아직 젊었고 운동으로 다져진 단단한 몸매에서 뿜어져 나오는 힘이 적절하게 강약을 조절하면서 밤을 이끌어 나갔는데, 최고조에 도달한 때면 환히 켠 형광등 아래에서 거친 호수에서 낚시에 걸린 생생한 잉어처럼 몸을 떨면서 온 몸으로 나를 받아들였다. 어떤 때는 한 번의 행위에서 얻어진 나른한 피로를 커피로 풀어버리고 잠시 휴식을 취한 후 다시 격정으로 옮겨가기도 했다. 이렇게 격렬하게 나눈 사랑의 끝에도 우리는 다시 평소처럼 각각의 세계로 즉시 돌아가 깊은 잠으로 떨어지곤 했다.

  나는 알고 있었다. 아니, 아내도 알고 있을 것이다. 왜 우리에게 아기가 없는지를. 나에게는 아무 이상이 없었다. 이런 사실을 병원에서 확인한 바는 아니었다. 내가 지극히 정상적인 몸을 지니고 있음은 그 동안의 지내온 여러 일에서 충분히 확인되는 것이었다. 대학 시절에 나를 스치고 지나간 몇몇의 여학생들이 바로 그 증명이었다. 서로의 빈약한 주머니를 몽땅 털어서 우리들의 어설픈 사랑의 끝을 장식한 병원의 허무함에서, 그리고 얼마 전까지만 해도 내 주위를 몽땅 쓸고 가 버린 그 여자에서.

  시를 쓴다는 그녀는 지방 국립대학을 졸업하고 관공서에 공무원으로 근무하고 있었는데, 우리는 바로 어울렸다. 그때 나는 이미 결혼 7년의 서른 중반이었고 그는 이십 후반으로 현실과 꿈의 조화를 어느 정도 감지할 정도의 나이었다. 대개 사람들은 결혼 7년이면 어느 정도 가정생활에서 나타나는 어긋남을 확인할 수 있을 것이었고 그 점은 나도 마찬가지였다. 그러나 그러한 평범함보다 우리들을 접목시킨 것은 아마 서로의 머리 구조에서 찾을 수 있을 것이다. 순간적으로 다가오는 사물과 사건의 인과관계에 접근하는 각도가 묘하게도 우리는 서로 비슷했다. 묘하다는 표현이 적절한 것이, 이 고장에서 그러한 점에 의견을 모을 수 있는 사람을 나는 별로 찾지 못했기 때문이었다. 신문 한 조각이나 방송의 맹랑한 뉴스를 보면 그는 즉각적으로 그 저간을 간단하고도 쉽게 풀어버리는 눈을 갖고 있었다. 그리고 순간의 격정에도 감정을 겉으로 드러내지 않는 냉철함과, 거의 본능적으로 그의 가슴 깊은 곳에 내재해 있는 고독감의 깊이 또한 내가 가깝게 다가갈 수 있는 공간이기도 했다.

우리는 일주일에 한 번 정도 만났는데, 주로 밤에 서로의 근무지에서 멀리 떨어진 곳에서 만나서 거의 자정이 되어서야 돌아오곤 했다. 둘 중에 하나는 반드시 술을 마셨고 안 마신 쪽이 운전을 맡았다. 내가 갖고 있는 모든 것을 그는 사랑했다. 내가 소유하고 있는 유일한 재산이란 것이 시골 바닥에서도 때로는 통하지 않을 얇은 문학에의 열정과 극도의 게으름에서 빚어진 몇몇 단편이 전부였지만, 그는 그런 점에도 내 능력의 바닥이 아직 깊음을 넌지시 일러주었다. 너무 마셔 꾸역꾸역 토악질해 대는 모습에도 그는 묵묵히 등을 두드리며 감싸 안았다. 너무 앞서 나가는 그와의 평형감각을 유지하기 위해 내가 거리를 약간 띄우면 그는 더 적극적으로 다가왔다. 그리고 그는 나에게 조금도 불만을 나타내지 않았다. 항상 나와 같이 있고 싶다는 말을 하면서도 그 끝에 나타내는 아쉬운 표정에는 항시 미소가 있었다.

그가 가장 바라는 것은 나와 같이 서로의 얼굴을 보며 아침을 맞이하는 것이었고, 난 그럴 수가 없었다. 비록 결혼의 감미로움이 사라지고, 서로의 내면에 대한 거부감의 더께가 덕지덕지 말라붙은 생활이라고 해도 나는 내 알량한 교사라는 직업과 그래도 몇 년 간 쌓은 사회적 이목의 두려움에 몸을 사리는 형편없는 존재일 뿐이었다. 과감하게 현실을 벗어날 그 어떤 것도 나에게는 없었다. 이런 점을 그에게 말해도 그는 포기하지 않았다. 그리고 그는 몸의 피곤함을 호소하며 몇 번 병원으로 간다는 전화를 하고는 해쓱해진 모습으로 나타났다. 나는 직감적으로 그가 어떤 병원에서 어떤 일을 겪었는지 알아차렸다. 갑자기 그가 거대한 산으로 나에게 다가옴을 느꼈다. 평소에 곁에서 어리광을 부리며 애교 섞인 행동도 마다않던 그가 아직도 겨우 산기슭에서 허우적대는 나를 내려다보고 있는, 깊고 높은 산 위의 솔개처럼 우뚝 서 있었다. 나를 한없이 쪼그라들게 만든 그의 힘은 대체 그의 작은 몸 속 어디에 도사리고 있었던 것인가.

그런 얼마 후 그는 울면서 사라졌다. 가끔 그가 했던 말에서 나도 이미 짐작은 하고 있었다. 더 이상 어떻게 붙들 수가 없었다. 어차피 그렇게 될 수밖에 없는 일이었다. 굳이 그의 행적을 살필 마음도 없었지만, 풍문에 결혼식은 이곳과 매우 가까운 도시에서 한다는 소식은 들었다. 그렇게 그는 갔다.

아내 스스로 불임을 인정하는 말을 하지 못했지만, 그러나 그런 일을 굳이 말로 표현해야 알아차릴 정도의 서툰 우리는 아니었다. 그러니 아이가 없어도 그리 적적하지 않았다. 또 나는 나대로 해야 할 일이 없는 편은 아니었다. 일에 몸을 던져버리는 행동에서 적적감에 벗어나기도 했다. 끊임없이 만나는 사람들과 마시는 술도 지겨울 때가 되면 쓰려오는 속을 다스릴 알약을 한 움큼 뱃속에 털어 넣고 컴퓨터의 자판을 두드리는 것인데, 소설의 흉내를 내면서 나는 내가 만드는 세계에 대한 확신의 뿌리를 확인하는 작업이 항상 먼저였다. 도무지 확신이 서지 않는 거였다. 국문과에서 먹물을 약간 먹고 살았다는 것 하나만 달랑 믿고 덤벼드는 것인데, 그 의욕과 결과는 항상 빗나가고 있었다. 겨우 완성했다고 기고만장한 기세로 술집을 전전하다가 다음날 다시 컴을 열어보면 보이는 것은 엉기성기 기워진 헌 누더기 한 벌이 보일 뿐이었다. 그리고 몇 달을 술로 보낸 다음 다시 시작하는 꼴로 지금까지 지내왔다.

　나는 몇 달 전부터야 아내에게 약간의 관심을 보내기 시작했다. 아내의 흰 얼굴—사실 아내는 어디에도 나무랄 데 없는 미인이다. 약간 작은 키가 문제면 문제겠으나—을 자주 볼 수 없었다는 사실을 나는 미처 깨닫지 못했다. 언제부턴가 아내의 귀가 시간이 뒤로 몰리고 있음을 알았다. 때로는 거의 자정이 다 되서야 집으로 돌아오곤 했다. 우리는 각자의 귀가 시간 정도는 상관하지 않는 불문율을 잘 지키고 지내온 터였다. 내가 그렇게도 술에 찌들면서 밤늦게 허우적거리며 나타나도 아내는 우리들의 율법에 충실했다. 그녀와 같이 보냈던 수많은 시간 속에서 아내의 시간을 나는 잊어버리고 지냈지만, 그 바탕에는 우리들의 율법에 어긋나지 않으려는 생각이 자리하고 있었기 때문에 가능했다. 그런데 평소의 행동과 다른 귀가 시간이 쌓이고, 옷차림새나 머리 모양새가 자주 변하면서 그런 행동을 어느 날 갑자기 깨닫고 될 때에는 율법의 테두리 내에서 자유롭게 생각하던 의식에 변화가 생기게 마련이었다.

지금 생각해 보면 아내의 변신은 극히 작은 부분부터 시작되었다. 우선 출근 시간이 조금씩 늦어지기 시작했다. 평소 내가 출근할 때면 아내는 옷을 갈아입고 화장대에 앉아서 얼굴을 매만지고 있었는데, 그냥 누워 있는 때가 많아졌다. 전체적으로 작은 얼굴을 뚜렷하게 나타내던 짧은 커트형 머리칼이 조금씩 길어지더니 이제는 완연하게 어깨를 덮을 듯이 길었다. 그리고 그것도 이상했다. 투피스 옷차림새가 어느덧 원피스의 원색으로 바뀌어서 약간 허리를 굽히거나 차를 탈 때면 희고 풍만한 허벅지의 중동까지 드러났다. 그럴 때마다 아내는 순식간에 자세를 고쳐 치마 끝단을 살짝 내렸는데, 그 동작이 조금도 어색하지 않았다. 그러나 이런 점은 극히 작은 부분에 불과했다. 평소의 율법 중 집에 들어와서는 서로의 일에 별로 상관하지 않는 조항이 조금씩 무너지고 있는 점이 가장 두드러졌다. 말이 많아진 것이다.

사실 우리는 같이 밥 먹는 시간이 별로 많지 않았다. 퇴근과 출근 시간을 맞추기가 어려웠고, 또 맞출 수도 있었으나 서로의 습관대로 살아가는 점을 굳이 변경시킬 필요가 없었기 때문이었다. 몇 번 같이 자리를 해도 서로 몇 마디 말로써 밥 먹기를 끝냈다. 그런 점에 변화가 일어났다. 아내는 반찬거리를 사던 일을 정말 새삼스럽게 이야기하면서 말끝에 내 동의를 구하는 거였다. 젓가락을 쥔 상태로 내 얼굴을 빤히 쳐다보며, 그렇지 않느냐는 투로. 나는 깜짝 놀라 무의식적으로 입을 우물거리며 고개를 끄덕였는데, 그때 불현듯 우리들의 공간이 더욱 넓어지고 거리가 본격적으로 멀어지고 있음을 알았다. 내 복장에 대한 아내의 말도 나타나기 시작했다. 그건 정말 색다른 모습이었다. 몇 년 만이던가, 아내가 내 복장에 신경을 쓰다니. 그리고 급히 출근하는 내 뒤에서 가끔 말려 올라간 내 뒷머리칼을 툭 건들기도 했다. 그럴 때마다 나는 몸이 오싹 쪼그라드는 감정을 느낄 뿐이었지만 아내는 당당했다. 평소와 다른 아내의 모습이 하나하나 나에게 뚜렷이 다가오고 있었다.

아내의 변신. 참으로 그것은 충격적이었다. 나는 본능적으로 그 행동의 이면을 감지하고 있었고 영리한 아내도 내 느낌을 짐작하고 있었을 것이다. 그러면서도 그는 행동을 늦추지 않았다. 때로는 자정이 넘어서야 돌아왔다. 나는 아내가 아파트 복도를 걸어오는 소리만 듣고도 아내의 기분 상태를 짐작하고 있었다. 만약 구두 소리가 불규칙하게 들린다면 그건 두 발이 일정하게 움직이는 침착한 상태가 아니라 정신과 육체가 분열되어 자신을 제어할 수 없는 상태에 이르렀음을 알려주는 것이다. 그 날 아내는 열 두 시가 넘어서야 구두 소리를 내었는데 불규칙하게 복도 바닥을 울렸다. 그러다가 갑자기 이동전화기가 구두 소리 사이에서 약하게 들려오고 아내의 중얼거림이 전해졌다. 잠시 정지하면서 들려오는 말소리는 아주 약하게 들렸다. 그리고 잠시 후 도어를 열고 들어와서 화장실 문을 거칠게 열고 들어갔다. 나는 내 방에서 그 모든 소리를 듣고 있었다. 거칠게 화장실을 여는 아내는 자신의 약점을 다른 곳으로 돌리려는 것이었지만, 물론 나는 아내의 전에 없던 그런 서툰 연기의 이유를 파악하고 있었고, 내가 이런 생각을 하고 있다는 것도 아내는 순간적으로 느끼고 있었을 것이었다. 술 취해서 발걸음이 흐트러지는 모습을 상상하면서 나는 이불 속으로 몸을 숨겼다. 아내가 어떻게 지내든지 상관하지 않을 작정이었다. 퇴근 후 어디서 무얼 하든 누구와 만나든 우리는 서로의 일에 상관하지 않기로 서로 무언의 약속을 한 이상 충실하게 지켜야만 했다. 다음 날 아침은 변함없이 아내의 가벼운 이야기를 들으며 아침을 먹었다.

그 후 나는 곰곰이 생각했다. 그간의 내 행동을 아내는 정말 몰랐을까. 누구보다도 영리하고 이성적인 아내의 직감을 내가 너무 가볍게 여겼음을 후회했다. 그녀와 같이 지내던 3년여의 시간이 아내에게 전해지기 않기를 기대하는 것 자체가 바로 아내를 무시하는 내 안일한 생각이었다. 나에게 다가왔던 특별한 변화의 조짐이 비록 천부적인 연극배우의 언행으로 감추어도 나를 지난 10여 년 동안 속속들이 알고 있는 유일한 사람이 바로 내 아내였음을 나는 잠시 간과했다. 그로부터 아내의 변신이 시작되었을 것이다.

나는 나라는 곳에서 벗어나고 싶어졌다. 이건 내가 아니었다. 나는 감정의 기복을 충분히 감쌀 능력을 갖고 있다고 믿었다. 적어도 나에게 일어나는 모든 일은 내 가슴 깊은 곳에 차곡차곡 쌓아놓고 필요할 때에만 순서대로 꺼내어 보고 느낄 수 있는 능력의 소유자로 착각하고 있었다. 그러나 아내에게는 그것이 통하지 않았다는 사실을 나는 인정했다. 그렇다고 무슨 확실한 근거가 있어서 이런 결론에 도달한 것은 아니었다.

 사람들은 흔히 증거가 없으면 믿지 않으려고 하는 습성을 갖고 있다. 정황적 사실이 분명한데도 구체적 증거를 요구하거나 언론의 이중적 습성으로 튀어나오는 보도에 너무 집착해서 정작 중요한 사실의 뿌리를 잘못 파악하는 실수를 종종 저지르지만, 자신의 착각을 결코 인정하지 않았다. 그들의 가장 확실한 증거는 바로 몇 달도 안 가서 뒤바뀌는 그 빌어먹을 신문과 TV 뉴스였다. 논쟁이 벌어지면 그들이 동원할 수 있는 강력한 무기는 바로 그런 것들이었다. 그들이 그렇게 믿고 싶은 생각의 뿌리에는 천박한 경제적 무기가 한 몫 하고 있음도 나는 알고 있었다. 너 나 없이 아쉬운 소리 안 하고 지낼 수 있는 평범한 직업인들의 버팀목에, 서로 상대를 인정하지 않고 자신의 목소리에 정당성을 부여하여 존재 가치를 확인하는 경제적 바탕은 매우 중요한 그들의 특성이었다. 상대방에게 궁색하고도 아쉬운 소리를 할 필요가 없으니까. 또한 적어도 너라는 인간이 대학이라는 곳에 몇 년 수학했다면 나 역시 그러한 곳에서 최소한 개론서 1장 정도는 공부한 바가 있었다는 허망한 믿음. 그러나 나는 아내와의 관계에서 가장 강력한 무기가 바로 나와 아내의 직감임을 잘 알고 있었다. 그 직감을 나는 둔히 해 온 어리석음을 범한 것이었다. 빌어먹을 것.

 중등교사 생활이란 매일 판에 박힌 듯한 일과의 연속이었다. 매일 같은 교과목을 같은 학생들에게 가르쳐야 하는 일은 단순노

동과 다를 바가 없었다. 색다른 아이디어로서 학생들에게 접근하는 방법이 없는 것은 아니지만, 그러나 이미 타성에 젖은 나에게는 반복된 생활 그 자체가 이미 의미를 상실하고 있었다. 의미 없이 가르치는 일을 앞으로도 몇 십 년 간 반복해야 한다는 것을 생각하면 그건 나의 해체를 의미했다. 스치는 시간 속에서 나에게 부과된 의미 없는 일에 전력을 집중하는 만큼 헛된 일은 없었다. 내가 보고 느껴야 할 모든 것들은 내가 손만 내밀면 닿을 듯한 곳에 항상 준비되어 있었다. 산과 물과 공기가 있으면 그것으로 되었다.

아마 동료들은 이런 나를 비웃을지도 모르겠다. 결국 사람은 평범한 곳에서 가족과 같이 살아갈 수밖에 없는 일이라고, 얼마든지 있지 않느냐, 주말이면, 혹 방학이면 마음대로 교외로 나갈 수도 있고 산간에서 하루를 쉴 수도 있지 않느냐고. 반드시 일 년 열두 달을 그런 곳에서 지내야만 삶의 의미가 생기는가. 누구는 그런 생각이 없어서 매일 답답한 교실에서 이러고 지내는 줄 아는가, 한가하다 못해 시건방진 생각이라고. 평범함 속에서 참된 진리가 있음을 너는 깨닫지 못하는가. 자아폐쇄증이거나 반대로 자신의 정신을 과대 포장한 결합성 파라노이아에 걸린 환자가 아닌가, 너라는 인간은.

평범하게 살아가자는 그들의 말은 다 옳은 말이다. 나는 그런 비난에 조금도 맞대응할 생각은 없다. 그들의 정직한 행동과 말은 충분한 타당성을 지녔다고 인정한다. 그러나 세상을 형상한 물상들의 생태가 반드시 그 어떤 법칙에 따라야 한다거나 일정한 규격을 지니고 있어야 한다는 그들의 인식에는 의견을 같이하지는 않는다. 다 알지만 어쩔 수 없는 것이 아니냐는 투의 의견을 듣고 싶은 것이 아니다. 내가 보고 느낀 사물의 조각들은 모두 각각의 것으로 이루어진 전체임을 말하는 것일 뿐이다. 그러한 생각에서 나는 그들의 충고를 고맙지만 거절하겠다. 산과 물과 공기는 물론 이곳에도 있고 산중에도 있다. 아프리카 콩고에도, 아마존 밀림에도, 열사의 사막에도. 그것은 인간다움에서 벗어난 산이고 물이고 공기임을 말했을 뿐이다.

   그렇게 평범한 동료들의 비웃음도 그리 평범하지 않음을 또한 나는 알고 있었다. 평범하다니, 절대로 그들은 평범하지 않았다. 모든 생활에서 그들은 평범함을 추구하면서 정신은 스스로를 폐쇄시키는 재주가 있는 그들이었다. 다른 교사의 장점을 내세우기보다는 슬쩍 그의 장점을 앞세우고 끝으로 한 마디를 덧붙인다. 다 좋은데 그런 점 때문에 좀······. 퇴근 후의 술자리도 흔하지만, 학생들의 성적과 학부모, 스포츠와 TV, 아파트와 승용차, 술집 마담의 풍만한 가슴이 그 자리를 채운다. 물론 모두 평범한 일상사와 직업적 관심의 증폭이라는 점에서 비난받을 일은 아니다. 그러한 이야기가 우리들의 피곤을 덜어주고 다음의 건전한 생활을 위한 어쩌면 필요악적인 요소도 갖고 있을 것이다. 그러나 무언가 허전함이 자리 잡고 있음을 깨닫는다.

   수천 년 동안 흘러온 민족의 이동과 현실 물상들의 행태, 선인들의 찬란한 정신적 자취의 향기, 수많은 전쟁과 그 참상의 역사, 예술의 깊이와 현대인의 몰개성, 종교와 죽음의 현대적 의미, 가까이는 민족 통일과 그 정체성의 윤곽……. 그 모든 것들은 어디에서 숨을 죽이며 햇빛 볼 날을 기다리고 있는가. 가끔 이런 이야기가 아주 조심스럽게 술자리에 오르면 그들은 진부한 쇠똥이나 보듯 몸을 한껏 뒤로 젖히며 하품 어린 표정으로 그 대화를 슬쩍 피해 가는 것인데, 그러한 것들은 진정 우리들의 자리에서는 금기로 이해되어야만 하는가. 너 나 없이 이십 대 초반에 겪었던 몇 잔의 먹물 먹은 경험이 발바닥에 요상하게 깔리는 그런 자리에 나의 진정은 발붙일 곳이 드물었다.

이런 것만이 직장을 뛰쳐나올 이유만은 아니었다. 피곤했다. 학생들의 맑은 표정에서 조금은 씻겨지기도 하지만 그러나 근본적인 피로감은 이젠 내 몸 바닥에서부터 차곡차곡 차 올라와서 이젠 목구멍에서 꼴깍대고 있었다. 변함없었던 반복. 그리고 변함없을 반복의 미래에서 내 모습은 내가 아니라 이중의 마스크로 변장한 배우에 지나지 않을 것이다. 아니 나만이 아니라 동료들도 실은 자신을 드러내지 않는 마스크의 천재들인지도 모른다. 자신을 드러내지 못하는 자아상실증 환자. 우리들의 진정한 모습이었다. 우리 모두 그 병원체를 몸 깊은 곳에 키우면서도 그것을 감지할 기능은 정지된, 진정한 치유불능의 환자들의 모습에 더 견디기 어려웠다. 나의 마스크와 아내의 마스크, 우리들의 집과 우리들의 삶.

그리고 또 하나의 이유라면 이런 이유가 마음의 한 구석에서 나를 노려보고 있었다. 윤곽도 보이지 않는 소설쓰기의 작업. 그건 참으로 어려운 일이었다. 나에 대한 확신에서부터 비틀거리는 수준으로 소설쓰기에 힘을 쏟는다는 것은 희미한 안개 속에서 허우적거리는 나를 찾는 작업과 같이 허망한 것이다. 그러나 지금까지 견뎌 온 힘의 바닥에는 소설에 집착하는 오기가 있었기에 가능했다는 사실을 부정하지 못한다.

이젠 아내와의 평범을 가장한 마스크를 벗어치울 때가 왔다. 이런 말들을 아내에게 이해시키기에는 나 자신을 감당할 수 없을 것이다. 역시 피곤이 가로막고 있기 때문이다. 삶의 표정을 읽어버리고, 어쩔 수 없이 만들어진 일정한 궤적을 따라 생활하는 것도 이젠 한계를 느꼈다. 그리고 사직서를 냈다. 아내에게 설명하기에는 역시 피곤했다.

아내와 나는 처음부터 아귀가 잘 들어맞을 성격을 갖고 있었지만 서로 거리를 좁히는 데는 실패했다. 물론 그 원인의 깊은 곳에는 아내의 불임이 있기도 했지만, 그러나 그건 그리 중요한 문제가 아니었다. 우리는 평범하면서도 사실은 평범함을 거부한 삶에 조금씩 발을 들여놓기 시작한 것이 잘못이었다. 불임 문제만 제외하면 우리는 행복의 조건에 충족할 수 있었다. 같이 그 이야기를 나눈 적도 없었고, 해결을 위한 의사의 조언을 들을 기회도 갖지 않았다. 행복할 수 있는 길을 거부하는 아주 작은 문제에 정면으로 부딪히지 않고 자신에게 맞지도 않은 엉뚱한 마스크로 서로를 가리면서 10년을 지내왔다.

　이 한여름을 고성에서 보낼 것이다. 서울의 잡것들이 구더기처럼 우글대는 바닷가가 아니라 산속 깊은 곳, 몇몇 등산객이나 탐승객들이 가끔 들르거나 현실적 기구의 장소로 인식하는 순박한 아낙들이 찾아오는 깊은 곳, 그곳은 건봉사였다. 금강산 끝자락 하나가 북으로만 뻗어가다가 슬며시 아래도 흘러내려 남향으로 완만하게 펼쳐진 곳에, 선인들이 깎고 다듬어 번뇌의 늪에 잠긴 중생들을 제도하는 터가 바로 그곳이었다. 아직도 육군 부대가 호위하듯 둘러싼 산속 깊숙한 그 곳에 가서 여름을 보내리라. 천년의 그림자가 아직도 나무 끝에서부터 샘터의 깊숙한 지층까지 서려있는 곳. 지난 전쟁의 어두운 상처가 그대로 남아 있어 새로 지은 절집의 형세와 맞지 않는 모양새도 나는 사랑할 수 있는 곳이다.
　그곳에서 나는 죽어버린 마스크를 벗어던지고 나를 투명하게 나타낼 수 있는 마스크를 만들어 보리라. 그러나 만들기만 할 뿐 다시는 얼굴에 덮어쓰는 어리석음은 되풀이하지 않겠다. 혹시 아내가 찾아오더라도, 나는 그를 계곡의 찬물로 얼굴을 씻기고 돌려보내리라. 이젠 모두 허물을 씻어버릴 때도 되었으니까.

강쇠바람을 기다리며

1

 소나기라도 한바탕 쏟아지려는지 무거운 암회색 구름이 습습한 공기를 덥고 있었다. 월요일부터 바람이라고는 한줌 불지 않았다. 입추를 넘긴지도 일주일이 다 되건만 복더위는 계곡의 진물 한 방울까지 짜내려는지 계속 이어졌다. 일기예보에는 지구온난화의 징후가 올해처럼 무더위를 몰고 왔다고 계속 떠들고 있지만, 막상 그 말을 하는 TV의 기상캐스터가 정장을 쫙 빼입고 떠드는 모습에 정진구는 더욱 신경질이 나는 것이다. 여름이면 이 곳은 항상 늦가을처럼 차가운 계곡물에서 피어오르는 냉기와 산기운의 서늘한 한기가 아침저녁으로 불어오곤 했기에, 한낮의 더위 정도는 그늘 밑 평상에서 낮잠 하나로 어느 정도 견딜 수 있었다. 혹은 가게에서 피서객들과 실없는 한담을 나누면서도 낡아 빠진 모터소리가 요란하지만 그런 대로 잘도 돌아가는 선풍기 바람으로 약간은 더위를 식힐 수 있었다. 그러나 올해는 아니었다.

밤이면 찔끔찔끔 불어오는 바람도 영 성에 차지 않는 것은 그렇다 치고 새벽까지 잠을 설치게 만드는 열대야는 도무지 견딜 수 없었다. 서울이나 남쪽 지방의 무더위를 TV로 보면서 남의 나라 풍경쯤으로 거리를 두고 보던 예년과는 너무도 달랐다. 냇물이 세 곳의 산자락에서 흘러내리는 탓에 항상 시원한 냉기를 품던 이곳에 웬일인지 바람이 약속이나 한 듯 뚝 그쳐버린 것이다. 한낮의 무더위에 바짝 달아오른 광장의 아스팔트와 슈퍼의 벽돌 건물에서 전해지는 열기와 습기는 새벽까지 이어져서 밤새 잠을 설치게 만들었다.

「제기랄. 소나기 구경이라도 좀 해야 쓰겠네. 그냥 소나기가 아니라 아예 양동이로 퍼붓듯이 왕창 쏟아져야지 이거 원 어디 견딜 수 있나. 바람도 몽땅 어디로 피서라도 가 버렸나. 정말 미치겠네.」

한바탕 떠들어 대자,

「사람이라도 많이 와 줬으면 그나마 바쁜 탓으로 더위도 잊겠네만, 이거 냉막걸리라도 한 잔 걸쳐야 살겠어.」

마을 휴양지 매표소 박성기가 반바지 차림에 웃통을 벗어부치고는 신문지로 연신 부채질하면서 매표소 앞에 앉아 투덜대면서 맞받았다. 피서객도 더위 먹었는지 매년 이맘때면 광장에 승용차

대기도 힘들 정도로 많이 찾아왔지만, 지금은 주차 공간이 텅 비어 있었다. 그러니 한여름 장사로 먹고사는 진구는 답답하기만 했다. 요 몇 년간은 그래도 봄가을에 띄엄띄엄 찾아오는 탐방객이나 등산객이 뿌리고 가는 푼돈이 만만치 않았고, 한여름 피서객들의 손은 그야말로 한철 장사로 두어 계절 먹고산다는 말이 나올 정도로 쏠쏠이가 컸다. 덕분에 작은 슈퍼를 이층 벽돌집으로 개조까지 하고서 이번 여름을 벼르고 있었다. 그런데— 이놈의 날씨가 영 도와주지 않는 거였다.

「더위도 웬만해야 사람들이 움직이지. 이건 아예 사람 잡네 잡아……. 이러니 어느 미친놈들이 대낮에 돌아다니겠어. 집구석에 푹 파묻히는 게 백 번 낫지.」

성기도 어지간히 지친 모양이었다. 사십 중반에도 상체 근육이 유난히 두드러져서 그리 덥지 않은 날도 슬며시 웃통을 그냥 내놓고 슬슬 돌아다니기를 좋아하는 성격에 오늘은 아예 반바지 하나로 번들거리는 등판과 이마의 땀을 수건으로 닦아내면서 연신 신문지를 부쳐댔다.

「어이, 아무래도 막걸리 한 잔은 걸쳐야겠어. 이리 와서 한 잔 해!」

진구가 성기를 부르면서 고개로 슈퍼를 가리켰다. 어차피 한 잔은 해야 할 일이었다. 기다렸다는 듯이 성기가 수건을 어깨에 걸치고는 슬슬 걸어들어 왔다. 슈퍼 안도 밖이나 매 한가지로 후덥지근한 기운이 십여 평 매장 안에 잠겨 있었다. 진구는 선풍기

틀었다. 요란한 소리가 매장 속을 휘저었다. 해원이가 혼자 지키고 있다가 어른들이 들어오자, 살았다는 표정으로 아이스크림 하나를 꺼내들더니 후딱 밖으로 나갔다. 딸애가 방학하고 계속 매장에만 매달려 있어서 항상 불만스러운 마음으로 지내왔다는 것을 진구는 잘 알고 있었다. 아마 냇가로 달려갔을 것이다. 저노므 지지바가 맨날 아이스크림만 먹고는 살만 뒤룩뒤룩 지고……. 진구는 딸애의 공부에는 큰 관심이 없었다. 그저 집 잘 지키고 에비 말만 잘 들으면 다행이라 여겼다. 그런 년이 뭐 어쩌구 어째?

진구는 두어 살 아래인 성기와 의논할 일이 있었다. 해원이 문제였다. 장녀인 해원이는 중학교 1학년이고 성기 아들놈은 2학년이었다. 진구는 냉장실에서 차가운 막걸리 한 통을 꺼내 몇 번 돌리더니 마개를 따고는 종이컵 두 잔에 가득 따랐다. 시원했다. 이런 더위에는 냉수를 아무리 들이켜 보아도 냉막걸리를 따를 수는 없었다.

「갈증에는 그저 막걸리 뻑뻑한 게 제일이라니. 더위가 싹 가시네. 근데 성님네도 이번 여름에는 재미 못 볼 모양이지?」

「첨에는 그런 대로 되더니 날씨가 말해주네. 꼼짝거리기가 싫은데 어느 놈이 이곳까지 오겠나. 그건 그렇고 애 엄마는 요즘 좀 어때?」

「아이, 재수 없으려니 별 일 다 생기지 뭐요. 하필이면 우리 마누라한테 그 모양이니……. 병원에서 나왔쉬다. 그저께. 앞으로 반 달 정도 깁스를 하고 다니라니, 이 더위에. 것도 하필 성님 차에 그 모양이니 뭐랄 수도 없고…….」

 진구는 알고 있었다. 다른 놈 같았으면 아마 돈 서너 백 정도는 받아낼 인간이었지만, 마을에서 하루 걸러 보는 사이라 그만 치료비로 그친 것이다. 며칠 전 성기 마누라의 경운기 사고였다. 그것도 진구가 모는 차를 피하다가 다친 거였다. 저녁부터 몇 잔 걸친 진구가 커브 길에서 담뱃불을 붙이다가 잠시 한눈파는 사이에 마주 오는 경운기를 미처 보지 못하고 살짝 부딪쳤는데, 거기에 성기 마누라가 타고 있었던 것이다. 당시에는 큰 상처가 없었지만 다음 날 자고는 일어나지 못한다는 거였다. 진구는 성기에게 술 몇 병과, 병원비 몇 푼 전하고는 그동안 뜸하게 지내왔었다. 성기는 일정한 직업이 없고 그저 산판 일이 있을 때나 마늘밭이나 배추밭 일손이 부족하면 며칠 움직이고 몇 푼 버는 신세였다. 도무지 일정한 직업이라고는 장가 간 후에 제대로 가진 적이 없었다. 그러니 마누라가 이곳저곳에서 품 팔면서 집안일을 겨우 세워나가는 형편이었다. 이번 여름에는 휴양지 매표소에서 심심풀이로 나와 잠시 일 봐주고는 술값 담뱃값이나 얻어 쓰고 있었다.

「미안하네. 정말 재수 옴 붙으려니 이 모양이지. 근데 그건 어떻게 됐나? 아들내미 말이야.」

「그거 참, 선상놈들이 원래 쪼다리 같은 놈들 아뇨? 꿩 고 먹은 소식이라 가물치 콧구멍이오. 이 새끼들 내 지금 잔뜩 벼르고 있다니. 쌍노므 새끼들 같으니.」

 아들내미란 성기 큰아들 성진이었다. 중학교 수학여행을 제주

도로 갔다가 밤에 선생에게 두들겨 맞은 것이다. 그것도 엎드려 뻗쳐 자세로 그냥 발길질 당한 모양이었다. 구경한 친구들 말을 들으면, 선생 발길질 한방에 그대로 붕 떠서 벽 쪽으로 나뒹굴었다나. 지난 6월에 있었던 일인데 아직도 학교에서는 미안하다는 말 한마디 없이 뭉그적거리고만 있는 꼴에 성기의 화가 머리끝까지 뻗친 것이다. 몇 번의 전화로 항의도 하고 사과를 요구했지만 교장만 죄송하다는 커피 한 잔이 고작이고, 당사자는 당당하게 고개를 독사 대가리처럼 바짝 쳐들고 쏘아볼 뿐이었다. 항의하러 간 교장실에서도 그놈은 고개만 빳빳이 들고는 헛소리만 지껄여 댔던 것이다.

「제가 손을 댄 것은 미안합니다. 그건 미안하지만, 지금 학부모께서는 아이들 말만 듣고 잘못 생각하고 계신 겁니다. 그 날 밤에 아이들이 술과 담배를……」

「아니 이 보오. 나도 들을 건 다 들었소. 당신이 우리 애를 발로 걷어차서 애가 벽으로 그냥 나가떨어졌다고 하는 것, 다 들었소. 그게 선생이오, 아니면 깡패요?」

「그게 아니라는데 그러네요. 발길로 애를 찬 일도 없고, 일어서라고 말해도 그냥 빤히 쳐다보면서 앞에 놓인 술을 치우지도……」

「거참 정말 신경질 나게 하네, 이 사람. 아를 걷어찬 게 맞소, 안 맞소? 그것만 말하쇼. 내 아들이 술을 마셔? 들어보니 그냥 음료수를 마시고 있었다고 하던데? 당신이 자꾸 그따위로 말을 돌리니 내 부아가 터지겠소, 안 터지겠소? 어디 말해 보쇼.」

분통이 터지는 통에 애꿎은 탁자만 주먹으로 냅다 쳐버렸던 것이다. 커피잔이 요란하게 울리는 소리를 들으면서 그냥 교장실에서 나와버렸다. 그게 방학하기 며칠 전이었다.

「이 쌍노므 새끼들을 볶아먹을지 삶아먹을지 내 지금 생각 중이오. 생각할수록 화가 나는 판인데, 이번엔 또 대단찮은 일로 학교로 오라 가라 지랄을 떠니. 요 선생놈들 이번 판에 아예 작살내 버릴란다. 방학 중에 웬 지랄이여, 지랄이.」

성기는 말하면서 흥분이 도졌는데 가뜩이나 더워 먹은 얼굴이 더욱 붉어지면서 막걸리 잔을 단숨에 비워버렸다. 자기 말에 자기가 흥분하는 모양을 묵묵히 보고만 있던 정진구는 다시 막걸리를 따르면서 목소리를 낮췄다.

「그 일을 그렇게 떠들어댄다고 선생들이 눈 하나 깜박할 줄 아나? 가들은 그냥 전근 가버리면 그만이고, 우리 입만 아프게 돼. 그러니 다른 방법으로 해결 봐야지. 안 그래?」

진구의 작은 눈이 깜박이면서 은근하게 성기를 쳐다봤다.

「성님은 좋은 방법이 있소? 그노마들을 팍 기게 만드는 방법이나 말해 보소.」

「자네 애 얘긴 그만 하세. 사실 나도 요즘 벨노므 꼬라지 다 보고 사네. 다름 아니라 방학 직전에 학교에서 오라고 연락이 왔었거든. 딸애 문제로 좀 얘기라도 나누자는 전환데, 내가 원래 학교 따위와는 상대를 하지 않는다는 건 자네도 잘 알잖는가. 그래서 마누라를 보냈지. 그런데 이노므 마누라가 돌아오자마자 푸르락

누르락하면서 야단이네. 얘긴즉슨, 우리 얘가 남학생들과 밤에 같이 어울리면서 돌아친다나. 더구나 같이 술담배도 한다고 하니 내 참 기가 막혀서. 아니, 자네가 생각해 보게. 우리 아가 무슨 나쁜 짓을 할 앤가. 공분 잘 못해도 집안 자자한 일거리는 다 하고 동생들 봐 주는 것 보게. 뭔 일이 있어도 인상 한 번 안 찌푸리면서 꾸역꾸역 맡긴 일을 탈 없이 해 내는 아가 아닌가. 그런 아를 저 선상놈이 어떻게 밉게 봤는지 개 눈에는 똥만 보인다고 지 눈깔이 덧씌워지니 남의 아도 개눈깔으로 보이는 모양이니, 인냐들을 어떻게 볶아쳐먹나 내 요즘 그 생각에 머리가 빠질 지경일세.」

「성님도 내 생각과 어찌 그리 똑같소? 날은 더워 죽겠는데 그 일만 생각하면 정신이 번쩍 드오. 하여튼 이거 가만히 있으면 정말 속 터질 일이고 해서, 내 조만간 무슨 일이라도 벌려야 살겠소.」

둘은 더위 속에서 막걸리를 대여섯 병이나 해치우고는 해가 뉘엿거릴 녘에야 헤어졌다.

사실 진구는 학교 일에는 별 마음이 없었다. 당장 풀칠할 일도 급한데 쫀쫀하게 아이들 일에 끼어든다는 것이 꼭 팔푼이처럼 느껴졌었다. 그러나 일이 생기려니 묘하게 틀어졌다. 학교 선생의 말 속에, 자기 딸애가 집에서 파는 담배를 학교에 가져가서 학생들에게 몰래 전해주거나 팔아먹는다는 말도 덧붙였던 것이다. 그걸 선생들은 다 알고 있었는데, 부모인 자신에게는 맨 나중에 알려줬다는 말까지 전해 듣고는 열이 바짝 올랐다. 도무지 성에 차지 않았다. 이놈들이 좋은 얘기도 성에 안 차는 판에 꼭 그따위 터무니없는 소리만 지껄이는 것이 더욱 성미를 돋웠다. 애 성적이야 초등학교 때부터 그리 신통찮았고, 또 그런 점은 신경 쓸 것도 없었다. 지지바는 그저 고등학교나 나오고 시집이나 잘 가면 젤이지. 그까짓 성적이야 누가 학교 가서 장부 펴 보는 놈이 있을라고. 그리고 딸애에게 물어보니, 그런 일은 있을 수 없다는 건 아빠가 더 잘 알고 있으면서 그런 얘길 하냐고 빤히 나를 째려보기까지 했던 것이다.

그리고 가끔 우리 가게에 와서 술을 마시는 선생들이 노는 꼬라지도 영 마음에 들지 않았다. 우리가 모여서 술을 마시면 그저 몇 푼 술값을 한 사람이 계산하는 게 상례인데, 그놈들은 어쩐 일인지 꼭 여럿이 추렴해서 술값을 내곤 하는 꼴이 진구의 마음을 긁어댔다. 쪼다들처럼 노는 꼬라지하고는. 쯧쯧 빌어먹을 자식들 같으니.

「저녁 할래요?」

마누라가 두 아이들과 밥상에 앉아 밥을 푸면서 둘이 술이나 퍼마시는 꼴에 마뜩잖은 표정으로 말하자, 방안을 그냥 쓱 내리훑고는 남은 술을 그대로 마셔버렸다. 어머니가 보이지 않았다. 오늘도 그런가……. 작년부터 슬슬 '끼'가 나오더니 올봄부터는 노골적으로 헤매고 다녔다. 건넛방에서부터 풍겨 나오는 고약한 냄새가 주위로 번지기 시작하면 마누라는 요강부터 방안으로 들고 들어갔다. 아이들은 아예 할머니 곁에도 가지 않았다.

'제기랄 노므 것. 제대로 되는 일도 없어. 어머이까지 속 썩이고 있으니. 언제까지 저렇게 살 작정이냐.'

팔순을 바라보는 어머니의 그런 행동이 여기서 멈출 것 같지가 않았다. 앞으로 얼마나 더 속을 썩이고 세상을 떠나게 될지 그저 까마득할 뿐이었다. 그리고도 밥은 꼬박꼬박 한 그릇씩 비우지 않는가. 진구는 담배 연기만 길게 내 뿜고는 광장으로 눈길을 돌렸다. 반바지 차림의 젊은 남녀들이 서로의 허리를 바짝 끼고 잔디밭 텐트 쪽으로 가고 있는 모양을 보니 절로 얼굴이 찌푸려졌다. 다시 딸애의 생각에 미치자 아무래도 오늘 밤에 해원이를 세워놓고 단단히 살펴봐야겠다고 생각했다. 이대로 있을 수는 없는 일이었다. 그리고 선생들이 평소 지내는 행동도 자세히 물어볼 필요가 있었다. 그놈들이라고 만날 신선처럼 행동할 수는 없는 일일 것이다. 밖이 어둑해지자 진구는 수건 하나 집어 걸치고는 냇가로 나갔다. 더위에 술까지 마셨더니 속이 느글거리고 온몸이 끈적거렸다.

매표소에서 나온 성기는 술기와 더위가 뒤섞여 기분이 한껏 틀어져 있었다. 그대로 집에 갈 마음이 아니었다. 만만한 놈들한테 좀 더 떠들어야 직성이 풀릴 것 같았다. 돌아다니는 사람들은 죄다 피서객들뿐이고 알만한 녀석들이 눈에 띄지 않았다. 모두 방구석에 늘어졌나, 아니면 냇가에서 소주 추렴이나 하고 앉았나. 냇가 건너 큰길에 주유소에서 방금 외등을 켠 모양인지 불이 들어와 있는 것이 보였다. 그러자 동출이의 물방개처럼 반들반들한 얼굴이 그려졌다. 서울서 태어나서 중학교까지 다닌 걸 은근히 자랑하는 놈이었다. 평소 서울 말씨를 탁탁 내뱉는 것에 밸이 꼬였는데 지금은 그 녀석과 한잔하면 기분이 좀 풀릴 것도 같았다. 동출이 딸애도 성진이와 같은 2학년이었다. 성기는 갑자기 어떤 생각이 스치자 발길을 급히 그리로 옮겼다.

2

하루 매상을 계산하며 어름거리는 마누라의 표정이 그리 밝지 못한 것을 보며 동출이는 담배만 세게 빨아 당겼다. 밑천이 달랑거려서 몇 달 잘 쉬다가 피서철을 맞아 어찌어찌 융통해서 겨우 오픈한 지 이제 세 주째였다. 전에는 외상으로 기름을 대 주던 본사에서 이젠 현금 결제가 아니면 상대를 하지 않았다. 그래도 피서철이어서 이럭저럭 수지를 맞추긴 하지만 여전히 굴러가는 게 영 신통찮아서 저녁만 되면 하루 매상에 신경이 쏠리는 건 어쩔 수 없는 일이었다. 마누라가 소파에 털썩 주저앉자 짧은 반바지 밑으로 허연 허벅지가 그대로 드러났다. 그걸 보니 동출이는 다시 심통이 터졌다. 도무지 여편네들 하는 꼴이 저 모양이었다. 뻔히 드러나는 다리통을 뭐 그리 자랑할 거라고 반바지를 입어도 꼭 엉덩이에 거의 달라붙는, 어린애에게나 어울리는 옷을 입는 것이었다.

이 동네에서 자신의 나이에 비해서 마누라가 가장 젊은 축에 속한다는 것을 염두에 두며 지내지만 역시 마음이 뒤틀렸다. 마흔 여덟에 서른일곱. 나이 차가 벌어지는 만큼이나 얼굴이 반질반질했고, 요즘 허리춤이 늘어났다고 밤낮으로 홀라후프를 돌려대는 것도 못 말리는 일 중의 하나였다. 이상하게도 저놈의 마누라는 방안이라든가 뜰에서나 돌릴 일이지 꼭 사람들이 오가는 밖에서만 허리를 돌려대고 지랄이었다. 유난히도 흰 피부의 몸매를 자랑이라도 하듯 히프를 돌려대면 배꼽 아래만 겨우 닿을 듯이 입은 티셔츠가 위로 당겨져서 배꼽과 등판이 그대로 드러났지만, 마누라는 도무지 신경 뚝, 여전히 돌려대는 데만 열중이었다. 그런데도 꼭 아이들이 쓰는 모자를 푹 눌러써서 언뜻 보면 이십 대 후반의 처녀처럼 행동했다. 동출이는 속에서 끓어오르는 핏대를 그렇다고 마누라에게 퍼부어 댈 수는 없는 일이었다. 무슨 마땅한 '꺼리'가 없었다. 한 마디 하면, 허릿살 때문에 옷도 못 입겠다고 말할 것이고, 요즘 여자들 옷이 다 이렇게 짧은데, 그래도 난 순성이 엄마처럼 배꼽티는 입지 않았노라고 하면 뭐라고 대답할 말이 없을 것이다.

  마흔 여덟의 사내가 삼십 대 젊은 마누라와 같이 살아간다는 즐거움과 밤에 가끔 나누는 성적 매력이 슬슬 고개 숙이는 자신에게 위안도 되는 바지만, 이상하게도 심술이 치밀어 오르는 것을 막을 수는 없었다. 사회 활동이랍시고 가끔 시내에 가서는 밤늦게 돌아오는 것도 신경 쓸 일이었다. 무슨 일이 그리 많은지,

새마을부녀회, 학부모 위원, 녹색어머니회 부회장, 주부연합회, 여성농업인회, ……. 이외에도 이름조차 생소한 단체에 이끌려 하루저녁도 제대로 집에 붙어 있는 적이 없었다.

「이 형, 계십니까?」

밖에서 나는 소리에 동출은 대뜸 박성기인 줄 알았다. 반쯤 맛이 간 허스키 목소리가 굵게 새어나오는 사람은 이 동네에는 그밖에 없었으니까. 동출이는 순간 마누라를 살폈다. 사무실에서 사라졌으면 하는 심정이었지만 도무지 일어날 생각을 하지 않고 도리어 소파에 더욱 몸을 묻으면서 다리를 꼬고 앉는 것이다. 희고 풍만한 허벅지가 전등불 아래에서 환하게 드러났다.

「이봐, 거 사람이 오면 좀 점잖게 앉아라. 아니면 옷 좀 갈아입고 나오던지.」

마누라는 입을 삐죽 하더니 일어나서 커피포트을 들고 밖으로 나갔다. 이어 성기가 들어왔다.

「이런 날에 그냥 죽치고 있소? 난 슬쩍 한 잔 걸치고 오는 길이오만.」

「나야 뭐 워낙 술을 안 하니 그렇지만, 이 더위에 그래도 한잔 할 기분이 있는 모양이오. 여보, 여기 냉커피 좀 만들어!」

성기는 소파에 비스듬히 앉아 담배를 물었다. 방충망을 뚫고 들어온 하루살이들이 까맣게 붙어 있는 형광등을 향해 몇 번 담배 연기를 내 뿜던 성기가 고개를 동출이에게 돌렸다.

「미숙이도 우리 애와 같은 반이지, 아마? 뭐 좀 상의할 일이 있어서…….」

「미숙이는 방학하자마자 서울 고모 집으로 보냈지. 뭐, 다른 일이라도 생겼소? 아, 수학여행 갔다가 생긴 일이 아직 끝나지 않았다고 들었는데?」

「바로 그거요. 그놈들이 아직도 입 싹 닦고 있는데, 며칠 전 학교에서 연락이 왔는데, 아이들이 몇이 모여서 작당을 쳤다나 어쨌다나. 학교 앞 성일이 할아버지 빈집이 있잖소? 거길 들어가서 온통 난장판을 만들고 했다는데, 우리 아이에게 들어보니, 자긴 처음부터 가지 않았고 최병열이 집 아들놈이 가장 먼저 들어가서 우리 애를 불렀다고 그러던데. 학교서는 우리 애가 먼저 설쳤다는구만. 거 빌어먹을 새끼들은 그저 우리 애만 못 잡아먹어서 지랄이라, 샹노므새끼들 같으니.」

성기는 거의 다 피운 담배꽁초를 엄지와 검지 끝에 잡고는 다시 크게 빨아 당기고 성급하게 바닥으로 던져서 슬리퍼로 비벼댔다.

「내, 이놈들을 그냥 놔두나 봐라. 내가 좀 집구석에 붙어 있다고 장기판에 쫄로 보나 개새끼들. 청와대로 진정서나 콱 올려버릴까 보다.」

동출이는 그 말을 듣고 미숙이를 떠올렸다. 딸애는 학교에서 귀염 받는 편이었다. 인물도 괜찮고 성적도 반에서 1등이 아닌가. 그래도 역시 선생들은 눈에 거슬렸다. 좀 배웠다고 거들먹거리는 것도 꼴같잖고, 비록 자신은 중학교밖에 못 나왔지만 그래도 수돗물은 좀 마신 편이라 이런 촌에서는 그런 대로 먹혀드는 처지였다. 더러운 건 선생들이 도무지 내 가게에서 기름을 넣지 않는 다는 것이었다. 출퇴근 때면 그놈들이 그냥 본 체도 않고 집 앞을 내달려가는 꼴이 영 시답잖게 보였다. 또 그들 숙소에서 때는 기름도 우리 것은 아예 쓰지도 않고 십 리나 떨어진 명진이네 기름을 쓰고 있다는 것에도 평소 마음에 새겨 두었었다. 그런 판에 성기가 불만을 내뱉자 자신도 모르게 맞장구가 튀어나왔다.

「선상들이란 게 원래 쫌팽이들이라 하는 짓거리가 웃기는 정도가 아니지. 박 형도 아다시피 전에 그 음주운전 사건 말이오. 그게 될 말이오? 멱살잡이로 좀 나갔다고 칩시다. 그렇다고 멀쩡한 놈을 고발이 다 뭐요, 고발이. 하여튼 좆같은 새끼들이라니까.」

음주운전 사건. 돼지 치는 마을 3리 이장이 밤늦게 술 마시고 돼지 차 운전하다가 길거리에서 어떤 선생과 시비가 붙었는데, 그 옆에 있던 다른 선생이 파출소에 신고를 해 버렸던 것이다. 워낙 심하게 마신 판이라 아예 운전면허가 취소돼 버려서, 돼지 장사로 출입이 잦은 이장이 지금도 아주 곤경에 빠져 있다고 들었다. 그 사건 이후 마을 술꾼들과 학교는 미묘한 간격을 아직까지 서로 메우지 못하고 있는 것이다.

이때 마누라가 냉커피 두 잔을 들고 들어왔다. 동출이는 순간 아래편으로 눈길을 주었다. 역시 그대로였다. 살지고 허여멀쑥한 허벅지가 그냥 드러나는 반바지에, 탁자 위에 커피를 놓을 때 허리의 허연 살갗이 그냥 드러났다. 게다가 티셔츠 앞단추는 왜 다 풀어놨는지 앙가슴의 터질 듯한 굴곡이 고스란히 성기 바로 눈앞으로 벌어졌다. 성기는 취한 눈으로 가슴 부분에 눈길을 보내면서 말했다.
「아, 시원하네요. 이런 날엔 이런 냉커피 한 잔으로 속을 달래면 세상 걱정이 싸악 가십니다. 하하하. 그런데 아주머니도 같이 하시지 그러세요? 우리만 마시기 좀 그러네요.」
그렇게 히죽거리면서도 눈길은 동출이 마누라의 위아래를 살살이 살피는 거였다.
「아이, 성진이 아버진 농담도 잘 하셔. 커피야 아무데서나 마시면 되지. 평소 걱정 없이 지내시는 분이 무슨 걱정이 그리 많다고 이러실까.」
「거 참, 밖에 차가 왔잖아. 빨리 나가보라니.」
동출이는 소리를 꽥 질러댔다. 마누라는 창밖을 흘끔 보다가,
「그냥 지나가는 찬데 왜 그리 소리는 질러대고 이래 이 양반이. 날도 더워죽겠는데 별꼴이야.」
하고는 엉덩이를 흔들면서 문을 쾅 여닫으며 나가버렸다.
「저노므 여편네가 어디다가 성질을 부려, 부리기는. 에이 빌어먹을. 요즘 왜 이렇게 일이 잘 안 풀리지? 박 형도 그렇고 나도 그렇고.」
「요즘 부인네들이야 다 그렇지 뭐, 다른 게 있겠소. 그래도 박 형은 미인 아주머니를 둬서 좋겠소. 또 이 동네에서 젤 활동적이고. 하시는 일이 좀 많소? 하하하」
웃음에 어떤 야릇한 그림을 넣고서 지껄이던 성기가 뚝 그쳤

다. 동출이를 빤히 쳐다봤다.

「우리 애들에게 자세히 물어봐서, 평소 선생들이 학교에서 어떻게 지내는지, 수업에 뭘 가르치는지 알아봐야 되지 않겠소? 수고스럽겠지만 이형도 딸애가 서울 갔다니, 돌아오면 이런 걸 좀 자세히 알아주면 좋겠소. 어차피 우린 아를 맡기고 있는 형편이라 약점을 잡지 못하면 그놈들에게 꿀리는 수가 있어서. 그렇게 해 줄라오?」

「빌어먹을. 좋아, 그렇게 해 봅시다. 그간 것들, 한 번 씹어나 봅시다. 안 되면 교육청이라도 쳐들어 갈 요량으로 말이오. 한 번 본때를 보여야 그것들이 촌에도 사람 있다는 걸 알게 될 거요. 하여튼 좋소. 그리고 이렇게 만났으니 오랜만에 쐐주나 한잔합시다. 여보! 여기 술 좀 가져 와! 아니지, 아니야. 내가 나가서 사 오겠소.」

「아니, 내가 사 오겠소. 그리고 이래 된 바에 아예 김동호도 부릅시다. 그 집 애도 3학년인데, 아마 같이 작당질을 했다고 하니.」

「그렇다면 아예 더부실에 사는 민희수도 부릅시다. 그집 애도 내가 알기에는 같이 논다고 하던데? 사람이 많으면 좋잖소? 더부를 사람이 없소?」

「그 정도면 대충 된 거요. 사람이 많으면 될 일도 망가지는 수가 있고. 또 아이들 일에 어른들이 너무 모여서 쑥덕댄다는 것도 좀 뭣한데, 그 정도면 될 거요.」

3

 오늘도 피서객들로 만원이었다. 계곡 입구에 사는 사람들은 장사가 안 된다고 아우성이지만, 계곡물을 따라 근 시오 리 정도 들어온 더부실 끝자락에 위치한 이곳은 더 들어갈 곳이 없는 탓인지 피서객들이 들어와서는 이곳에서 짐을 푸는 것이었다. 덕분에 민희수 집을 비롯한 여섯 가구의 민박집은 더 이상 들여 놓을 방이 없을 정도였다. 올해도 한 이천 정도만 벌었으면…… 하는 것이 희수의 바람이었고, 이 상태로 계속 가면 그 이상도 가능하리라는 즐거운 느낌이 드는 것이다. 이곳에서는 희수의 집이 가장 크고, 또 시설도 좋았다. 가장 좋은 점은 좁은 찻길이 끝나는 곳에서 민박을 운영하기 때문이었다. 피서객들이 우선 희수의 집 앞에 정차한 후 숙소를 찾게 되었으므로 항상 만원이었다. 더구나 지난봄부터 이층 통나무로 증축한 점이 맞아떨어졌던 것이다. 언뜻 보기에 이 계곡에서 가장 두드러진 민박집으로 보였고, 또 사실 내용 면이라던가 이곳에서의 오랜 경험으로 보더라도 희수 집이 가장 눈에 잘 띄는 것이 당연했다.
 저녁에는 정신이 없었다. 아홉 가구의 저녁거리를 준비하는 외에 통닭 여섯 마리를 삶아대었고, 그 사이사이에 들르는 사람들의 술상도 봐야 했다. 그러니 서울로 시집간 두 딸들을 피서 겸 불렀고, 포항에서 대학 다니는 셋째 딸과 인근에서 시집가 사는 넷째, 그러고도 부족해서 잔심부름 할 막내아들까지 몽땅 동원된 일거리였다. 딸 넷으로 조잘거리며 살아가다가 아무래도 무언가 부족하다 싶어 마지막 모험을 한 것이 적중하여 늦둥이 아들을 본 것인데, 이제 중학교 3학년이었다. 공부에는 아예 취미가 없고 그저 먹고 자고 노는 데만 인이 박혀서 만날 하교하고는 그저 컴퓨터 앞에서나 텔레비전 앞에서 먹고 자고 놀았다. 그러나 워낙 귀한 자식이라는 생각으로 그냥 내버려두고 있었다. 오늘도 방학 중 무슨 수업인가 한다는 것을 못 가게 말리고는 잔심부름으로 집에 붙여두었다.

　바람이 한 점도 불지 않았다. 희수가 이곳에서 태어나 오십 오 년 동안 살아온 곳이지만 올해처럼 무더운 날도 그리 혼치 않았다. 밤이 이슥하도록 손님들 뒷바라지에 정신이 없었고 온몸은 땀으로 범벅이 돼 있었다. 아무래도 개울가로 가서 몸을 씻어야겠다고 생각했다. 큰 수건과 비누 한 장만 달랑 들고 계곡 상류 쪽으로 들어갔다. 그래도 산기운과 물기운이 좀 남아 있어서 방 안에서 지내는 것보다 한결 시원한 느낌이었다. 잔솔가지가 낮게 퍼진 바위틈에서 옷을 홀랑 벗어던지고는 그냥 물속으로 들어갔다. 시원했다. 개울물 바닥에 주저앉자 가슴까지 물이 차올랐다. 수건을 적셔서 어깨에 걸쳤다. 약간 배가 부른 초승달이 북쪽 하늘에 걸려 있었다. 더위 먹은 별들은 하늘에 박혀 있기도 힘이 들었던지 찰랑대는 개울 속으로 이어져 물이 흘러가는 대로 달빛과 뒤섞여 마치 수많은 보석으로 치장된 거대한 욕조에 자신이 있는 것처럼 느껴졌다.

기분이 상쾌했다. 오늘도 바쁜 만큼 매상이 올랐다. 온 식구가 동원된 고된 노동이었지만, 차곡차곡 쌓이는 지전뭉치가 굳은 피로를 풀어주지 않던가. 수없이 생각해 본 바지만 이곳에 잘 정착했다는 생각이 드는 거였다. 이 모두 다 돌아가신 부모의 은덕이었다. 처음 결혼하고 비짓국도 제대로 먹지 못하던 화전민 신세였을 때, 아버지는 외지로 나가면 막벌어먹더라도 밥은 먹는다며 은근히 눈치를 주었다. 사실 먹을 입을 줄이려는 단순한 생각이었지만 세상 배운 것 하나 없는 일자무식인 내가 외지로 나가 무얼 할 것인가에 걸려 나는 떠날 수가 없었다. 할아버지 대에서부터 그렇게 지내온 곳이었다. 이 궁벽한 곳에서 병원 한 번 못 가보고 아이들을 다섯이나 멍석 위에서 낳아 길렀다. 둘째까지는 대학을 못 보냈지만 그 밑으로는 모두 대학을 보냈고, 장차 이 집을 이어받을 막내 녀석도 물론 능력이 되는 대로 원 없이 공부시킬 것이다. 저것들이 내가 고생한 걸 조금이라도 알기나 할까. 내가 왜 초등학교 중퇴의 쓰린 과거를 갖고 있는지 그 이유를 알기나 할까.

당시에 이곳에서 초등학교까지는 이십 리 길. 걸어 다니는 거야 별 탈이 없었지만, 그러나 그럴 시간이 없었다. 집안의 모든 농사는 아버지와 엄마와 내가 뼈가 휘게 움직여야 했다. 그렇게 일을 해도 항상 배가 고팠다. 요즘 가끔 마누라에게 말해서 국수를 말아먹는다. 호박이나 감자나 다른 푸성귀 따위를 넣지 않고 그냥 맨국수에다 고추장만 풀어서 먹으면 그래도 구수한 장맛에 옛 생각이 나곤 한다. 소년 시절, 산나물이나 버섯 캐러 동네 청년들과 깊은 산으로 들어갈 때면 으레 국수 뭉치와 고추장을 작은 종지에 담아가곤 했다. 산을 휘저으며 돌아다니다가 날이 저물면 나무 밑에 하룻밤을 묵을 장소를 정하고, 준비한 그릇에 국수를 끓이고 고추장을 풀어서 마지막 국물 한 방울도 버리지 않고 먹곤 했다. 허기진 몸에 얼마나 기막힌 맛이었던가!

열 살 무렵이었던가. 어느 초봄의 이른 아침이었다. 그 날은 늦게 일어나도 깨워 주는 분이 안 계셨다. 그럴 수밖에 없는 것이, 아침거리가 없었기 때문이었다. 모두 이불을 뒤집어쓰고 자는 듯 누워 있을 뿐이었다. 엄마만 부엌에서 새벽에 식어버린 구들에 불기를 넣기 위해 부엌에서 서성거렸다. 나는 도무지 누워 있을 수가 없었다. 너무 배가 고팠기 때문이었다. 일어나서 밖으로 나오자, 갑자기 온몸의 모든 신경줄기가 신체의 어느 한 부분으로 일제히 몰려드는 것 같았다. 텅 빈 뱃구레가 뒤틀리면서 눈앞이 부옇게 흐려졌다. 그리고 어지러움이 몰려와서 그대로 맨땅에 주저앉아버렸다. 그렇게 만든 건 바로 밥냄새였다. 외따로 떨어진 우리 집과 가장 가까운 집이라야 소리 쳐도 잘 알아들을 수도 없을 정도의 거리였지만 그 집에서 짓는 아침밥 냄새가 미풍을 타고 강렬하게 내 콧속으로 파고들었던 거였다. 하얀 이밥과 고추장 하나! 그랬다. 더 이상의 바람이 없었다. 그 날 늦게 우리 집은 무얼 먹었던가.

자식들은 그저 편하게 컸다. 둘째까지는 좀 힘들었지만 그 다음부터는 아무 고생은 없었다. 이이들이 이런 일들을 이해할 리가 없을 것이다. 그저 이곳으로 부르면 돈부터 빼 먹을 생각하고 덤비는 딸년들이었다. 막내아들을 그래도 도시 맛을 보이려고 큰딸애 집으로 보냈더니 평소 그렇게도 눈총을 주더라나. 망할 년들. 하긴 평수가 좁아서 아이들 셋이 우글거릴 틈도 없었겠다만. 그래도 전화에 그 요망한 말이라니. 돈 오천만 보내주면 애 공부방을 따로 있는 큰 평수의 아파트로 갈 수 있으니까 아버지가 여유 있으면 빌려달라고 그랬겠다. 할 수 없이 벌은 돈 다 끌어 모아 보냈더니 결국 막내는 서울 생활을 견디지 못하고 이곳으로 돌아오고야 말았다. 그 돈은 언제나 받을 수 있을까. 사위 놈 행세를 보니 받긴 다 틀린 일. 희수는 천천히 씻고 또 씻었다. 달이 저만큼 움직였다.

집에 오자마자 막내가 혼자 저녁을 먹다가 말했다.
「미숙이 집에서 전화 왔는데, 아빠를 찾던데요?」
「미숙이 집? 거기가 어딘데?」
「광장 옆길 주유소!」
「아, 동출이네 집? 그 집에서 왜?」
아들놈은 얼굴도 돌리지 않고 밥 먹기에 열중이었다. 희수는 동출이란 말에 기분이 그리 탐탁지 않았다. 이곳 사람도 아니고, 하는 짓이 티끌 하나라도 손해는 안 볼 서울깍쟁이처럼 달랑거리면서 말도 위아래 없이 대충 반말투로 지껄이는 것이 영 밥맛이었던 까닭이었다. 전화를 거니, 역시 반말 비스무리하게, 누구누구가 여기 모였는데 의논할 일이 있고 해서 한 잔 하러 오라는 내용이었다. 희수는 모인 사람들이 모두 자신보다 어린 동네 사람들이라 의아했지만, 마침 저녁 전이라 속이 출출하기도 해서 차를 몰고 갔다.

4

주유소에 모인 이들은 동출이와 전에 이장하던 김동호, 박성기, 정진구 해서 희수까지 다섯이었다. 이미 감자전 접시 옆에 소주가 몇 병 누워 있었다.

「모일 사람은 다 모였네. 희수 형님과 동호 형님도 오셨으니. 날이 너무 더워서 혼나셨지요? 희수형님네는 요즘 재미가 있다고 들었는데…… 어떻습니까? 아, 우선 한 잔 하시고. 더운 날에는 화주가 젤이라서.」

희수는 마지못한 듯 머뭇거리면서도 빈속이라 받긴 받아서 그냥 마셨다. 식도를 타고 쌉싸래하게 내려가는 술기가 그리 싫지는 않았다. 그냥 술만 마시기가 머시기해서 한마디 했다.

「웬일로 이렇게 다 모이셨나. 더운데 편히 쉬지 않고?」

성기가 땀에 번들거리는 얼굴을 누런 수건으로 닦아내면서 말했다. 벌써 불콰해진 모습이었다.

「뭐, 길게 끌 것도 없이 바로 말합시다. 여기 모인 사람들은 다

중학교에 다니는 아이들이 있는 집이라 그 문제로 의논 좀 할라고 합니다. 학교 선상 놈들이 도무지 우리 알기를 장기판에 쫄로 알아요. 방학 중인데도 오라 가라 하지 않나 아를 쪼 패고도 사과는커녕 맛빼기 하나 보이질 않고, 또 뭐라더라, 우리 애들이 술담배 한다고 떠들더니 아예 빈집을 조자리냈다고 지랄하지 않나……. 이거 뭔가 대책이 있어야하지 않겠소?」

진구가 이어서 말했다.

「덧붙여 말하면 학교 주장은 여기 모인 집 애들이 모두 사고뭉치라 그 말이오. 우리 애야 그렇다 치고, 동출씨네 애는 공부도 그럭저럭 한다는데도 무슨 귀신을 씌워놓았는지 다른 애들을 살살 꾀어 패거리작당을 만들었다나. 그리고 희수형님네는 담배를 가져가서 친구들에게 나누어 준답디다. 형님은 알고 있었소? 동호형님네는 3학년이지요? 후배들에게 술을 강제로 먹이고는 학교 앞 성일이 할아버지네 빈집을 아주 작살냈다고 합디다. 그런데 이게 사실 알고 보면 다 엉터리라. 선상들이 좃도 모르고 떠드는 거라. 그놈들은 저녁 때 땡하면 모두 시내로 돌아가는 놈들이 아니오? 언제 그들이 우리 애들을 야간에 돌본 적이 있었소? 정말 봉급만 받고 개똥만 싸는 놈들이 뭘 안다고 날 더운 날에 우리 애들이랑 학부형들을 오라 가라 지랄이여 지랄이.」

진구도 벌써 전주가 있었는지 몇 잔 얼은 얼굴이었다. 다시 앞 잔을 마시고는 감자전을 꾸역꾸역 먹으면서 말을 이었다.

「내가 생각해 보니 이대로 밀리다가는 우리 애들 다 망치고 말겠습디다. 그래서 말인데, 우리 집 애한테서 몇 가지 일을 적어 왔는데……」

진구는 가슴팍에서 꾸깃꾸깃한 종이를 꺼내더니 씹어뱉듯이 말을 이었다.

「선상 놈들이 수업하는 것도 개판이라. 아, 요즘 학교에서 종교 교육을 시키는 것이 어딨소. 그래서 말인데, 올해 새로 왔다는 여선생이 도덕을 가르치는데 수업 중에, 가만 있자 이게 뭔 글자야…… 아, 탈무든가 뭔지 하는 책을 자꾸 아이들한테 가르친다는 게야. 그게 뭔가 알아보니 종교 교리를 적어놓은 거라네. 그런데 그 여선생이 산 밑에 있는 덕골 교회에 찰신자라고……. 주일마다 거기 가서 달부 산다고 합디다. 그러니 예수쟁이 선생이 학생들을 다 예수쟁이로 만들라고 공부시간에 공부는 안 갈키고 탈무드라는 책을 갈킨다, 이 얘기요. 알아들으셨소? 그리고 공공건물에서는 담배를 피지 못하도록 돼 있는데, 이놈들은 그냥 대구 피워 댄다는구만. 또 선생이 아이들한테 욕설을 퍼붓게 생겼소? 그냥 입에서 나오는 말이 다 욕설이랍디다. 뭐, 야 씨발놈들아, 이 쌍노므 씨끼들아 하는 건 아주 점잖은 말이라던데.」

「수업 시간에 종교교육을 한다고? 그럴 리가 없을 텐데……?」

항상 진중한 김동호가 술잔을 만지작거리면서 중얼거렸다. 요즘 읍내에서 콘도를 짓고 있는데 자금이 달려서 온 사방에서 돈을 조달하는 모양이라고 사람들이 수군거렸다. 원래 서울 사람과 합작을 하게 됐는데 서울내기가 촌동네 돈벌이가 작게 보였던지

손을 떼는 바람에 혼자 떠맡게 됐다고. 해서 부도날 지경이라는 말도 떠돌고 있었다.

「거, 탈무든가 뭔가는 나는 무식해서 잘 모르겠지만, 선생들이 수업 중에 그럴 리가 없을 텐데. 그리고 우리 아이들 문제는 학교에 그냥 맡기는 게 좋아. 내가 알기로는 선생들이 없는 얘기를 꾸며내서 학부형들을 오라 가라 하지는 않아. 그리고 아이들이 난장질 쳤다는 것과 술담배 한다는 것도 선생들이 뭔가를 봤기에 그런 말을 하겠지 무턱대고 학부형들에게 거짓말을 꾸몄겠나? 그리고 욕하는 건 진구 자네가 너무 심하게 말하네그려. 나도 가끔 집놈이 말 안 들으면 그냥 욕설을 퍼부어 대는데, 성질나면 점잖게 말이 나오나? 그러니 날도 그런데 이런 말 그만 이만 하자고. 들고 온 쐐주나 마시고.」

희수도 그 말에 동감이었다. 선생들이 실없이 아이들을 달구치지는 않을 것이었다. 가끔 동네에 놀러오는 선생들과 술도 마시고 이야기도 많이 나눈 적이 있는 희수는 그런 선생들이 공연히 없는 것을 만들어서 야료부리는 짓을 할 리가 없다고 생각했다.

「나도 그런 생각인데. 아이들이 어떤 짓거리를 했겠기에 선생들이 한 마디 하겠지. 마른 하늘에 그냥 침 뱉을 리가 있나. 집에 가서 애한테 좀 알아봐야겠어. 혹시 우리 집 애가 정말 담배 훔쳐서 친구들에게 팔아먹는지도 모르겠고. 설마 그럴라고.」

말이 끝나자마자 동출이가 뒷말을 낚아채듯이 말했다.

「좋은 게 좋으면 좋겠는데, 그게 그렇지 않다니. 선생들이 얼굴만 꼿꼿이 쳐들고 해대는 짓거리가 그게 아니라니. 우선 성진이 문제만 봐도 그렇지. 수학여행 가면 즐겁게 지내다 와야지 여관에서 다른 아들이 쳐다보는 앞에서 엎드려뻗쳐 시키고는 배를 걷어차지 않나, 그리고도 잘났다고 뻗대는 꼬라지로 대들지 않나. 좋아요. 다 좋다고 칩시다. 가장 중요한 건 우리 애들 기를 죽여대는 겁니다. 가뜩이나 촌아이들인데 도시 애들처럼 자유롭고 즐겁게 키워야 할 선생들이 작은 일을 부풀려서 마치 큰일이나 난 것처럼 호들갑을 떨어대니, 우리 애들이 어디 기 한 번 펴고 살겠나 이 말이오, 내 말은.」

 말을 마치고 동출이는 주위를 한 번 쑤욱 돌아보았다. 자신의 발언에 대한 다른 이들의 반응을 살피는 행동이었지만 희수는 듣는 둥 마는 둥이었고, 김동호도 그리 탐탁지 않은 표정으로 눈길을 창밖으로 돌리고 있자 동출이의 눈길은 성기 쪽으로 돌아갔다. 성기는 오가는 말에 꽤나 속이 상해 있는 눈치였다. 담배만 계속 빨아대면서 손은 계속 소주잔으로 향했다. 한동안 실내에는 모기소리만 들렸다. 모두들 땀을 흘리면서 잠시의 침묵을 깨뜨릴 그 무엇을 기다리는 듯했다. 답답한 침묵에 선을 그은 사람은 동호였다.

「결국 우리는 별것도 아닌 일들을 뭉뚱그려서 학교나 선생들에 대한 불만을 터트리자…… 이런 얘기가 아닌가. 그보다도 선생들이 그냥 건방지게 보여서 한 번 촌동네의 파워를 보여주자…… 이것이겠군. 우리 앞에 엎드려 비는 꼴을 보고 싶다아. 그래서 우리 촌동네의, 그보다도 촌놈의 자존심을 선생들 앞에서 한 번 세워 보자아 라는.」

동호는 주위를 쳐다보지도 않고 창밖으로 시선을 고정시키면서 침착하게 말했다.

「그래서 두셋 정도로는 힘이 모자라니 몇이 더 모이면 그 힘으로, 요즘 마을을 찾는 사람들도 별로 없고 날은 더우니 심심풀이 땅콩이나 씹어대는 것처럼 할 일 없으니까 학교나 건들어 보자, 이것 아닌가. 난 잘 모르겠네. 아이들의 교육 방법에 불만이 있으면 담당 선생이나 학교장을 만나서 의논해 볼 게고, 집 애가 얻어맞았으면 정식으로 고소라도 하던가 해서 결말을 보면 될 일이지, 우리가 이렇게 땀이나 흘리면서 쑥덕공론을 꼭 해야 되겠나? 우리 애가 빈집을 난장으로 만든 애들 속에 꼈다면 당연히 성일이 할아버지에게 사과하고 적절한 보상이라도 하면 될 일이야. 그게 왜 선생들 잘못인가? 하여간 난 잘 모르겠으니 자네들이나 적당히 해 보게. 난 죽이 되든 밥이 되든 우리 애놈만 잡아 놓으면 되겠네. 내가 무슨 힘이 있겠나.」

동호는 조용히 말했다. 이 마을에서 그래도 60년대에 고등학교를 서울에서 마쳤다던, 오랫동안 마을 유지 행세라도 했던 사람의 말이었다.

「솔직히 말해서, 선생들을 갈궈 봐야 가들은 이 마을을 떠나면 그만이야. 그 패들이 뭐 사립학교 선생들인가? 우리가 내쫓는다고 해서 갈 사람도 아니고, 그들 스스로 이곳이 싫으면 갈 사람들이라고. 국가공무원을 우리가 무슨 힘으로 오라 가라 하겠는가? 자, 그럼 난 가네. 자네들이 뭘 하든 난 상관하지는 않겠네. 당장 먹고 살 일도 벅찬 인생일세. 그럼.」

말을 마치고 동호는 열린 문으로 걸어갔다. 나가다가 문득 희수를 살폈다. 희수는 같이 나가자는 뜻을 짐작하고 역시 일어섰다. 두 사람은 회관을 벗어나 무더위 속으로 사라졌다.

남은 세 사람은 모두 말이 없었다. 잠시 서로의 숨소리라도 듣는 듯 조용하던 분위기를 갈라놓는 목소리는 날이 선 성기 입에서였다.

「씨발노므 것들. 선배라고 그래도 불렀더니 우리를 아예 얼라 취급하고 있네. 뭐가 어째라고? 촌놈 자존심이 어째? 씨발 새끼들이 나이 몇 살 더 처먹었다고 꼰대처럼 훤소리나 빽빽거리고 나가버리면 대수냐?」

「야, 성기. 어차피 김동호는 망가진 인생이야. 자기 앞가림도 못 하는 주젠데 우리가 불렀던 게 잘못이지. 지금 파산 직전이라는데. 누구 말로는 올 낼 한다는구만.」

진구가 이죽거리면서 동출이를 보고,

「우리 셋이서 선생냐들을 조져버리지. 까짓껏 우리야 무슨 손해가 있나. 저 새끼들을 이번에 왕창 죽이지 않으면 우릴 뭘로 보겠나. 학생 인원도 몇 명 되지 않는데 우리 새끼들에게 무슨 일이 생길 리도 없을 테고, 또 무슨 일이 생기기만 하면 그야말로 사생결단 날 일이 생기는 거지.」

「꼴 보기 싫은 새끼들. 이번 기회에 아예 작살을 내버려야 돼.」

동출이는 천장을 쳐다보면서 말하다가 갑자기 진구에게 눈을 던졌다.

「아까 들으니 수업 중에 종교 이야기를 한다는 그 선생 놈, 어디 놈인지 아오?」

「놈이 아니고 년이라더라. 교회 찰신자라고 아까 말했잖는가. 저 남쪽 어디 년이라더라.」

「자알 되었소. 내가 알기로는 학교에서는 종교를 강제로 믿지 못하게 한다던데, 그 선생이 어겼으니 그것도 한 건수가 될 게요. 또 학생 배를 걷어찼다는 것도 그렇고. 선생들이 밤마다 학교 앞 슈퍼에 가서 밤새도록 술타령이나 한다는 걸 알고 있소? 내가 가끔 상정 2리로 가다가 보니 그놈들이 밤새도록 퍼마시고 있습디다. 그것도 남녀가 어울려서. 하여튼 다 건수가 될 수 있겠소. 학생들에게 개욕을 퍼대는 것은, 그건 선생이 아니라 깡패요, 깡패. 또 복도에서 담배를 피워대는 놈도 알고 있소. 왜, 요즘 실내에서는 담배를 피울 수 없게 됐잖소. 어떤 때는 전날 마신 술 때문에 그냥 자습시키거나 아예 교실에 들어오지도 않더라는 말도 들었소. 잘 됐소.」

셋은 밤이 이슥하도록 얼굴을 붉히면서 이야기를 나누다가 헤어졌다.

희수와 동호는 집으로 돌아가면서도 뒤끝이 좋지 않은지 담배만 피워댔다. 구름 낀 사이사이 별빛이 희미하게 흘러내리는 틈으로 물큰한 물냄새가 온 사방으로 퍼져나가고 있었다. 동호가 피우던 담배를 냇물에 던지면서 옆을 돌아보지도 않고 말했다.

「자들이 무슨 저지레라도 칠 모양이야. 사람이 바빠야 되는데 올 여름이 이처럼 맥이 풀리니 눌려 있던 욕지기가 터져나오다가 그 불만이 학교로 뻗칠 모양이다. 또 자들이 저렇게 방방 뜨는 걸 보니 학교도 뭔가 단단히 잡힐 꺼리가 있긴 있었던 모양이라.」

「뭔 짓을 하겠어? 괜히 입만 아프게 떠들다간 제풀에 나가떨어지겠지. 내 보니 술 처먹고 흰소리 떠드는 놈 치고 제대로 발 뻗는 놈 없더라.」

희수는 평소에도 그리 편치 못하게 대해 온 동출이 얼굴이 떠오르자 고개를 저었다.

「아니야, 저 동출이란 놈이 문제야. 진구는 그렇다 쳐도 동출이 저 놈이 뒤에서 다 조종을 할 끼라. 두고 봐라. 뭔가 일을 내긴 낼 테니. 자들이 뭘 할지 대강 짐작이 가는 것도 있네만. 그래, 낼려면 내 봐라. 난 구경만 할 끼다. 그래봐야 결국 피 보는 건 애들이고 자들이지. 아무리 맥없는 기관이래도 촌무지렁이들에게 그냥 당하고만 있을 놈이 어딨나. 내가 선생이래도 그냥 안 있겠다. 아니, 아예 여길 떠뻐린다. 뜬다 떠. 뭐 먹을 게 있다고 이런 촌골에 처박혀 있겠나. 안 그래?」

「그 말도 맞다. 동출이란 놈이 문제지. 그보다도 그 마누라가 그게 보통 여잔가. 세상 좁다고 설쳐대는 여자 아닌가. 그 주둥이하고는. 에이, 나도 모르겠다. 너 말대로 자들 떠드는 대로 가만히 구경이나 하지 뭐.」

「저 지랄하니 어디 가나 촌놈 소리나 듣지. 그나저나 저런 일에 신경 쓸 겨를도 없어. 지금 난 쐬주나 마시고 푹 자고 싶을 뿐이야. 귀찮은 일만 생기고 말야. 시팔 참 정말 좆같네. 사람 사는 게 뭔지 만날 쪼들리기만 하고 되는 일도 없고.」

동호가 냇물을 닮아 가는지 목소리도 물기를 잔뜩 머금고 있는 것처럼 들렸다.

「희수 년 애들 다섯을 참 잘도 키웠다. 이거 나도 다섯 아닌가. 저거 아직 삐약삐약하는 걸 언제 키우나. 그걸 생각만 해도 참 답답하네. 시집간 년은 둘밖에 없는데 아직 삼백 리나 남았으니 원. 휴우······.」

동호의 한숨소리가 냇가 풀숲으로 숨어들었던가. 갑자기 풀벌레들이 일제히 울음을 터뜨리고 있었다. 온 세상에서 풀벌레가 주인이라도 된 듯 그놈들은 마음껏 씨락씨락 울어댔다. 동호는 다시 담배 하나를 빼물었다. 담뱃불에 비치는 동호의 눈 주위에 잠시 별빛이 반짝였다.

5

김 선생. 49세. 23년 경력. 바닷가 작은 포구에서 태어나 가난한 당시 시골 수재들이 선호하던 국립 사범대 진학. 졸업 후 계속 인문고 대학입시 지도에 온몸을 투신. 만신창이가 된 몸을 추스르고자 자진해서 이곳 산골 학교를 지망한 지 4년. 젊어서는 실력과 성깔을 겸비. 그래서 직장에 적군도 아군도 많았던, 그래도 나이가 한두 살 먹어가면서 거칠던 성깔이 무디어 가고, 좋은 게 좋다는 평범한 길을 찾을 나이.

 김 선생은 점심 먹을 곳이 마땅치 않아 교무실에서 컵라면을 끓여먹고 있었다. 학교에서 점심이라도 사 먹으려면 차를 타고 가야만 했다. 이 더위에 한낮의 바짝 달아오른 차 속으로 들어간다는 건 생각만 해도 끔찍했다. 방학이라 텅 빈 교무실에서 에어컨 바람 속에서 지내는 것도 한가한 즐거움이었다. 라면 국물까지 다 마시고 나서, 실내에서는 피우지 못하게 된 담배까지 입에 물고 나니 정말 후련했다. 구수한 담배연기가 뱃속으로 들어가면서 온몸을 노곤하게 몰고 갔다. 누가 볼 사람도 없었다. 이때였다. 전화벨이 요란하게 울렸다. 김 선생은 아주 천천히 다가가서 침착하게 수화기를 들었다.

「……여보세요, 김 선생입니다아…….」
「저, 교육청 이장학산데요, 도덕과 최민주 선생님 계시나요?」
「아니, 안 계십니다. 지금 방학 연가 중인데요?」
「저런, 이걸 어쩌나. 좀 만났으면 하는데…… 최 선생님 자택이 어딘지 혹 아십니까? 꼭 연락해야 할 일이 있어서…….」
 김 선생은 신경질이 났다. 방학 중에 경남 김해까지 간 사람을 부르란 말인가.

「집이 아주 먼데요? 김햅니다. 경상도……. 전할 말씀이라도 있으면 제가 전해드리겠습니다만.」
「아니, 됐어요. 다음에 다시 연락하죠. 고맙습니다. 참, 교감 선생님이 계신가요? 안 계시면 교장 선생님이라도?」
「두 분 다 안 계시는데요. 한 분은 출장이고 한 분은…….」
「아 네. 알았습니다.」

전화가 끊어지자 김 선생은 '제기랄, 별 것 다 찾네.' 하고 중얼거리면서 다시 담배를 푹 내뿜었다. 창밖은 태양의 부피가 한껏 부풀어 올랐는지 온갖 물상들이 바람 한 점 없는 하늘 밑에 늘어지고, 운동장을 가로질러 보이는 냇가 건너편에는 육중한 돌산이 가로막고 있었다. 이곳으로 갓 전출 왔을 때 떠나던 선배 하나가, '금강산처럼 생긴 저 산이 낮게 보이면 이곳을 떠날 때가 가까워진 것'이라고 말했었다. 그 말을 들은 지 벌써 4년. 시내에 가족을 두고 한 시간 반이나 승용차로 달려서 온 이곳도 이젠 몸에 익어서 그리 불편한 점을 없었다. 이곳 주민들과의 껄끄러운 점만 제외하고는.

친밀한 관계를 유지하기가 참 힘든 곳이었다. 학부형들과의 관계도 그리 매끄럽지 못했다. 학교 선생이라면 이상하게도 색안경부터 끼는 사람들과 같이 한잔 술을 나눠도 피차 속마음을 드러내지 않으니 술판이 그리 즐겁지 못하고 대개 일찍 끝나는 것이 예사였다. 능력 있는 주민들은 다 도시로 빠져나가고, 남은 사람들은 좁아빠진 산기슭에서 일용할 양식이나 겨우 경작하면서 가끔 있는 공공사업—도로공사나 한전에서 발주하는 고압선 송전탑 건설 따위—혹은 약초나 송이 채취로 약간의 지전을 만져볼 수 있는 형편이니, 학생들이 몇 년 사이에 눈에 띄게 줄어들어 겨우 이십 여명에 불과한 현실은 당연했다. 대개 무학자거나 국졸 혹은 이곳 중학교를 힘들게 졸업하고 대대로 내려오는 마을의 숨결을 밑천 삼아 살아온 사람들이라 자신들의 경제적 혹은 행정적인 이해관계가 있는 면사무소 공무원들과는 탈 없이 잘 지냈다. 그러나 유독 선생들에게는 얼굴을 돌리는 것이었다.

그래도 김 선생은 단 한 사람, 자주 술잔도 나누면서 서로 호형호제하며 지내온 사람이 있었다. 3학년 김택진의 아버지인 김동호 씨였다. 이 학교와는 거의 이십 년 가까이 인연을 맺고 있었다. 큰딸부터 넷째 딸까지 모두 이곳에서 졸업시키고, 마지막 늦둥이 아들이 3학년이니 각별하다면 각별한 인연을 항상 김 선생에게 자랑하고 있는 사람이었다. 김 선생보다 다섯 살 위인 그는 마을 이장을 수십 년 간 맡아오면서 마을의 대소사는 물론 대외적인 행사에 마을 대표로 나가서는 능란한 화술로 마을의 현안 해결에 많은 업적을 쌓아온, 말하자면 마을의 지도자였다. 단지 경제적 여유가 없다는 점이 그의 약점으로 지적받곤 했다. 평생 직업을 가져본 적이 없었고, 그렇다고 자족할 만한 농토가 있는 것도 아닌 그는 항상 지갑에 새파란 새 지전뭉치를 두툼하게 꽂아 다니면서 한잔 사야할 자리에는 사양 않고 아주 적절하게 지갑을 여는 것인데, 그때마다 김 선생은 그의 경제적 원천이 무엇인지에 한참 골머리를 써야 했다.
「야, 택진이. 너 집은 직업이 뭐냐?」
「아버지 직업요? 이장이잖아요.」
　이렇게 단순 명료한 대답만 하는 택진이도 실은 아버지의 직업을 모르고 있음이 틀림없었다. 공부도 잘 하고 예의 바른 행동도 다른 애들과는 확연하게 다른 녀석이면서도, 아버지의 경제적 근원이 무엇인지를 이해 못할 정도로 살아온 김동호씨의 비밀스런 생활은 선생들 간에 가끔 술안주로 오를 만큼 많은 호기심을 자아냈다. 들리는 말에는 부채가 감당할 수 없을 정도로 불어서 파산 상태라는 말이 떠돌았다. 그 부채도 정상적인 생활비의 용도로 사용된 것이 아니라 그냥 술값 혹은 여자관계로 사용된 부채로서 자산 증가와는 상관없이 사용되었다는 것이었다. 돈을 조달하는 방법도 비난받기에 충분하다고 했다. 이장 직을 수행하면서 많은 주민들과 접촉하게 된, 그런 기회를 이용하여 촌사람들의 쌈짓돈을 고리로 꾸고 갚지 않는다는 것부터 타인의 부동산을 매매하고 나서 땅임자와 소송도 여러 번 있었다는, 혹은 마을 공동재산을 일정기간 사용하고는 그 뒤처리가 말끔하지 못하다는, 말하자만 상당히 좋지 않은 말들이 떠돌고 있었는데, 김 선생은 그 진위를 알 수가 없었다.
　하여튼 김 선생은 그래도 김동호씨와 같이 술이라도 나누면 구김살 없는 그의 말과 행동이 마음에 들었다. 당시에는 흔치 않은 유학, 고교를 서울에서 다녀서 촌마을에서는 충분히 먹혀들 만한 정도의 다양한 언변도 술맛을 돋우는 요소였으므로 가끔 한가한 때면 서로 어울려서 밤이 깊도록 만취에 빠진 일이 꽤 여러 번 있었다.

며칠 전 학교 문제로 그가 만나자는 전화가 와서 저녁 겸 술상을 받았는데, 평소와는 다르게 그의 찌푸린 미간에서 흐르는 허허로운 기운을 김 선생은 알아차렸다. 기가 빠진 사람처럼 눈빛이 흐리고 목소리에 기운이 없었다. 술도 김 선생이 서너 잔 마시는 중에 겨우 한 잔 정도로 찔끔거렸다.

「오늘 왜, 그리 힘이 없어 보입니다. 날씨 탓인가.」

「호호호호…… 그래, 그렇군. 날씨 탓이지. 그래, 김 선생은 방학 중인데도 혼자 근문가?」

「난 원래 혼자 일하는 성격인 줄 모르셨네. 이장님도 혼자가 좋으신가 보네요. 이렇게 혼자 나오시니. 안 그래도 심심해서 화주라도 마시고 싶었습니다.」

「그래. 이런 날은 쐬주가 제격이지. 나도 좀 취하고 싶고. 그리고 학교 일도 말해 줄 게 있어서.」

가까이서 본 김동호는 낯빛이 흐렸다. 평소 이마를 반짝이며 재치 있게 좌중을 이끌어가던 총기는 사라지고 더위에 팍삭 삭아버린 흰 수염만 턱에 듬성듬성 박혀 있었다.

「술도 참 진하게 마시네, 요즘에. 이런 더위는 잠시 지나가겠지만 말이야. 세월은 빨리 지나가지도 않네그려. 하루하루가 이렇게 지루하기는. 참, 요즘 떠도는 얘기를 자넨 모르지? 학교 얘긴데.」

김 선생은 눈을 가늘게 떴다. 평소와는 다른 김동호의 어투와 갑자기 학교 이야기를 끄집어내는 분위기에서 무언가 다른 분위기를 걸러내고 있었다. 떠도는 소문의 진위를 캐낼 수 있을 것도 같았다.

「뭔 얘깁니까? 학교라면 전에 학부모들이 몰려와서 떠들던 사건 말입니까? 그 일이라면 좀 잠잠해진 것 같은데요. 그 뒤로 별 말은 못 들었어요.」

김동호는 숙이고 있던 고개를 슬쩍 들고 씩 웃으면서 소주를 털어 넣었다. 다시 김 선생에게 잔을 내밀면서,

「받게. 잘 넘어가네, 이놈의 술이. 윗동네 몇이 작당질 하는 모양인데, 아마 도교육청으로 올라가던가, 아니지. 그리 크게 놀 놈들도 못 되지. 아마 읍내 교육청으로 몰려갈 것 같아. 거 이동출이가 주동하는 모양이야. 그런데 건수도 없어. 그냥 여러 잡다한 일들을 뭉뚱그려 갖고 코를 걸 생각이야. 좀 골치 아플 걸. 전 같았으면 그냥 소리 하나 꽥 지르면 다 됐는데, 이젠 세상도 그렇게 만만치 않은 모양이야. 호호호.」

「아니, 그게 언제 일이라고 아직도 그걸 만지작거립니까? 참 정말 할 일 없는 인간들이네.」

김 선생은 속에서 욱 올라오는 욕지기를 간신히 참으면서 소주잔을 기울였다.

「한 가지가 아니래도 그러네. 봄부터 있었던 것들을 돌돌 말아서 몽땅 들고 갈 모양이야. 얘깃거리도 안 되는 자질구레한 일들 있잖아. 하여튼 그런 줄 알고 있게. 나도 이런 얘긴 더 이상 할 마음도 시간도 없고…… 사실 이런 얘긴 껀수일 뿐이고, 그냥 술 마시고 싶어서 자넬 부른 거야. 오늘따라 한잔할 놈들도 없네.」

그리고 둘은 계속 잔을 주고받았다. 밤이 깊어서야 자리가 끝났다. 한길에서 헤어져 돌아가는 그의 수굿한 뒷모습을 더위 먹은 어둠이 슬며시 삼킬 때 전해지던 고적감도 김 선생은 뚜렷이 기억하고 있었다. 지금 교육청 장학사의 전화를 받고 나니 그 생각이 불현듯 드는 것이었다. 김 선생은 담뱃재가 바닥에 떨어지는 줄 깨닫지 못했다.

3일 후. 이곳 학부모 셋이 교육청에 들어가서 떠들다가 교육장을 만난다고 강제로 교육장실 문을 따고 들어가려는 해프닝이 있었다고 들었다. 요즘은 민원인들이 중간 담당자를 뛰어넘어 그냥 기관장에게 직접 대면하고 따져야 직성이 풀리는 시대임을 다시 확인하는 사건이었다. 김해에서 쉬고 있던 도덕 선생은 청으로 호출되어 장학사와 면담을 가졌다. 탈무드 건은 종교적 목적이 아니라 도덕 시간에 학생들에게 몇 구절을 이해시킨 부교재로서의 정당성을 인정받고 다시 툴툴거리며 집으로 돌아갔다. 그리고 그 민원은 그냥 흐지부지되고 말았다. 뚜렷하게 드러난 잘못도 없었고 또 그 민원인들의 서툰 행동과 어설픈 종이 몇 장이 도리어 교육청의 불신을 사게 됐다는 말도 비공식 라인으로 전해졌다. '그 사람들 참 무식하게 떼를 쓰며 덤벼들더라.'는 뒷말도 있었다. 공식적으로 전달된 말은, '시골에서는 학부모나 주민들과의 유대관계에 각별히 신경을 써라.'는 것이었다. 그렇게 마무리를 짓고 지나갔다.

6

무더위가 뿌려놓은 흔적이 아직도 곳곳에 남아 있던 개학 첫날 아침. 전날 밤 오랜만에 만난 동료들과 늦게까지 한잔한 후 아침에 쓰린 속을 라면으로 대충 풀고 출근한 김 선생은 영어과 이 선생이 슬며시 눈짓하는 대로 교무실 옆으로 따라가자 이 선생이 심각한 표정으로 말했다.

「어제 많이 드셨죠? 저도 지금 죽을 지경입니다. 그런데—그 얘기 안 들으셨죠? 저도 출근하고서야 들은 말인데…….」

이 선생의 말소리가 낮아졌다. 김 선생은 실내라는 점도 잊은 듯 습관적으로 담배를 물고 불을 붙이면서 이 선생을 빤히 쳐다봤다. 계속 말하라는 뜻이었다.

「방금 체육 선생한테서 들은 말인데, 새벽에 김택진이 아버지가 죽었답니다.」

「뭐, 뭐야? 누가 죽어?」

「택진이 아버지 김동호씨요. 새벽에 집안에서 자살했답니다.」

택진이는 오지도 않았고 아이들도 다 알고 있어요.」

김 선생은 가슴이 무너지는 소리를 들었다.

「새벽에 자기 방에서 목을 맸답니다. 아이들이 발견했나 봐요. 거참. 소문이 맞긴 맞나 봅니다. 쌓인 빚이 평생 못 갚을 정도라는 말이.」

학교의 어려운 일을 부탁 받으면 자기 일인 양 발벗고 나섰던, 혹은 같이 식사를 나누거나 술잔을 주고받았던 수많은 인연들은 주검 앞에서는 무력했다. 문상을 간 선생은 단 둘 뿐이었다. 김 선생과 정 선생이었다. 김동호씨와 정 선생은 별로 친하지도 않은 사이였음을 알고 있는 김 선생이 '그냥 조위금이나 내면 될 텐데' 하고 물었더니,

「그래도 학생 아버진데 가 봐야 되지 않겠어요?」

김 선생은 할 말이 없었다.

그 날 저녁, 몇 안 되는 교직원들은 인근 가게에 모여서 방학 중에 일어난 일들을 말하면서 술을 마셨다. 얼큰하게 취한 중에 김동호씨의 사건이 단연 화제로 돌았지만 그저 타인의 죽음으로만 이야기했다. 빚이 너무 많아서 해결할 수 없었다는 말과 고소 사건이 한두 건이 아니어서 곧 유치장으로 직행할 형편이었다는 말도 날아다녔다. 공금횡령 건도 같이 묻혔다. 술자리가 끝날 즈음 이 선생이,

「방학 중에 학부모들이 교육청에 쳐들어갔다면서요? 결과는 어떻게 됐어요?」

그러자 역사과 정 선생이 취한 목소리로 중얼거렸다.
「태산 명동에 서일필이라더니······.」

술꾼 시절

1. 허세(虛勢)

 그때가 아마 80년대가 막 시작될 무렵이었을 것이다. 그야말로 천지가 요동할 대변혁기의 시대였는데, 나는 당시 강원도 중심부의 어느 작은 시골에서 면서기 노릇을 하고 있었다. 총각 시절이고 또 말단 공무원이지만 그래도 박봉이나마 다달이 봉투를 손에 쥐어보는 재미도 있어서 퇴근 후면 술집을 서너 군데나 거치고 통금이—당시에는 그 불편한 통금이란 제도가 남아 있을 때였다—임박해서야 허겁지겁 하숙집으로 달려가던 때였다.
 시대가 그러니만큼 공무원 사회의 규율도 엄격해서 출근하면 상명하복의 준엄한 분위기에 나 같은 공무원 햇병아리들은 기를 펴지 못했지만, 그래도 퇴근 후면 나는 자유롭게 아니 제멋대로 술집을 쏘다녔다. 첫 발령을 받고 가장 신기했던 일은, 다달이 내 주머니에 하숙비를 제하고도 술값으로 충분한 돈이 남아돈다는 것이었는데, 이십 대 초반의 가난한 낭인 생활과 비교하면 그야 말로 시황제가 부럽지 않을 정도였다. 지금 생각해 보면 시골 막 장에서 술을 마셔야 변변한 안주 없이 싸구려로 그냥 퍼 넣는 술에 무슨 돈이 그리 들었겠느냐마는, 당시에는 매일 마시는 술에 그래도 술값 하나만은 허름한 바지 주머니에서 떨어지지 않는 것이 신기하다면 신기한 일이었다.

신문에는 연일 학생들의 시위와 군부 실력자들의 대머리가 번들거리는 모습이 대문짝만하게 찍혀 있었고, 북괴군—지금 이런 말을 입에 올리기가 좀 쑥스럽지만 당시는 당연한—의 위협과 미국의 엄포가 심심찮게 방송에 오르내릴 때였다. 사실 나는 천지도 분간 못하는 얼치기 공무원으로서 학생들의 그런 시위 자체가 우리 찬란한 자유 민주사회에 대해 큰 불경죄를 담고 있다고 철석같이 믿고 있었던 터였다.

이 글을 읽는 고상한 분들께서는 나를 그리 비웃지 마시기를 바란다. 혹시 당신도 그때에는 그랬을지도 모르는 일이니까. 거 왜 사람들은, 자신의 과거는 항상 어둠이었지만 새벽의 여명을 기다리는 몸짓 하나만은 흐르는 핏줄에서 뜨겁게 빛났고, 참담한 고통의 순간에도 청운의 꿈은 절대로 버리지 않았노라, 는 그럴 듯한 거짓말을 흔히 되뇌는 버릇이 있다는 것도 마흔이 훌쩍 넘어버린 지금에야 조금은 안다. 거짓말도 자주 떠들고 생각하면 정말 자신이 그렇게 지냈다는 것을 믿게 되는, 거 뭐라더라, 언젠가 유식한 체 한 번 훑어 본 적이 있는 책에서, '결합성 파라노이아' 라던가 뭐라던가 그런 괴상한 말을 기억하고 있는데, 그런 정신병 환자가 될 수도 있다는 거다. 그러니 거짓말을 밥 먹듯 하는 사람들은 제발 참한 말이나 제대로 하면서 지내기를 바란다. 하여튼 그때 나는 그렇게 정직하게 지내면서 면민들의 뒷바라지에 내 젊음을 다 바쳤는데, 그렇게만 계속 지냈다면 지금쯤 나는 아마 군청의 그럴듯한 자리를 꿰차고 큼직한 회전의자에서 거들먹거리는 생활을 잘도 하겠지만, 거참 빌어먹을, 나에게는 그나마 그럴 팔자도 안 되는 모양이었다.

그 날도 나는 퇴근하자마자 당연히 단골집에서 혼자 삼겹살에 소주를 털어 넣고 있었는데, 옆자리에서 뭔가 이상한 이야기를 하는 두 젊은이들에게 흥미가 갔다. 좁은 술청에는 그들과 나밖에 없었다. 그런데 이런 시골에서 흔히 듣는, 잡다한 생활의 편린이 떨어지는 그런 내용 같지 않았다. 또 그들에게서 흘러나오는 분위기가 평소 이 산촌 젊은이들과는 좀 다른 면을 느꼈고, 더구나 나와 그들 밖에는 다른 술꾼들이 없었으므로 자연히 그들의 대화가 귀에 들어왔다. 그들은 당시 유행하던 장발에 검게 물들인 군 야전복 외투를 걸치고 안경을 빛내며 한창 나의 세계와는 거리가 먼 이야기를 낮은 음성으로 심각하게 나누고 있었다. 길게 살필 것도 없이 그들은 대학물을 부지런히 들이켜고 있는 패가 틀림없었다.

나는 그들의 대화 속에서 간간이 새어나오는 말을 유심히 들으면서 슬며시 뒷골이 땅겨오는 것을 느꼈다. 사이사이 들려오는, 군부 실력자니 보안사령부니 광주사태니 학생 운동 어쩌고 하는 말에 정신이 번쩍 들었던 것이다. 여러분들도 잘 아시겠지만, 당시 그런 이야기를 함부로 했다가는 화장실에 간 인간이 쥐도 새도 모르게 사라졌다가 이삼 년 후에 불쑥 나타나는 험악한 시대였음을 이해하리라.

그런데도 이 인간들은 비록 소리를 죽이고 주위 눈을 살피며 소곤거렸지만 감히 내가 철석같이 믿고 있는 '우리의 영용한 국가지도자와 사회의 굳건한 정체성'에 대해 불경죄를 범하고 있는 거였다. 나는 그들이 눈치를 채지 않도록 조심하면서 태연히 삼겹살로 소주만 부지런히 마시는 척했다. 그들은 계속 주위를 살피며 안경을 반짝였는데, 시간이 지날수록 그들이 마신 주량의 깊이에 따라 목소리가 조금씩 높아갔다. 그럴수록 그 불경스러운 말들이 대화의 틈 사이에서 거칠게 굴러 나왔다.

최규하가 물러나…… 전두환이니가…… 보안사령과니 막강한…… 남쪽에서 공수부대가 수천 명을…….

다시 말하지만 나는 바닷가의 작은 농고를 졸업하고 몇 년 집일로 빈둥거리다가 당시 당당하고 영광스러운 3년의 군복무를 막 마치고 몇 달의 준비과정을 거쳐서 대망의 9급 공무원으로 들어 온, 말하자면 국가의 충성스러운 전위부대임을 자랑스럽게 여기고 있었다. 그런데 이 빌어먹을 녀석들이 하라는 공부는 팽개치고—대학이란 곳이 당시의 나에게는 얼마나 먼 곳의 아름다운 이름이었던가—헛이빨만 살아서 부모 속 썩이는 짓거리를 골라 하는 판이라, 나는 신경이 더욱 곤두서며 뒷골이 뻣뻣해 지고 얼굴이 달아오르기 시작했다. 그들은 이제는 아예 나를 거들떠보지도 않고 계속 그들만의 대화에 열중이었다.

민중의 선도자가 우리…… 미국의 묵인 하에…… 재야의 김대주…….

여기서 나는 폭발하고 말았다. 그들의 모든 대화는 속이 뒤틀리지만 그래도 그럭저럭 들어는 주겠는데, 마지막에 어느 반민족적 인간—사람들이여, 나의 무지를 용서하시라—의 이름이 들리자마자 나는 마시던 술잔을 탁자 위에 팽개치고는 그대로 일어서서 그들을 쏘아보았다. 내가 앉아 있던 의자가 요란스러운 소리를 내면서 뒤로 자빠졌다. 그들은 갑작스런 나의 행동에 놀라 서로 눈치를 살피며 나를 쳐다보았다. 나는 그들을 잡아먹을 듯이 쏘아보면서 천천히 그들의 좌석으로 걸어가 앞에 우뚝 섰다. 그들, 아니 그 괘씸한 녀석들은 의아스러운 눈빛과 자신들의 목소리가 너무 컸음에 대한 자책감으로 망연히 나를 쳐다보았다.

야, 이 새끼들아. 뭐 어쩌고 어째? 요 빌어먹을 쇠똥도 안 베껴진 녀석들이 하라는 공부는 안 하고 뭐라, 김 무시기가 어쨌다고? 하아 요노므 새끼들이 정신이 싸악 빠졌구나. 느들 요거 순 빨갱이 아냐. 요것들을 군대로 보내서 빡빡 기게 만들어야 하는데 요즘 귀신은 다 뭐 먹고 사나. 요 마빡에 피도 안 마른 새끼들아. 팔자가 좋으면 좋은 대로 집구석에서 귓구녕이나 파고 지낼 일이지, 에미애비가 자갈밭에서 농사 진 돈 갖고 술이나 처먹으며 하는 짓거리가 겨우 뭐라? 야, 느들 방금 뭐라 지껄였냐? 한 번 더 주뎅이를 놀려만 봐라, 요노므 새끼들같으니……. 에이 쌍노므 새끼들……. 어라, 이 새끼들이 빨빨리 안 꺼지고 어딜 눈알을 돌려 돌리길. 가죽이 짧아서 뚫어 논 게 눈깔인줄 알아? 왜? 껍냐, 꺼워? 이 쌔끼들아, 얻어터지고 싶잖으면 입 닦고 발자국 소리도 안 나게 휘딱 꺼져버려! 에이 순 쌍노므 새끼들 같으니.

그때 그들의 표정을 몇 십 년이 지난 지금도 잊을 수 없다. 순간적으로 재빨리 주위를 살피며 나를 바라보던 그들의 선량한 얼굴을. 당황스러움과 두려움, 그러면서도 안타까운 눈빛과 스스로의 목소리가 너무 컸음에 대한 자책감. 가르쳐도 가르쳐도 단단한 벽돌처럼 둔한 요지부동의 아동을 대하는 선생의 표정이 그럴까. 아, 또 있다. 슬며시 일어서며 나를 흘깃 훑어보던, 안경 속에서 나를 바라보던 반짝이는 회색빛 눈을.

아! 그들은 나를 용서하기 바란다. 둔하고 배운 것 없는 촌놈의 짓거리가 그랬다. 당시의 내 무식이 그 정도였다!

그들이 나가고 텅 빈 술청에 혼자 남아 더러운 녀석들을 한칼로 쫓아냈다는 내 용기에 감탄 또 감탄하면서 술을 기세 좋게 들이켜고 있었다. 내일 출근하면 오늘의 무용담을 동료들에게 어떻게 설명하면 좋을까를 생각하면서.

그런데 그게 이상했다. 조금씩 시간이 흐르자 차츰 내 어깨는 처지기 시작했다. 무엇인지는 몰라도 나를 무겁게 내리누르는 힘이 발바닥에서부터 서서히 전신을 감싸 오르고 있음을 느끼고 있었다. 정확하게는 끄집어 낼 수는 없었다. 그러나 분명히 있었다. 그것은 아주 먼 곳에서부터 왔다. 아주 먼 곳. 내가 갈 수도 없고 그렇다고 평소 깊게 생각해 보지도 않은 어떤 세계의 그곳. 강하면서도 부드러움이 가득 찬 곳. 거대한 말씀이 가득한 높고 넓은 궁전 같은. 십여 년 간 나 같은 헛된 인간의 발길이 닿지 않은 처녀지. 그러면서도 항상 그 언저리를 맴돌아야 했던 그곳.

나는 맥없이 술집을 나와 하숙집으로 걸었다. 좀 전의 그 용기는 사라지고 내 무게를 지탱할 작은 힘조차 없었다. 저녁 시간 때면 평소 그렇게도 사람들이 오가던 거리는 오늘따라 인적이 드물었고, 초봄의 바람은 매섭게 불었다. 알맹이는 빠지고 껍질만 남은 듯 내 몸뚱이는 그 바람에 불려 비틀거렸다. 하늘은 검은 구름으로 덮였고 집으로 꺾어지는 골목길을 비추던 가로등도 이날따라 불이 꺼져 있었다. 살아 있는 모든 소리들은 내 귀에서 벗어나 있었다. 내 발자국 소리조차 들을 수 없었다. 겨우 찾아들어간 집 앞 골목길에서 하늘을 쳐다보았다. 천지를 내리덮을 듯 검은 구름만 두터울 뿐이었다. 하숙집 대문을 힘겹게 열었다. 나를 지탱하던 뼈마디 하나하나가 산산이 이완되면서 어두운 하숙방 구석으로 꺾어지듯 쓰러졌다.

2. 인간의 삶

그 이후 내 생활은 엉망이었다. 거의 매일 지각이었고 대낮부터 술집에 처박히는 일이 다반사였다. 사무실 책상 위에는 결재를 미룬 서류가 수북이 쌓이고, 주로 농민을 대상으로 하는 일 때문에 대민지원 업무 차 밖으로 한번 나가면 아예 돌아오지도 않고 그 자리에서 퍼질러 앉아 술타령이 고작이었다. 그렇게도 재빠르게 일을 처리하던 내가 이젠 사무실에서 골칫거리로 변해버렸다.

동료들은 갑자기 변한 내 모습을 의아스러운 듯 바라보기만 했다. 가끔 있는 총각 녀석의 신경질 정도로 여기는 직원도 있었다. 그렇게 한 달여를 지냈다. 어느 날 아침, 간밤 자정을 넘기도록 퍼마신 여파로 출근하자마자 냉수만 들이켜고 있는 내 모습을 눈여겨보던 과장이 드디어 나를 불렀다.

이봐 최 주사. 자네 요즘 너무한 게 아냐? 술도 좀 웬만큼 마셔야지 아침부터 눈에 불을 켜고 그게 무슨 꼴이야? 내가 요즘 자네를 쭈욱 봐 왔지만 이젠 안 되겠어. 일하기 싫어 빈둥거리는 것도 아니고, 그렇다고 자네가 개인 일에 바빠서 그렇다면 얼마간은 봐 줄 수도 있지만 그게 아니잖아? 이제부터 술을 당분간 금하고 그동안 밀린 일이나 마치게. 내 말을 꼭 명심하게. 지금 자네에 대한 평이 어떻게 돌아가는지 알기나 하는가? 저녁 시간을 비워 두고 나하고 한 잔 하면서 얘기하세. 알았나?

그 날 저녁에 과장에게 평소 들어보지 못한 잔소리를 몇 바가지나 들은 다음, 나는 다시 단골집에서 꼭지가 빠지도록 마셨다. 집으로 어떻게 돌아갔는지 기억이 없을 정도였다. 다음 날 나는 출근하지 않았다. 종일 집에서 아픈 속을 달래면서 어지러운 상념 속에서 하루를 보냈다.

오후쯤 술독도 거의 빠지자 나는 그냥 하숙집을 나왔다. 갈 곳이 없었다. 다시 어제의 그 술집으로 버릇처럼 가던 나는 갑자기 떠오르는 곳이 있었다. 휴일이면 가끔 바람 쐰다는 핑계로 강 건너 마을 사람들이 덕봉산이라 부르는 산 중턱에 있는 작은 절집을 찾은 적이 몇 번 있었다. 그리 높지 않은 산 중턱에 자리하고 있어서 30분 정도만 올라가면 닿을 수 있는 곳이었기에 그리 힘들지는 않은 곳이었다. 마을 전체를 바라볼 수 있는 곳이었고, 사람들이 묵어갈 수도 있게 빈방도 몇 개 있었음을 평소에 눈여겨 보아오던 터였다. 아마 술에 찌든 내가 은근히 그곳을 탐내었을지도 몰랐다. 그곳에서 생활하는 자신을 은근히 그리고 있었을 것이다. 나는 덕봉산으로 발길을 옮겼다.

저녁밥을 물리고 좁은 방에서 담배에 의지해서 편안히 마음을 눅일 때면 허접한 자신의 생활에 대한 불만이 조금씩 터져 나오곤 했었다. 전에는 없던 현상이었다. 이곳에 발령받은 후 계속 술과 허드렛일에 매달려 자신을 돌보지 않고 달려왔던 일에 대한 반발심이 고개를 들 때면 나를 다스릴 새로운 공간을 상상하곤 했다. 그 상상의 방향은 자연스럽게 절집 쪽이었다.

공무원인 내가 절에서 출퇴근한다는 사실은 산골 마을의 좁은 바닥에서 대단한 뉴스거리가 되었다. 만나는 사람마다 면사무소가 생긴 이래 처음 보는 사람이라고 한마디씩 했다. 그러나 나는 모두 무시해버렸다. 동료들은 물론 윗자리에 앉은 이들도 안쓰럽게 바라보기만 했지만, 그러나 다시 전처럼 일에 몰두하는 나를 보고는 침묵을 지켰다. 아마 총각 놈의 헛지랄이 봄바람 속에서 잠시 기승부리는 정도로 이해했을 것이다.

나는 평소에도 채식을 좋아하는 편이라 절 음식이 잘 맞고, 오랜만에 혼자 지내는 적적감에 젖어서 참으로 마음 편하게 지냈다. 불편한 점이 없는 것은 아니었다. 급한 일용품을 깜박 잊고 그냥 올라온 날이면 다시 산 아래로 내려가야 했다. 그런 것보다 퇴근 후 동료들과 회식자리라도 거치고 오는 날은 낭패였다. 꾀없이 마시는 주량이라 얼큰한 몸으로 산길을 오르면 올라가는지 내려가는지 알 수가 없었다. 한 걸음 오르면 두 걸음 뒤쳐지는 일이 다반사였다.

밤에 취한 몸으로 산길을 오르는 즐거움은 경험해 본 사람만이 안다. 아주 천천히 걸어 오르면 차가운 공기가 온몸으로 다가오면서 잡다한 생각을 씻어주어 내 몸 속 전체가 산의 시원한 공기로 치환된 느낌이었다. 눈에 보이는 것은 검은 숲뿐. 오직 바람과 숲과 풀벌레 소리만 내 분신으로 다가왔고, 바위에서 잠깐 쉬는 사이에 하늘을 쳐다보면 우거진 검은 소나무의 터진 틈으로 보이는 눈부신 별들이 명징한 보석처럼 박혀 있었다. 그 별들을 바로 내 머릿속으로 몽땅 쓸어 담는 듯한 착각에 빠진 적도 많았다. 힘들게 올라와서 내 방으로 들어가면 두어 평 정도의 방이 그리도 넓고 아늑하게 다가오는 것이었다. 이불을 펴고 누우면 계곡 아래에서부터 쓸어오는 바람이 골짜기와 산을 통째로 휘감고 스치는 소리가 둔중하게 들려왔다. 그 소리는 나를 쇄락의 끝으로 몰고 갔다. 그 솔바람 소리를 들으면서 잠을 달게 잤다.

절음식이라 육고기가 있을 리가 없었다. 해서 항상 채식 위주의 밥상이 차려지게 마련이지만 때로는 내가 도리어 당황할 때가 있었다. 어느 날 저녁, 방 안에서 책을 보고 있던 나는, '선상님, 저녁 공양 드시지요.' 하는 늙은 보살님의 말에 문을 열고, 보살의 두 손에 반듯하게 들린 낡은 개다리소반 위에 그 공양이라는 밥과 반찬을 보았다. 나는 순간 마음속으로 쓴웃음을 지었다. 거기에는 김치에 돼지고기를 섞어 볶은 두루치기가 한 접시 담겨 있었다. 나는 순간적으로

어이구, 웬 고기가······.

하다가 입을 다물었다. 실수였다. 그냥 곱게 먹기나 할 것을 절을 의식하지 않는 방정맞은 실수가 흘러나온 것이다.

선상님께서 항상 공양을 남기시기에 좋아하실 반찬을 고르다

보니…… 이렇게…….

하며 우물우물 입에서만 나머지 말이 맴돌더니 내 손에 상을 넘기고는 종종걸음으로 부엌으로 사라졌다. 나는 무안하게 밥상을 받으며, 나 하나를 위해서 돼지두루치기를 마련했다는 보살님의 말을 되뇌어 보았다.

토요일 일찍 퇴근한 후 몇 잔의 술에 얼큰한 몸으로 돌아와 한잠 늘어지게 자고 있는데 깨웠다. 저녁 시간이었다. 부엌 옆에 붙은 장방으로 들어가니 처음 보는 준수한 모습의 이십 대 초반 젊은이가 방에 있다가 내가 들어가자 엉거주춤 일어서며 허리를 굽혔다. 내가 인사를 받자,

내 아들이오. 어제 밤에 왔지요.

하고 절에서 실제로 안방마님처럼 굴던 중년의 보살님이 어눌하게 말했다. 아래턱에 살이 붙고 몸도 튼실하여 부엌뿐 아니라 두 여자 보살과 두 분 스님, 불목하니까지 다섯 명의 절 식구들을 실질적으로 통솔하던 보살이었다. 힘이 아주 세고 고집 또한 대단하여, 전에 마을 사람들이 절에 올라와서 뭔가 따지다가 이 여보살님에게 멱살을 잡히고, 남자들도 함부로 못 내뱉을 갖은 험한 욕설로 곤욕을 치른 적도 있었다는, 여장부 보살로 소문이 났었다.

아니나 다를까. 밥상을 받자 역시 돼지고기 반찬이 있었다. 나는 무표정하게 잘 먹겠다는 말로써 인사를 했다. 그 후에도 가끔 그들은 육고기를 사서 먹는 눈치였다.

어느 날 저녁에 주지스님이 부른다기에 장방으로 갔더니, 문방사우를 착실히 준비하고 길이가 거의 열 자가 넘을 흰 천 두루마리를 매만지며 앉아 있었다.

손님은 배운 젊은이라 부탁을 좀 해도 될는지?

나는 스님을 당황스럽게 바라보았다.

다른 것이 아니라 이번에 새 대통령이 취임하시는데 우리도 작은 성의는 보여야겠기에…… 여기 다 준비가 됐으니 ○○○ 대통령 각하 취임 축하라는 글을 크게 한 번 써 주시면…….

이럴 때를 위해 평소 붓글씨를 연마해 두었어야 했다. 원래 내 글씨체는 누에가 기어간다는 잠행문자(蠶行文字)에서 크게 다를 바가 없는 실력이었다. 초등학교 습자 시간에 몇 번 써 본 것 외에는 붓을 손에 잡아 본 적이 없었다. 나는 계면쩍은 표정으로 머리를 긁으며

저는 붓글씨를 잘 못 쓰는데요.

하고 몇 번이나 사양했으나 대머리 주지스님의 완고한 고집과, 능력 있는 공무원이니 요즘 배운 젊은이니 어쩌고 하는 통에 할 수 없이 양쪽에 경축 두 글자를 나누어 쓴 후 그 사이에 '전○○ 대통령 각하 취임'이라고 엇비슷하게 써 주었다. 그 후 내 그 알량한 글씨는 절 입구에 하늘 높이 한 달이 넘도록 바람에 흔들리며 붙어있었다.

절 식구들 중 불목하니 같은 녀석이 있었다. 처음 그 절로 짐을 옮기던 날 뒷마당에서 장작을 패던 키 큰 젊은이를 보고, 혹시 주

먹패가 아닌가 생각했다. 당시 사회는 불량배들을 모두 군부대에 가두고 훈련시킨다는 이야기가 파다하게 돌고 있을 때였고, 경찰에 쫓긴 주먹패들이 절에 숨어 지낸다는 이야기도 언뜻 들은 적이 있었기 때문이었다.

우락부락하게 생긴 그가 하는 일이 장작을 패거나 부엌이나 객방의 군불을 때는 일이었는데, 검은 피부에 큰 덩치와는 다르게 알고 보니 매우 단순한 젊은이였다. 나보다 서너 살 적은 나이인데 인근 공업고교를 다니다 중퇴한 후 이곳저곳 떠돌다가 이 절에 머물게 된, 보살님의 먼 친척이었다. 나에게 꾸벅꾸벅 인사도 잘 해서 나는 인사를 받을 때마다 매양 쑥스러웠다. 나이는 나와 별 차이가 없는 처지인데도 큰 덩치의 그는 꼭 상전 대하듯 예의바르게 대하는 모습에 도리어 내가 그렇게 느꼈던 것이다.

그렇게 지내던 어느 휴일의 오후, 점심을 한 후 방에서 책을 읽던 나는 별안간 밖에서 요란한 소리가 들려서 깜짝 놀랐다. 이 조용한 산사(山寺)에서 그렇게 요란한 소리는 처음이었다. 가만히 들어보니 고래고래 소리를 지르는 목소리는 바로 행자—일주일 전에 그 불목하니 청년이 머리를 깎았던 것이다. 이름 하여 행자라 불렀다—녀석의 술 취한 목소리가 틀림없었고 그 녀석을 꾸짖는 목소리는 예순이 넘은 주지스님이었다. 그냥 다투는 정도가 아니라 아주 막가는 사람들의 싸움판처럼 말들이 거칠게 오갔다.

거, 왜 나를 욕해요? 내가 뭐 만날 이렇게만 지내는 줄 알아요? 어 거참, 내가……

그래, 만날 그렇게 안 지내면 어쩔래 이 녀석아. 네 녀석 꼬라지를 좀 봐라. 머리 깎을 때는 언제고 이젠 술주정이나 해 대고. 버릇없는 녀석 같으니.

그런 스님은 어떻고요? 난 그래도 술만 먹었지 다른 일은 안 한다고요, 개씨부랄 노므 꺼. 내가 뭐 어쨌다고 나만 지랄이야…….

뭐뭐뭐 뭐라, 어째 이 녀석이? 아니 이놈이 이젠 아주 미쳐버렸구나. 이거 안 되겠다. 너, 지금 당장 보따리 싸서 썩 나가! 아주 썩 꺼져라 이놈아! 어디서 못된 행실해가지고는…… 에이 요런 미친 노므 자식 같으니…….

행자의 거친 발걸음 소리와 씨근거리는 숨소리가 내 있는 방 쪽으로 다가오더니 바로 옆방 문을 열고는 우악스럽게 들어갔고, 안에서 문고리를 잠그는 소리가 요란하게 들렸다. 뒤 이어 무거운 발걸음이 다가오더니 방문 고리를 거칠게 잡아당기는 소리가 났다.

문 열어라 이놈아, 문 못 열어?

못 열어요, 못 열어!

뭐 어째? 빨리 문 열어라. 이놈이 부처님 무서운 줄 알아라. 그래, 내 앞에서 눈초리를 치뜨고 가면 어쩔 것이여? 이놈아, 문 못 열래?

스님이나 부처 무서운 줄 알라고요. 들오고 싶으면 스님이 알아서 들어와요. 난 못 열어요.

아이구 이놈이 감히 누굴…….

갑자기 문고리가 거칠게 빠지는 쇳소리에 이어 바로 문짝이 부서질 듯한, 쫘당! 하는 소리가 요란하게 났다.

어, 어어……?

그래 이놈아, 너가 잘 했나? 엉, 잘 했어?

에이, 이거 왜 이래요, 자꾸 이러면 스님이 강릉 가서 연애한 것 내 다 일러준다고요, 다 일러…… 줘요.

어이구 이놈이 이젠 아예 생사람 잡아먹는구나, 그래 요놈아, 일러라 일르거라. 요 배라먹을 놈아! 뉘 덕에 풀칠하는 놈이 말이면 다하는 줄 아나.

옆방에서 두 사람이 엉켜 뒹구는 모습이 눈에 보였다. 허술하게 지은 객방이라 벽이 튼튼할 리가 없었다. 두 사람이 엉켜 뒹구는 서슬에 얇은 진흙 벽이 금방 허물어질 듯 울렸다. 나는 벌떡 일어났다. 말려야겠다는 생각이었다. 이젠 두 사람만의 문제를 떠난 듯했다. 누구 잘못이건 간에 어린 녀석이 늙은 주지스님에게 해도 너무한다는 생각과, 가만있으면 싸움이 끝난 후의 내 입장이 모호해질 것 같아서였다. 이럴 땐 권력자의 편에 서야 제격이었다.

내가 막 일어서서 옆방으로 가는 순간, 일은 더 크게 벌어지고 있었다. 드잡이하던 소리가 갑자기 퍽, 하는 소리와 동시에

어이쿠, 이놈이 사람 잡네!

스님의 비명과 급히 방문이 열리고 밖으로 뛰쳐나가는 소리가

났다. 나는 신발도 신지 않고 밖으로 튀어나가서 재빨리 그쪽으로 눈길을 돌렸다. 그 녀석 뒷모습이 언뜻 보였다. 방안에서는 스님이 옆으로 쓰러졌고 대머리 이마에서는 피가 홍건히 흘러내리고 있었다. 급히 살폈다. 방바닥에 높이가 한 자가 넘을 청동촛대 하나가 넘어져 있었다. 아마 이 무거운 것을 집어 들고 스님 머리를 후려친 모양이었다. 수건으로 응급조치를 한 후 병원으로 옮겨서 치료를 받게 했다. 열 바늘이 넘게 꿰맸다.

다음 날 아침에 스님을 뵙자 이마에 거즈와 반창고를 붙인 스님이 대수롭지 않게 말했다.

그 애가 평소에는 순한 녀석인데 술만 들어가면 그만…… 쩝.
봄이 화사함을 맘껏 뽐내던 사월 말경이었다.

3. 그래도 순정

내가 숙식하는 절집의 건너편 산 계곡 중턱에 작은 암자가 있었다. 그냥 민가를 개조해서 절집 냄새가 나도록 꾸민 것인데 입구가 좀 괴상했다. 두 개의 큰 바위가 양 편에 서 있었고 그 위로 축 처진 소나무 굵은 가지에 거대한 청룡도를 매달아 놓았는데, 누렇게 녹슨 이빨을 자랑하며, 들어오는 귀신들을 위협하는 듯 바람에 흔들리고 있었다.

내 방 봉창을 열면 바로 그쪽 풍경이 보였는데 가끔 사람들이

오르내리곤 하는 모습도 볼 수 있었다. 항상 가보고 싶은 곳이었는데 마침 일요일 한가한 날을 잡아 그곳을 찾아갔다. 입구의 살벌한 청룡도의 위광에 주눅이 들어 잔뜩 움츠리면서도 호기심에 올라갔다. 멀리서 보던 바와는 다르게 곳곳에 봄꽃의 화사함이 흘러넘치도록 단장된 집이었다. 주인이 집 주변에 꽃을 심어놓은 것이 아니라 만발한 오월의 꽃밭 한복판, 깊숙한 저 밑바닥에서부터 슬며시 솟아오른 집이었다. 나 이외에 다른 탐방객은 없었다. 특히 기억에 남는 것은 거의 지붕에 닿을 듯 솟은 불두화였는데, 내 머리통 만하게 부풀어 오른 불두화 송이송이가 불어오는 바람에 온몸을 맡기면서 가볍게 흔들리고, 간간히 하얀 꽃잎이 꽃보라처럼 날려서 눈송이를 잘게 썰어 뿌려놓은 듯 바닥에 희부옇게 깔려 있었다.

　나는 이 절 같지 않은 절의 주인에게 강한 호기심이 일었다. 산촌의 민가를 구입해서 임시 절집을 꾸민 암자였지만, 입구의 삭막한 풍광과는 다르게 자연스럽게 굽은 소나무 기둥과 낡은 서까래에서 세월이 묻어나는 것만큼 주인도 그렇게 마음 씀씀이가 넘쳐나리라 짐작했다. 잠시 이곳저곳을 돌아다니며 눈요기로 시간을 보내고 있을 때 툇마루에 붙은 문이 열리더니 **빡빡** 깎은 머리에 회색빛 승복을 입은 젊은 스님 한 분이 나와서 나를 슬며시 쏘아보았다. 그리 크지 않은 얼굴 중앙에서 새파란 눈빛이 매섭게 지나갔다.

　누구십니까?

나는 공손히 말했다.

이곳 면사무소 직원인데, 잠시 들렀습니다.

스님은 잠시 나를 날카롭게 쏘아보다가 즉시 표정을 바꾸며 부드럽게 말했다.

그러면 잠시 안으로 드시지요.

우리는 어두운 방안에 마주앉았다. 그는 나보다 열 대여섯 살 정도 더 먹어보였는데 전체적으로 마른 인상에 그 눈빛만 형형하게 빛났다. 침침한 방안은 일반 집과 별반 차이가 없었는데, 단지 은은한 쑥향 같은 냄새가 주위에 떠돌고 있었다. 특별한 이야기가 있을 리가 없던 나는 그냥 몸 하나만 계속 주춤대고 있었고 스님 역시 이런저런 이야기만 돌리면서 시간을 흘렸다. 먼저 거리를 좁힌 사람은 스님이었다.

곡차 한 잔 하시겠습니까?

말이 나오자마자 나는 동의했다. 어색한 분위기를 지울 수 있는 그의 용심술이라는 생각이 스쳤지만 나 역시 바라고 있던 바였다. 스님과의 한잔 술도 그리 흔한 것은 아니었으니까. 그러자 스님은 손뼉을 '탁탁탁' 세 번 쳤다. 전에 어느 술집에서였던가, 그런 손뼉소리로 주모를 불러 술을 청하던 광경이 희미한 그림으로 떠오르게 했다. 계속 마음속에 잠겨 있던 무겁고 엄숙함이 곡차 냄새로 치환되는 순간, 옆 장지문이 슬며시 열리면서 육 척 거구의 사나이가 개다리소반에 곡차를 담았음 직한 누런 양은 주전자와 큼직한 찻잔 두 개, 누런 짠지를 담은 접시를 얹어 들어왔다.

자리가 좀 적적해서 곡차를 나누면…… 이 분은 자운법사입니다. 이곳에 온 지 두어 달 됐나요…….

당시 사회정화 차원에서 소위 주먹패들을 소탕하고자 기관원들이 온 세상을 휘저으며 돌아치던 때임을 잠시 생각했다. 자운법사라는 부드럽고도 거창한 법호를 지닌 그의 얼굴 아랫부분을 덮은 덥수룩한 수염과 거무칙칙한 피부는 그렇다 치더라도 도대체 염주를 슬슬 돌리는 그의 손길만은 지금도 잊을 수 없다. 세상 어느 강한 주먹패도 한 방에 보낼 만한 무시무시한 크기의 주먹 속에서, 속세에 베풀 자비심과 죄업을 씻고자 곱게 다듬은 백팔염주가 슬며시 돌아가고 있는 모습을 바로 코앞에서 나는 보고 있었던 것이다.

스님은 먼저 내 앞으로 술잔에 부연 곡차를 따랐다. 척 보니 직접 담근 막걸리임을 알았다. 주전자를 건네받아 나도 앞 잔에 가득 부었다. 스님은 마시라는 표정을 보내면서 천천히 자신의 잔을 입으로 가져갔다. 나도 반잔 쯤 마셨다. 좀 신 맛이 났지만 그런 대로 마실 만했다. 자운법사는 문간에 앉아 무거운 침묵으로 염주만 돌리고 있었다.

선생께서는 어디서 기숙하고 계시는지?

나는 건너편 절집을 말하고,

얼마 되지 않았습니다. 시내에 있으면 만날 술만 마시게 되고 해서…… 또 책이라도 좀 잡으려면 조용한 곳이…….

그렇겠지요. 요즘 젊은 분들은 번잡한 곳을 좋아하는데 선생은 좀 다르군요. 마음을 잡고 사물과 떨어져 지낸다는 건 속인들에게는 어려운 일인데……. 또 요즘 세상이 공직자들을 가만 놔두지 않겠지요. 세상도 어지럽고 사람들의 마음도 그렇게 따라가니, 우리처럼 벗어난 사람 눈에도 걱정만 쌓입니다.

아무리 냉정하게 생각해 봐도 자신에게 은근한 정을 얹고 전하는 말에 거부감을 느낄 사람은 드물 것이다. 내가 그랬다. 좁은 방 안만큼이나 낮고 무겁게 내리누르며 전해지는 스님의 말씀에 나는 고개가 절로 숙여졌다. 역시 '산 이슬 마시고 사는 분'들은 뭔가 달라도 다른 법이다. 더구나 이 스님은 법계를 슬쩍 벗어나서 손님과 같이 가볍게 곡차도 마실 줄 아는 멋있는 스님이 아닌가.

저야 사회 초년병입니다만 세상 돌아가는 모양이 너무 어지러워 종잡을 수 없습니다. 젊은이들은 그들대로 거리로만 쏟아져 나오고 군인들도 그렇고…… 어떻게 지내야 할지를 모르겠습니다.

스님은 나를 정면으로 바라보다가 곡차를 그대로 입에 털어 넣었다. 그리고 다시 나에게 전했다.

그냥 바라보기만 하면 됩니다. 움직임은 티끌일 뿐.

……?

……무엇이 거짓이고 무엇이 참인가
참과 거짓 모두 헛것에 불과하네
안개 걷히고 낙엽진 맑은 가을
언제나 변함없는 저 산을 보게나.

스님은 나직이 읊조렸다. 그리고 곡차를 재촉했다. 나는 꿈속에 든 듯 정신없이 마셨다. 자운법사가 몇 번 들락거리며 주전자를 채워 오고 우리는 계속 곡차를 마셨다. 그 사이에 문학을 이야기한 것도 같고 뜻 모를 선시를 들은 것도 같고 세상사에 스며들어 울분을 토한 것도 같은데 정확한 기억은 없다. 마지막에는 여자 이야기도 나온 것도 같은데, 여자 이야기만은 내가 잘못 기억하고 있었는지도 모르겠다. 아마 내가 정신없이 취한 김에 젊은 기운으로 떠들어댔을지도. 밤은 깊어서 달도 없는 하늘 아래로 나온 건 거의 자정이 다 되어서였다.

그 후 나는 암자에서 있었던 그 스님과의 짧은 만남에서 벗어날 수가 없었다. 생각하면 할수록 신비스러운 사건이었다. 내 작은 지식으로는 도저히 도달할 수 없는 아득히 높은, 세상 모든 이치가 그곳에서라면 맺힘 없이 스멀스멀 풀어질 것 같은 그 곳의 말씀! 몇 번 다시 가고자 그 부근을 어른거렸지만 낡은 내 의복의 냄새가 나를 멈추게 할 뿐이었다. 감히 범접할 수 없는 그곳!

두어 주일이 훌쩍 지나갔다. 나는 답답해졌다. 가슴이 막혀서 밥상을 대해도 제대로 먹을 수 없었고 냉수를 들이켜도 속이 뚫리지 않았다. 녹은 아교 속을 걸어가고 있는 듯한 현실을 풀 수 있는 유일한 방법은 역시 술뿐이었다. 다시 내 발걸음은 술집으로 향할 수밖에 없었다.

내가 갈 수 없는 곳, 바라볼 수도 꿈 꿀 수도 없는, 선택 받은 소수만 자리할 수 있는 곳, 시골 면서기의 얄팍한 사고로는 감히 따라잡을 수 없는 무지개 같은, 그러면서도 나를 끊임없이 손짓하고 있는 곳. 그곳에 암자가 있었고 스님이 있었다. 거룩한 말씀의 수풀 속에서 잠시 머물다가 돌아온 나의 머릿속은 다시 엉킨 실타래처럼 실마리를 잡을 수 없었다. 그 스님의 흉중에는 그 어떤 선지식과 혜안이 반짝이기에 나를 이다지도 혼란스럽게 하는지!

어느 토요일. 퇴근하면서 동료들과 어울려 전날에 마신 술기운을 없애고자 해장국집에 들렀다. 40대 후반의 풍성한 아줌마의 걸쭉한 입담이 술맛을 돋우는 집이라 면소 직원들과 자주 들르던 곳이었다. 해장국에 곁들여 소주를 홀짝이던 우리에게 나무탁자에 엉덩이를 걸치고 담배를 피우던 아줌마가 툭 던졌다.

절간에서 사는 게 최 주사 맞지?

걸신처럼 먹고 마시던 모두의 눈길이 웃음에 섞여 나를 향했다.

그런데요? 잘 알고 있으면서 또 뭔 소리를 하려고……?

하여튼 중놈들이 하는 짓거리란 게 웃겨. 얼마 전에 그 똘중 하나가 여기서 술 먹고 갔거든.

우리들 중의 하나가 픽 웃으며 말을 받았다.

아, 중이 술 먹는 게 그리 대순가. 목사도 술 마시는 놈 많더라만. 거, 웬만한 중들은 다 잘 마신다구. 큼직한 절에 가 봐. 중놈 방구석 벽장에 우린 구경도 못한 최고급 위스키가 한 짝은 실할 테니까. 밤에 모자 뒤집어쓰고 기생집 나들이는 보통이야.

에이, 별 소릴 다…… 그런 스님만 그렇지, 어디 다 그런가.

나는 그 형형한 스님의 안광을 떠올리면서 그 말을 지워버렸다. 아줌마는 그런 나를 흘깃 보면서 말을 이었다. 길게 담배연기를 내뿜으면서.

그게 말이야. 최 주사가 살고 있는 절 앞산에 암자 있지. 그 절에 있는 젊은 중이 지난 수요일에 여기서 술을 마시고 갔거든. 그 술도 보통 술이 아니라 쐐주를 자그만치 일곱 병이나 마셔버렸으니 오죽했겠어? 근데 재밌는 일은 그게 아니라, 난 돈만 받으면 되니까. 그 날 저녁에 그 아래 사는 일순이 어미가 와서 하는 말을 들어보니 가관이더군. 그 암자 아래에 왜 여보살이 살잖아. 나이가 마흔 정도는 됐지 싶네. 평소 그 여보살이 몸이 좀 헤프다는 말을 나도 자주 들었거든. 술도 잘 마신다는데. 하여간 그 말을 그 똘중이 어디서 들었는지 술에 곤죽이 돼 가지고 여보살네 대문을 걷어찼다는 게 아냐. 그냥 대문을 걷어차기만 한 게 아니라, 거참 가관이지. 뭐라 소리쳤는지 알아? 인근 사람들이 다 들었다는데.

뭐라 떠들었는데요?

나는 뭔가 이상한 낌새를 느끼면서 말을 재촉했다. 희미하게 떠오르는 사진 한 장이 있었다. 곡차 속에 녹아든 여자 이야기였다. 아줌마는 다시 담배를 한 대 붙여 물고는 길게 연기를 내 뿜더니만 씨익 웃으면서,

'야, 누군 주고, 누군 안 주나?'

4. 백결 선생(百結先生)

계절이 바뀌어 여름이 되었다. 물과 숲으로 둘러싸인 이 시골에도 계절은 어쩔 수 없는지 무더위가 계속 이어졌다. 일요일 오후.

읍내에서 절로 가는 길에 반드시 건너게 되는 큰 다리가 있었다. 남한강 상류라서 강폭이 거의 이백 미터가 넘는지라 다리 길이도 만만치 않았다. 쩔러오는 햇빛을 어쩔 수 없이 온몸으로 받으며 다리에 막 들어서자 저어-기 앞에 한 스님이 걸어가고 있었다.

21세기에 살면서 어느 누가 황당한 옛 이야기를 믿으랴. 구름 타고 하늘을 날며 호풍환우(呼風喚雨)하는 손오공의 이야기는 쥐똥 냄새 나는 누런 종이에나 적혀 있을 뿐이라. 또한 행운유수(行雲流水)를 이야기하나 그 또한 옛 먹물 냄새가 밴 한지(韓紙)에서나 찾지 못하면 곰팡이 핀 낡은 서적의 어구(語句)를 참고할 뿐이니, 컴퓨터 하나로 백만장자의 금고가 찰나에 날아가는 시대에 살면서 누가 그 잘난 옛 이야기에 귀를 빌려줄 리가 있으랴. 그러나…… 나는 분명 보았다.

키가 하늘을 찌를 듯한 스님 한 분이 맥고모자를 푹 눌러쓰고 다리 한복판을 걸어가고 있었다. 그렇다, 걸어가고 있었다. 그러나 틀렸다. 그 스님은 걸어가고 있는 것이 아니라 몸체로 땅 위를 스치고 있는 거였다. 분명히 걸어가고 있음이 분명했지만 그러나 그 스님은 걷는다는 표현과는 다르게 움직이고 있었다. 그야말로 심산(深山)에서 도를 닦던 도사(道士)가 인간에 내려와 진세(塵世)

의 어지러움에 한 줄기 빛을 던지고는 표표히 산 속으로 들어가는 거룩한 모습이었다. 하체의 움직임은 전혀 없이 자연 속의 기를 운행(運行)하면서 걷는 모습. 내 눈에는 그렇게 보였다. 이런 산골에 저런 스님이 계시다니.

단순히 그 스님의 걸음걸이만이 예사롭지 않았다. 또 있었다. 걸치고 있는 승복이 또한 독특했다. 일천 오백 년 전의 신라 백결 선생(百結先生)의 고사를 모르는 사람이 있을까. 바로 그 백결 선생의 현신(現身)을 보았던 것이다. 갈래갈래 찢어진 승복자락을 수없이 꿰매어서 한 벌의 승복을 만들어 입고 있었다. 그 조각들의 색깔이 다 틀린 것도 특이한 점이었다. 녹색·흰색·회색·청색·황색·회청색…… 요즘 젊은이들이 좋아하는 아이보리색도 있었다. 한마디로 너무 진하거나 원색 티가 확 띄는 색깔만 빼고 이 세상의 모든 색이라는 색은 다 엮고 섞고 비벼서 만든 옷이었다. 내가 이런 말을 하면 듣는 이들은, 에이, 황당한 얘기…… 하면서 믿지 않을 것이다. 어차피 지금은 21세기의 시대이므로. 하지만 계속 강조하건대 백주 대낮에 난 분명히 보았다. 그러니 내가 어찌 뒷모습을 가만히 보고만 있을 수 있겠는가.

거의 뛰다시피 스님의 뒤를 쫓았다. 내 딴에는 아주 빨리 걷는다고 했지만 스님과 나와의 거리는 그리 좁혀지지 않았다. 그렇다고 소리 내어 뛰어갈 수는 없는 일이었다. 스님을 놀래게 해서는 도리가 아니었다. 있는 힘을 다해 거의 뛰다시피 걸었다. 땀을 흘리면서 내리꽂히는 햇빛을 뚫고 간신히 그의 뒤에 붙어 섰다.

가까이서 보면 볼수록 뒷모습은 베풂의 너그러움과 용서의 자비심, 대오(大悟)의 깨달음과 중생의 괴로움을 온몸에 지니고 계신 큰스님의 형상이 서려 있었다. 나는 가슴이 거세게 뛰었다. 이제 곧 몇 발자국만 더 가면 큰스님의 거룩한 얼굴을 뵐 수 있으리라.

나는 이제 망설일 필요도 없이 그의 왼편에 붙어 서서 불문곡직하고 그를 보았다. 스님도 나를 보았다.

어라!

내 입에서는 예상치도 않는 비명이 터져 나왔다. 스님도 놀란 모양이었다. 이럴 수가 있나!

아니, 이거 어찌, 웬일이오?

난 단지 이 말밖에 더 할 수가 없었다. 그 녀석이었다. 몇 달 전 주지스님의 대머리를 청동촛대로 후려치고 그 길로 어디론가 사라졌던 녀석이 하늘에서 떨어졌는지 땅에서 솟았는지 이렇게 홀연히 나타났던 것이다. 그 녀석은 그 큰 키로 지긋이 나를 내리누르듯 느긋한 웃음을 띠면서 말했다.

잘 계셨어요, 그 동안?

5. 참회(懺悔)

밥맛이 없어서 저녁 공양이라는 개다리소반의 밥그릇을 몇 숟갈 뒤적이다가 옆으로 밀어놓고 말았다. 대신 냉수만 한 그릇 다

들이켰다. 두툼하게 개어 놓은 이불 위에 다시 베개를 얹어 그 위에 머리를 기대고 담배를 몇 개째 계속 피워 물었다. 설명할 수 없는 허탈감에 팔다리를 움직일 수조차 없었다. 도대체 어떻게 된 일인지 분간하기 어려웠다. 주지스님은 왜 그 녀석을 다시 받아들였을까. 그 녀석은 그동안 어디서 어떻게 뭘 하고 살았기에 그토록 거창한 승복을 걸치고 신수가 훤하게 변해서 돌아왔을까. 도무지 알 수가 없는 노릇이었다. 세상 일이 다 이러한가. 저런 녀석도 잘 짜인 이 세상을 잘만 파고들면 저렇게 멀쩡히 돌아칠 수 있단 말인가. 내 썩어빠진 눈알은 어떻게 된 건가. 이것도 눈알이라고 처박고 다녔으니…….

 세상에 대해 뭔가 속았다는 느낌과, 스물아홉이 되도록 살아오면서 번듯한 옷 한 벌 제대로 입지 못하고 '잠바때기'만 걸치고 다니면서 얇은 월급봉투를 눈알이 튀어나오도록 기다리는 자신에 대한 한심한 생각이 어지럽게 일어났다. 백결선생과 '잠바', 고승과 면서기…… 처량한 생각이 계속 꼬리를 무는데 밖에서 인기척이 났다.

 최 주사님 계십니까?

 ……?

 최 주사님!

 녀석이었다. 나는 가슴이 터지는 것 같았다.

 들어오시오.

 …….

들어오시라니요.

난 좀 신경질적으로 말했다. 그래도 한참이나 밖에서 부스럭대다가 천천히 문을 열고 방으로 들어왔다. 그러고는 몇 걸음 뒤로 물러서더니 넙죽 큰절을 하는 거였다. 나는 당황히 손을 내저었다.

아니, 왜 이러시오?

최 주사님, 저를 용서해 주십시오. 제가 아직 어려서 불민하고 또 불심이 없어서…… 그만 그렇게…… 그저 불심이…….

그를 빤히 쳐다볼 일 외에는 내가 할 일은 없었다.

애초 내가 절로 들어온 이유는 바로 그때 그 대학생들 때문이었다. 더 정확히 말하면 술집을 나서면서 그들이 나에게 보냈던 그 표정 때문이었다. 배운 자가 무식자에게 보내는 그 안타까움과 동정, 그리고 무식한 용감성의 횡포에 난감해 하던 그들의 선량한 모습을 잊을 수 없었다. 그 후 나는 무식의 빈 공간에 알량한 말단 공무원 하나 집어넣고 의기양양하게 돌아쳤던 어리석음에서 조금이라도 벗어나고자 이 절을 찾았다.

그동안 나는 닥치는 대로 책을 읽었다. 지금까지 먹고 마시고 놀았던 시간을 짧은 시간이나마 메워보고자 한 행동이었다. 성과도 있었다. 세상을 수평 혹은 수직으로만 인식했던 고정된 시선을 약간의 입체 속으로 변형시켜 바라보는 여유도 생겼다고 소리죽여 말할 수도 있게 되었다. 그러나 녀석의 그 알량한 '불심 타령' 앞에서 나는 또 한 번 무너지지 않을 수 없었다. 나는 지금까지도 그렇게 쉽게 '불심'의 첫 비읍 [ㅂ]조차 함부로 내뱉지 못하건만 녀석은 조금도 망설임 없이 당당하게 나에게 말했던 것이다.
 ……불심이 없어서…….

6. 가난한 술꾼들

 그 해 여름은 참으로 더웠다. 바닷가 해수욕장 근처에 방을 얻은 나는 전 근무지에서의 일을 당분간 잊고 지낼 수가 있었다. 군 출장소 격인 작은 사무실인데다 인원도 나를 포함하여 네 명에 불과해서 항상 바빠 움직이지 않을 수 없었다. 일하는 사이에 잠시 그때의 일이 불쑥 떠오를 때도 있었다. 불과 2년 전의 일인데도 아련한 안개 저 편에서 희미한 실루엣처럼 다가오곤 했다. 나는 바다보다는 산을 좋아하는 편이어서 내륙의 아무 곳이라도 보내주기를 원했지만, 내 주제에 뜻대로 되는 일이 있을 턱이 없었다.
 이런 곳에서 밤만 되면 술 마시는 일이 낙이라면 낙이었다. 다행히 여직원 하나만 빼면 셋은 모두 주태백이고 술 매너도 그런대로 좋은 편이어서 우리는 틈만 나면 마셨다. 일용직으로 있는 홍씨만 마흔을 넘었고 둘은 총각 신세여서 죽이 잘 맞았다. 어느 날 토요일 밤에 총각 둘은 해수욕장으로 흘러드는 냇가 상류 깊숙한 곳까지 진출했다.
 막걸리 한 말을 담은 양동이 하나, 두부 두 모에 간장과 고춧가루를 섞은 작은 양푼 하나, 그리고 낡은 텐트 하나가 전부였다.

우리들은 사람이 없는 냇가의 지류를 타고 올라가서 평소 보아둔 한적한 곳에 자리를 정하고 옷을 모조리 홀라당 벗어버렸다. 우리 이외에는 아무도 없었다. 그리고 계곡에서 흘러내리는 시원한 물 중간에 넙적한 돌을 쌓아놓고 그 위에 막걸리를 담은 양동이를 올려놓았다. 두부 안주를 올려놓을 작은 돌무지도 다 만들어지자 우리들은 어깨를 덮을 커다란 수건 하나씩만 들고 물속에 들어가 막걸리와 두부 안주를 사이에 두고 마주 앉았다.

시원하게 흐르는 계곡물은 우리들의 가슴에서 찰랑거리며 흘렀다. 커다란 수건을 적셔서 어깨와 등을 덮었다. 귀찮게 덤벼드는 각다귀 떼들을 막아줄 우리들의 방패였다. 달은 하늘 높이 떠서 주위를 오직 검정과 흰색으로만 그린 동양화처럼 환상적 세계를 연출했다. 듣고 보는 건 오직 밤잠 없는 풀벌레 소리, 새소리 그리고 흑백의 물감뿐. 말없이 몇 잔 들이키던 우리는 술에 젖은 말씀의 향연을 시작했다.

서울 촌놈들이 얼씬도 않는군. 설마 이런 곳에 이런 기막힌 장소가 있을 줄은 이 마을 몇 놈 빼고는 아무도 아는 자가 없을 걸.

알면 안 되지. 우리도 숨 쉴 공간은 있어야 되니까.

자, 마시자. 이 짓 없으면 뭔 낙으로 사나.

<u>호호호</u> 그래.

달빛이 너무 곱게 비추는데? 이 세상에 우리 둘만 있는 것 같아.

야, 바로 너 오른쪽에 달이 있는데, 보여? 아니, 오른쪽 말이야. 그래, 거기.

흐음, 여기서 보면 너 왼쪽에 있는데 그래. 오른쪽 왼쪽도 구분 못하는 녀석아, 술이나 마셔라.

　　요즘처럼 험악한 세상에 구분 못하는 놈이 현명한 게야. 전에 군인들 싸우는 것 봐라. 출동시켰던 중대장이 상대편에게 설득을 당하고는 되돌아와서 자기 대대장을 붙잡는 꼴, 봤지?

　　그저 꼴리는 대로 판단하면 그게 젤 현명할 때도 있어. 아마 그 중대장 놈 지금쯤 출세했겠지? 제대로 편을 섰으니까.

　　허 참, 장개석 군대도 그리는 안 했을 거라. 그래도 지금 삼천 리 삼백 육십 주가 다 그들 손 안에 있소이다야. 정치하는 놈들은 다 지 밥벌이에 바쁘지. 사실 종이쪼가리처럼 불면 날아갈 힘없는 놈들이 요즘 정치하는 놈들이라고.

　　최 무시기가 바보지. 거 뭐냐, 총장 하던 정 무시기도 마찬가지고. 불면 날아갈 우리야 월급만 바로 받으면 되니까. 개들이 그래도 미안한지 봉급 올려주는 것 봐라. 올 해도 아마 십오 프로가 올랐지?

　　지랄은. 오르면 뭘 해? 당장 하숙비가 육만 원에서 칠만 오천 원으로 뛰었는데.

　　괴로운 얘긴 치워라. 야, 너 전에는 절간에서 출퇴근했다며? 참 별종이구나. 그래, 재미 좋았어?

　　기막히게 재밌었지. 술도 덜 마시게 되고. 그런데 면장인지 된장인지가 하산하라더라. 뭐, 면민들 중에 다른 종교를 가진 사람들이 항의한다나? 똘중 공무원이 만나는 사람들을 다 똘중 만든

다고…….

넌 불교도가 아니잖아. 그래서 넙죽 하산했어? 면장 말 한 마디에?

도사가 굳이 그런데 처박혀야만 도가 이루어지는 것이 아니라 녀석아. 사실 그때 나는 공부가 목적이었는데, 몇 달 책을 잘 봤지. 분위기도 좋았고. 도시로 나가서 야간 대학이라도 다닐 목적이었는데, 그런데 좋은 일에는 마가 끼잖아. 부득이 하산하고 말았지. 지금 생각하면 그런 용기가 어디서 났는지 모르겠어.

그랬었나? 하여간 그런 얘긴 듣긴 들었지. 그런데 거긴 미인들도 많다며? 몇 건 잘 올렸겠다? 원래 물 맑고 산 높은 곳에 미인이 난다는데.

거기서 아랫도리를 함부로 놀렸다간 꼼짝 못하고 촌구석에서 평생 썩는 수가 생겨. 거기 처녀들은 공무원한테 시집가는 게 소원이라, 그저 하숙하는 총각 공무원이 있으면 그 애비가 딸애를 강제로 총각 방에 밀어 넣는 게야. 한 번 붙었다 하면 여자는 그냥 날 잡아 먹우 하고 방에서 나자빠져. 그렇게 붙들린 녀석들도 꽤 있다는 게야. 몇 놈 보기도 했고.

너는 다행히 탈출했다 이거지? 후후 그것도 자주 안 쓰면 곰팡이가 슨다는 걸 몰라? 못 이기는 체 재미도 좀 보지 그랬어?

야, 술이나 처먹어라. 안주만 먹지 말고. 너 한 번 가서 그래봐라. 만날 장가 타령이나 해 대니……. 먼저 단가를 자주 가야 장가도 가게 되는 거 몰라? 방구가 잦으면 뭐도 된다더라.

빌어먹을. 돈이 있어야 장가를 가든지 단가를 가든지 할 게 아니냐. 하숙비 내고 술 몇 잔 마시면 우리 어머이 속곳 살 돈도 없다.
 이 자슥아, 장가는 돈으로 가는 게 아냐. 너 물건과 팔 길이만 길면 되는 거지. 무슨 돈타령이야.
 이 지랄하며 지내다가 언제 집 한 칸이나 마련하겠나. 어느 날 갑자기 과장이나 하라면 또 모르지만. 집에 가도 농사짓기도 겁나고, 농사질 땅도 별로 없고. 해 논 공부도 짧으니 제기랄 것.
 빙신같은 놈. 과장 아무나 하는 줄 알아? 계장만 해도 일 년 치 봉급을 들이밀어야 된다는데, 그럼 넌 그동안 맹물만 들이키고 살래?
 그래서 과붓집 하나 구하라는 거다. 누이 좋고 매부 좋고. 보시 중에 육보시가 젤이라. 절에 있었다는 놈이 것도 몰라? 그나저나 고민거리가 생겼다. 동생 놈이 대학 간다고 우겨대니. 성적도 괜찮은 편인데 걱정이다. 집은 농사 지어 겨우 사는데, 내가 그래도 봉급쟁이라고 아버지가 나에게 동생을 맡기는 눈치고. 허참, 젠장맞을 놈으것.
 히야, 이거 좋구나. 화장실 갈 필요가 없네그래. 어 시원하다, 그냥 앉아서 볼일 보니 시원하구나…… 네놈이 원하면 내가 입학금 정도는 꿔 줄 용의가 있지. 난 동생도 없고…… 내가 대학 가려고 준비한 게 좀 있으니까.
 …….
 …….

지금 생각하면, 그때 참으로 행복했었다. 우선 겁이 없었으니까. 뭘 잘 몰랐으니까. 원래 무식한 놈이 험한 세상에서 겁이 없는 법이다. 그러던 그 동료는 지금 공금 횡령으로 그만 두었다는 소식을 들었는데 요즘은 어떻게 지내는지 궁금하다. 그리고 정말 그 돌중 녀석은 잘 지내는지. 개과천선해서 착실히 불심을 잡고 중노릇을 잘하고 있는지. 앞산 암자에서는 지금도 그 스님이 자운법사와 같이 곡차를 마시는지. 암자 아래 몸 헤픈 여보살과는 또 어찌 됐는지.

모두 이 **빡빡하게** 짜인 사회의 좁은 틈새에서 그들 나름의 공간을 찾아 풀처럼 살아가던 사람들이었음이 분명했다.

발문 소설의 저 편

박세현(시인)

　박문구의 소설은, 이렇게 문장을 시작하다가 나는 잠시 멈춘다. 이건 아니다. 그보다는 더 질박한 문장이 선택되어야 한다고 생각하는 순간이다. 이 자리는 그의 생애 첫 소설집 해설의 자리다. 웃기는 것은 소설에 해설은 무슨 해설이겠나 싶었기 때문이다. 그 작업은 단수 낮은 문장론에 지나지 않는다. 내가 생각하는 소설은 특히 우리쪽 소설은 해설에 값하기 위해 쓰여진다고 보여지지 않는다. 읽어서 좋으면 좋지 않은가. 그것으로 소설은 자기 미학을 완성한다고 나는 본다. 그래서, 이 글은 박문구의 소설을 해명하는 방향을 버린다. 그보다는 그의 소설 이전 혹은 이후에 박혀 있을지도 모르는 일련의 비소설적인 이야기를 덧대는 것으로 만족할 것이다.

언젠가, 내 친구 소설가 박문구는 말했다. 삼척에 시 잘 쓰는 여자 두 명 있는데 한 여자는 이사 갔다고. 그래서 나는 삼척에 시 쓰는 여자 한 명 남았다는 뜻으로 새기며 웃는다. 그의 말은 다소 위험하지만 명료하다. 나는 그런 거침없는 뻥에 넘어간다. 두 명의 여자 중 남아 있는 여자가 아니라 이사 간 여자가 그의 소설에 알리바이를 제공하는 것은 아닐까. 내가 그의 첫 소설집 뒷방에서 이런 말을 먼저 꺼내드는 것은 이 말만큼 소설가의 인간을 잘 대변하는 일화가 없기 때문이 아니다. 이 참을 수 없이 귀여운 한 줄의 세리프는 그와 내가 서로 다른 공간에서 늙어오는 사이에 그가 키워온 외로움의 낮은 음계같은 것이라 생각한다. 외로움이라는 단어를 함부로 써서는 안 되겠으나, 적어도 소설가 박문구를 떠올릴 때만은 예외적이 된다. 무슨 뜻이냐고? 갑자기 나도 애매해진다. 그렇지 않은가. 모든 것이 알뜰히 설명되는 것은 아니다. 말했듯이, 누군가의 외로움에 대해 아는 체한다는 것은 대박 웃기는 일이 되기 쉽다. 나는 그를 잘 알지만 또 잘 모르기도 한다. 내 기억에 박혀 있는 것만으로 재구성할 뿐이다. 사람의 기억이라는 것은 언제나 재구성될 뿐이지 결코 구두 밑창에 붙어 있는 껌딱지처럼 고정적이지 않다.

사월 어느 저녁에 그가 내게 전화했다. 삼척에서 원주로 걸려 온 전화다. 공간감을 부셔버린 그날의 통화에서 그는 소설집 해설을 쓰라고 일방적으로 통보했고, 나는 속수무책으로 이 자리에 차출되었던 것이었던 것이다. 그날 나는 이상한 흥분에 휩싸였다. 흥분의 핵심은 소설집 한 권 없는 소설가 내 친구가 소설집을 묶는다는 데 연유한다. 나에게 전이된 흥분이 무엇인가를 흥분하면서 복기한다. 그것은 우정이나 연민과 같은 항목에 기인하는 것이 아니다. 일종의 자기 확인 같은 것이리라. 그것은 또 무엇인가? 그것은 그와 연결된 어떤 히스토리다. 그는 나와 같은 고등학교와 같은 대학 같은 학과를 다녔고 같은 지방에서 같은 문학병을 앓았다. 우리가 앓은 문학병은 희귀병은 아니었으나, 1970년대 당시에는 나름 앓고 싶어 투신한 지병이었다.

내가 아는 박문구는 대관령 저 너머 강릉에 있는 유일하고 치명적인 지방대학 국어교육과의 문학도로 출발한다. 그는 군복을 검게 물들인 파카를 입고 다녔다. 이 패션은 1960년대 선배 지식인들의 개폼일 것인데 박문구는 이것을 자기화하는 데 대체로 성공하고 있었다. 거기에는 그의 가난도 한몫했다고 본다. 그러나 가난이라는 것도 보기에 따라서는 화사한 사치로 비쳐지기도 하는데, 그가 걸친 예의 검은색 윗도리는 그런 상징으로 읽혔었다. 게다가 그는 언제나 번민이 뒤섞인 어둡고 무거운 표정을 달고 다녔다. 단벌신사처럼 그의 표정도 한 벌밖에 없었다. 상상해보시라. 검은 파카에 거기에 짝을 맞춘 검은 표정. 그의 무겁고 사색적인 표정에 압도당했는데 훗날 그 표정은 사색과 무관한 가난이었다는 것을 돌이킬 때마다 속았다는 생각을 지울 길 없다. 그는 진지한 얼굴로 주변을 압도하면서 캠퍼스를 휘젓고 다녔다. 그의 표정은 그와 상관없이 참 소설적이었다. 사무가 없으면서 사무적인 표정이었으며, 인문학보다 더 다급했던 인문학적 표정은 나 말고도 다른 이들을 겁주는 데 효율성이 컸다.

내가 그를 소설가보다 문학청년으로 기억하는 아름답지만 쓸쓸하고, 쓸쓸하지만 미워할 수 없는 두 개의 에피소드가 있다. 이 일화는 언젠가 적절할 때 써먹어야지 했는데, 기회는 이렇게 필연을 가장한 필연으로 내게 왔다. 그 하나. 그는 대학 내에 있던 유일한 문학회의 회장으로 주석하고 있었다. 신학기가 되면 그는 학교 안에 방을 붙이고 신입 회원을 모았다. 경포 바닷가에서 눈 밝은 문학 지망생들을 기다렸는데 내 기억으로는 아무도 오지 않아서 회장 혼자서 자작 소주를 마시고 해산했다는 얘기가 첫 번째 에피소드이다. 회원 한 명 없는 문학회의 회장이었다는 말을 하려는 것이다. 20대 청년의 적막한 자존심을 달래주는 파도소리를 생각하면 그것만으로도 그의 문학은 화사하다. 지난 세기 70년대의 정치상황이 제조한 어둠발이 굵었던 시절, 그것도 적적한 지방대학의 고농축 지방 분위기 속에서 스승도 선배도 없이 문학을 혹은 문학적 아우라를 부양했다는 공로를 그는 사후적으로 추인받아야 옳다. 그것이 날계란 몇 개로 아침을 대신하며 지방대학의 문학을 이끌어온 그의 존재감이다.

다른 하나의 에피소드는 좀 더 우스운 옛날이야기가 된다. 그때나 지금이나 우리나라 대학이라는 제도는 가설극장을 닮고 있다. 낡은 영화를 돌리고 난 뒤 그보다 더 엉성한 물건을 팔아먹는

호객행위를 하는 제도가 바로 그 장소였다. 그가 다닌 사립대학도 그런 곳이었다. 한번은 술을 마신 그가 교문 앞에 이르렀을 때 그의 눈에는 아주 초라한 대학 표지석이 눈에 들어왔다. 그는 큰 분노를 느끼며 그것을 뽑아서 개울 밑으로 밀어버렸다. 그날 밤의 역사(役事)는 역사(歷史)다. 그 이후 번듯한 간판이 만들어졌다는 후문에서 그의 이름은 지웠지만 나는 이 자리를 빌어 적어둔다. 청년의 객기 서린 행동을 좀 보수하여 개인적 혁명이라 부르고 싶다. 술기운 속에서 그를 두드렸던 한 줄의 분노심은 단지 자신의 등록금으로 운영되는 대학의 허술한 마인드에 대한 항변만은 아니었을 것. 회원 없는 문학회장 박문구의 당대적 저항의 모습이었다고 나는 믿는다. 아니, 그래야 내 사고의 아귀가 맞는다. 내 친구 소설가를 둘러싼 두 편의 일화는 나에게만 기억되는 듯하다. 이 이야기는 내가 그를 생각할 때 들어가는 문과 같다. 첫잔 없이는 다음 잔을 마실 수 없듯이 이것 없이는 그가 만들어지지 않는다. 눈물 없이는 볼 수 있겠으나 대저 마른 긴장감 없이는 돌이킬 수 없는 저예산 영화의 한 장면 같지 않은가. 그것도 박문구 혼자 제작, 연출, 주연, 소품을 다 감당한 청년극이다. 전사(前史)가 길었다. 그래도 짧았느니, 그대의 청춘!

그랬던, 박문구가 소설집을 내는 일은 내게 하나의 울렁거림이다. 한 시대가 내게 몰려온다. 소설가에게 첫 소설집이라는 점 말고도 이 책은 소설을 넘어서는 복잡한 정서들을 내게 던져준다.

'사실 나도 잘 모르겠어. 이게 활자화될 가치가 있는 것인지 어쩐지.'라는 메모가 나를 살짝 웃게 했다. 자기가 쓴 작품에 대한 저렴한 자기판단 때문이다. 웃자고 하는 얘기를 죽자고 듣지 말기 바라며, 쓴 사람이 모르는 부분을 읽는 사람이 보충해야 하는 것이 독서의 본질이기는 하다.

작품집에 탑재되는 소설은 「적군」을 포함하여 도합 여덟 편이다. 1958년생 마돈나가 나이와 상관없이 그의 영토는 '청춘'과 '춤'이라는 말이 떠오른다. 이 말을 조금 비틀면 박문구의 문학적 영토는 '지방'과 '술'이 아닐까. 이 말을 풀어서 쓰면, 소설가가 지방에서 마신 술 정도가 되고, 이것은 박문구의 소설적 정의에 해당하기도 한다. 그는 태어나서 지금껏 동해안 삼척을 근거지로 살아왔고, 일관되게 술을 숭상해온 술꾼이다. 이것만으로도 박문구 소설의 키워드가 간추려지지 않는가, 싶다. 나의 직관은 잘 맞지 않는다는 장점을 가지고 있는데, 이번에는 그의 소설이 나의 직관을 도와주었다. 내가 읽은 그의 소설의 무대는 모두 작가가 살아온 지방 안에 있다. 삼척을 중심으로 하는 동해안 일대가 소설 속 인물들의 동선이다. 이게 무슨 의미일까? 공간은 인식이다. 그것은 서로 불가분으로 삼투하고 작동하는 계(契)다. 면 단위, 군 단위 혹은 소도시를 살고 있는 박문구 소설의 인물들은 그와 같은 공간이 허락하는 범주 안의 갈등이자 그것을 깨려는 갈등이다. 시골의 작은 면소재지, 성산, 대관령(「적군」), 바다와 맞닿은 도시(「인형과 술꾼」, 「역사의 후예」, 「환영이 있는 거리」), 고성(「데드 마스크」), 몽골, 정선(「시간의 저편」), 휴양지를 낀 마을(「강쇠바람을 기다리며」), 강원도 중심부의 작은 면소재지(「술꾼 시절」) 등이 소설의 주요 무대가 된다. 소설의 인물들이 거주하고 사색하고 고민하며 살아가는 공간적 지형이 이렇다는 말이다.

 나는 그렇다. 소설을 읽으면서 이게 뻥인가 아닌가를 묻는다. 나는 세상이 다 뻥으로 버무려졌다고 본다. 소설이라는 제도는 대놓고 뻥이라고 떠들어대는 순진한 장르다. 언제나-이미 현실은 어떤 소설보다 더 정교한 뻥으로 조작되어 있다. 소설은 가공이고 현실은 가공 이전이라고 보는 견해는 소박한 판단의 결과다. 무책임하게 말하자면, 나는 소설을 통해 현실을 느끼고, 현실을 통해 소설을 바라본다는 뜻이며, 소설은 현실의 증상이라고 믿는 사람이다. 마치 꾸민 듯이, 거짓말인 듯이, 실제와 무관한 듯이 시침을 떼고 있는 그 진실이 소설의 무의식이 아니라면 무엇이겠는가. 이런 생각에 기대자면, 박문구의 소설은 아주 잘 꾸며진 현실의 알리바이로 읽힌다. 앞에서 대강 살폈듯이, 공간적으로 그의 소설은 삼척을 중심으로, 동해안 7번 국도의 궤적 속에 녹아 있다. 그것은 공간적 변방성 내지는 지방성에 해당된다. 세계화라는 말을 듣기 전에 우리는 서울과 지방(시골)이라는 이분법 속에서 성장한 세대다. 지방으로 간다는 말은 서울을 벗어난다는 뜻을 함축할 뿐이다. 우리 세대의 동경은 그러므로 서울 지향이었고, 의식의 표준 또한 서울이었다고 본다. 인터넷이 가동하면서 우리는 지방에 사는 서울 사람 또는 한국에 사는 뉴욕 사람이 되었다. 이런 틈, 조각 속에 놓여 있는 것이 박문구 소설 속 인물들의 정황이다. 현실에서 벗어난, 이탈한, 깨어진, 막힌 인물들이 벌이는 드라마가 그의 소설을 구성하고 있다.

이 소설집에 출연하여 연기하고 있는 인물들의 직업군은 교사와 그에 준하는 지식인이다. 박문구 소설의 표준적 인물은 교사다. 작가 자신의 투영이라 해도 과언은 아니지만, 그보다는 지방 도시에서 교사가 현실과 대면하면서 가지는 디스카운트 된 자존감과 보충할 길 없는 지방적 무력감이 소설의 기본 동력이다. 제1차 세계 대전 당시 독일과 오스트리아 군사 사령부 간에 주고받았던 전보에 얽힌 일화. 독일군: 이곳 전방은 상황이 심각하긴 하나 파국적이지는 않다. 오스트리아군: 이곳 상황은 파국적이지만 심각하지는 않다(슬라보예 지젝의 『불가능한 것의 가능성』). 우리가 견디는 현실이라는 국면은 앞의 전보 내용과 다르지 않다. 위독하지만 참을만 하고, 견딜만 하지만 여전히 위독한 지경이 우리의 삶이다. 이 책이 관통하고 있는 소설적 상황도 위독하지만 참을만 하고, 참을만 하지만 위독한 현실'들'이다.

「데드 마스크」는 박문구적 위독성을 표준적으로 무대화한다. 이 소설은 13년차 교사직을 사임한 전직 교사가 직면한 파국적인 현실을 다루고 있다. 써놓고 보니, '현실을 다룬다'는 말은 어색하다. 우리는 현실에 의해 그저 다루어질 뿐인데 말이다. 우좌지간, 교사인 '나'에게는 건조한 부부애만 남은 불임의 아내가 있고,

반복과 규범에 적응하기 위해 가장하는 데드 마스크에 관한 고백이다. 현실에 저항하는 방식의 하나로 '나'는 소설쓰기를 출구 삼고 있고, 종국에는 교사직을 버리고 '해안선을 따라 북쪽으로 가고 싶'어 갈 수 있는 '한계'인 고성을 선택한다. 고성은 주인공의 의식의 군사분계선 같은 지점이고, 그곳은 금강산 건봉사가 있는 곳이다. 이곳이 '나'가 설정한 힐링의 공간이다.

　변함없는 반복. 그리고 변함없을 반복의 미래에서 내 모습은 내가 아니라 이중의 마스크로 변장한 배우에 지나지 않을 것이다. 아니 나만이 아니라 동료들도 실은 자신을 드러내지 않는 마스크의 천재들인지도 모른다. 자신을 드러내지 못하는 자아상실증 환자. 우리들의 진정한 모습이었다. 우리 모두 그 병원체를 몸 깊은 곳에 키우면서도 그것을 감지할 기능은 정지된, 진정한 치유불능의 환자들의 모습에 더 견디기 어려웠다.

▶▶▶「데드 마스크」

인용으로 꺼내놓은 '나'의 생각은 규범과 제도와 일상의 응시에 겁 먹고 있다. 끊임없이 자신의 존재 유무를 질문하는 강박증이다. 입 큰 현실에 먹혀서 존재 자체가 사라질 것이 두려운 이 사랑스러운 강박증자는 지금-여기의 우리 자신이기도 하다. 규범적 현실과 상투적 현실에 매몰되어 자기를 뺏기는 것이 두려운 '나'는 「데드 마스크」만이 아니라 다른 작품에서도 의상을 갈아입고 출연한다. 「인형과 술꾼」은 제목부터 「데드 마스크」의 변주라는 냄새가 난다. 고등학교를 졸업하고 20년 가까이 철도청 개찰구에서 펀치를 들고 좌석표를 찍는 직업을 가진 M은 병으로 인해 휴직하고 자기에 눈뜬다. 안정된 직장생활 속에서 얻는 M의 데드 마스크는 '석화(石化)'다. 석화는 비인간화의 과정이다. 주인물 M의 건너편 자리에는 언제인지 모르게 이 도시에 스며든 정체불명의 사내가 있다. 시집을 읽기도 하는 사내는 바코드에 읽히도록 규격화된 M을 조롱한다. 시는, 과장이지만, 단지 말이 그렇다는 뜻에서, 꿈속에서도 세속의 길을 걷지 않으려는 삶의 태도에 대한 서약이다. 규격화된 삶 속에서 한없이 왜소해지는 자신의 일상을 통해 '실패한 아버지'의 삶이 실은 성공이었다는 것을 수용하는 「역사의 후예」도 석화를 두려워하는 존재의 위기에 대한 소설이다. '아버지는 실패한 분이었지. 그런데 지금 내가 생각해 보니 결코 완전한 실패는 아니었어. 하고 싶은 대로 다 하신 분이니까. 티브이를 보면서도 소리치고 웃고. 이 도시 전체 가구가 같은 시간에 같은 연속극을 같은 자세로 거실이나 소파에 앉아 보고 있다고 생각해 봐. 어때? 숨 막일 것 같지 않아? 지금 생각해 보니 아버지는 그런 걸 거부하고 사셨던 거야.' (「역사의 후예」) '완전한 실패'라는 말이 느닷없이 독자의 습관적 생각의 어디를 건드리고 지나간다.

두 편의 소설 「인형과 술꾼」, 「역사의 후예」에서 나는 아름다운 상징을 만난다. 향유고래에 관한 설명이다. 데드 마스크와 나날의 석화가 두려운 인간에게 '거대한 회색빛 향유고래가 주어진 생명을 다하고 한없이 깊고 어두운 바다 속으로 가라앉을 때, 어둡고 깊은 바다 속에서 서서히 퍼져나가는 용연향의 향기'는 하나의 메시지다. 그것은 박문구 소설의 인물들이 갈구하는 환타지에 대한 소설적 응답이다.

'데드 마스크'와 다른 자리에 소설가 나름의 현실 이해력이 돋보이는 일군의 소설이 있다. 이 소설들은 현실에서 길어냈을 상상력과 소설가의 관념을 결합시킨 풍경의 세밀화다. 더럽지만 참을 만하고, 참을만 하지만 지저분한 현실이 소설을 떠받치고 있다. 「적군」, 「강쇠바람을 기다리며」, 「술꾼시절」 등은 날것의 현실을 날것으로 받아적고 있다. 「적군」은 다섯 개의 삽화로 구성되어 있고, '적이 없어 슬픈 나라/아르헨티나'로 시작하는 김광규의 시를 되새기게 한다. 적은 어디 있는가? 적은 누구인가? 와 같은 문제의 현실적 판본들을 엮어놓고 있다. 이 소설을 독서하면 삶의 상스러움에 기인하는 통증을 느낀다. 「강쇠바람을 기다리며」는 교육현실에 대한 리포트다. 시골 학교의 교사와 주민의 갈등이 선명한 사실성을 획득하고 있어 흥미롭다. '사람이라도 많이 와 줬으면 그나마 바쁜 탓으로 더위도 잊겠네만'으로 시작된 마을사람들의 '손님 없음'의 화풀이가 시골 학교 교육 문제로 번지는 도입부는 실소를 자아내지만, 정작 거대한 담론은 하찮은 데서 기인한다는 판본을 진지하고 우습게 복원한다. 교사의 절망을 보는 일은 마음 복잡하다. 아마도 소설가 자신이 오늘날 한국 교육의 현장을 대놓고 씹은 소설이 되겠다.

「술꾼시절」은 1980년대 말 시골 면서기의 허세가 빌미가 되어 사찰에서 출퇴근하면서 목도된 그렇고 그런 종교인들에 대한 회고담이다. 소설을 다 읽고 난 뒤의 입가심용 같은 소설이다. 읽으면서 웃고, 웃으면서 읽게 되는. 1980년대와 그 시절에 청춘을 보낸 축들에게는 한 편의 흑백영화를 보는 회고감을 준다. 그땐 그랬지, 하는 손 쓸 수 없는 부끄러움이, 등장인물이 아니라 독자를 부끄럽게 물들이는 소설이다. 이 작품을 읽으면서 민주주의는 늘 오는 것이지 온 것이 아니라는 생각과 더불어 불교가 아니라 불교에 붙어 살아가는 중생들의 희극을 목도한다. 저들은 저들이 하는 일을 잘 알고 있을 뿐! 끝으로, 「환영이 있는 거리」는 1970년대식 변사의 목소리가 들렸다. 고백적인 문체를 채택했다는 점 혹은 아날로그적인 인물의 정서 때문에 그런 인상을 받았을 수도 있겠다.

소설을 잘 읽었다. 여기 쓰이는 '잘'은 '싹', '재미있게', '탈 없이' 등에 다 걸리는 뜻이다. 그러나 미처 덜 읽힌 한 편, 「시간의 저 편」은 이 소설집의 과잉으로 남아 있다. 이 소설에는 몽골의 대초원이 배경으로 제시된다. 독자의 감각 속에 시원하고 푸른 통감각을 열어놓는 소설이다. 목마름과 아랫배 통증을 호소하던 '나'가 '시간의 저편에서 태고의 지표를 울리면서 다가오는 원시의 음향이 거대한 날개로 광막한 허공을 수만 갈래로 찢으면서 태양의 반대편으로 밀려가는' 드라마를 겪으면서 배변하는 일은 그에게 '통쾌감'의 극치를 선물한다. 통변이라는 말이 있는지 모르겠다. 없다면 소설의 이 장면을 통변으로 이름지어야 하리라. 박문구 소설의 인물들이 공통적 유전자인 현실에 대한 소화불량이 일거에 해소되는 순간이다. '시간의 저 편'이 아니라, 작가는 소설의 저 편을 응시한다. 언어 이전, 현실 이전부터 존재하는 야생적 사유에 대한 갈망은 소설 '너머'를 갈망한다. 향유고래는 작가가 지향하는 야생적 사유의 매개물이었다. 작가는 언어에 의해 왜곡되지 않은, 허구도 손대지 못한 절대적 야생의 세계를 꿈꾼다. 소설가가 동경하는 '시간의 저 편'은 몽골 대초원이 의미하는 초월적 의미가 될 것이다. 그것을 나는 박문구 '소설의 저 편'이라 명명한다.

무슨 말을 중얼거리면서 여기까지 왔는지 잘 모르겠다. 박문구가 쓴 여덟 편의 소설과 그 드라마를 관람했다. 마침표 하나를 찍고 나니 어느 새 총총 목련은 다 졌군. 그의 소설은 너무 소설적이다. 소설적이다 못해 그를 읽으면 어딘가는 아프고 쑤신다. 어둡고, 무겁고, 칙칙하고 답답해라! 현실을 절개하고 거기 붙어 있는 벌건 생살에 입을 대고 있는 듯하다. 소설을 읽는 내내 마음이 그랬다. '너무 아픈 건 사랑이 아니야'라고 읊조리던 김광석의 목소리는 왜 떠오르냐. 소설읽기가 힘들었다고 고백해두거니와 그것은 소설가 자신의 체험의 형식이 신산했기 때문으로 정리한다. 독후감이 아린 것은 소설이 아니라 소설을 읽는 주체의 문제다. 나는 그의 소설에서 삼척 바닷가의 해무를 뚫고 울려오는 파도소리를 듣는다. 어둑한 강의실에서 후배들 틈에 섞여 '국어학개론'

같은 과목을 수강하던 청년 학도 박문구의 모습은 그 후 나에게 상징적 풍경이 되었다. 이 글은 그가 거쳐온 문학적 여정에 대한 우정적 헌사다. 그의 소설이 좋은 소설인가 아닌가는 독자들이 판단할 일이고, 나는 다른 차원으로 이 책의 해설 공간에 끼어들고 있는 것이다. 박문구는 그 자신으로 충분히 소설이다. 소설적 텍스트다. 청춘이 소설에 헌납되었다는 점에서 나는 그의 문학에 관해 함부로 떠들어댈 수 없다. 그것은 예의다.

이번 학기에 나는 그의 모교가 된 대학에서 '현대소설론' 강의를 하고 있다. 섭섭하고 고마운 것은 후배들은 나도 모르고 박문구의 전설도 모른다. '누구신데요?' 그 표정들 앞에서, 나는 한때 이 캠퍼스를 외롭게 누볐던 문학도에 대해 침을 튀기고 싶지 않다. 역사는 지워지며 새로 쓰여진다. 박문구 선생 그대에게도 역사의 광휘가 빛나기를! 소설을 완독하고 나니, 문득, 중진 신인 박문구가 옆에 서 있다. 이 소설의 인물들 다 그대였구려. 그대의 소설적 전기였구려. 뭐, 소설이라고? '보바리 부인, 그녀는 나다'라고 외친 플로베르의 말이 떠오른다. 지금이라면, 작가는 엠마는 나의 찌꺼기였다, 라고 쓸 것이다. 소설을 읽는 내내, 이게 너지, 하다가, 아니 소설이지, 하면서 나는 웃는다, 낄낄낄. 소설이 아니라면, 그것이 거짓말이 아니라면, 구랏발이 아니라면 우리는 어디 가서 까놓고 발가벗을 것인가. 감사하다, 늦은 소설가여. 그대는 뒤늦게, 소설이 아니라, 그대 자신을 통과했구려. 언젠가 가을날이었군. 동해시에서 앞이마가 형형한 박선생을 잠깐 만나고 돌아서는 길에 작성했던 나의 시 한 구절로 에필로그를 대신한다.

식은 죽 같은 공연을 끝내고 나니 객석 끝에
소설가 내 친구 지방신문 같은 표정으로 앉아 있다
시청 옆에서 맹물 같은 표준커피를 마시며 우리는
허벅지를 꺼내놓고 대로에 앉아 네온 빛을 쬐고 있던
가출 중인 여고생 일반을 추상했고
여기가 묵호와 북평 사이에 있는 천곡동이라는 사실
수령 400년 된 예술관 앞뜰 배롱나무를 감탄했으나
문학에 대해서는 일언반구하지 않았다
사랑을 확인하지 못한 연인처럼
톨게이트에서 우리는 군말 없이 헤어졌으니